JAMAIS AVEC UN AMI DE TON FRÈRE

JULES BARNARD

Chapitre Un

Mon petit ami Éric me tend la main, et mes jambes tremblent comme de la gelée tandis que j'escalade le dernier rocher bordant la rive est du lac Eagle. Ses cheveux blond cendré sont collés à son crâne par la sueur, ce qui devrait me dégoûter, mais va savoir pourquoi, je le trouve très sexy en nage et ébouriffé. Il est torse nu et la proximité de sa poitrine musclée me donne des envies coquines de me planquer derrière un rocher et de lui sauter dessus.

Il me presse la main et je lève les yeux. Sa bouche se tord.

– Coquine.

– Quoi ?

Je prends un air innocent, mais il me connaît bien. Tout à l'heure, j'ai bien l'intention d'explorer ces muscles avec la langue. Enfin, si tout se passe bien. C'est un peu la panne sèche en ce moment, et j'espère que ce séjour relancera la machine.

Je jette un œil dans mon dos, à la recherche de Geneviève. Où est-elle, bon sang ? On sera encore là ce soir si elle ne se dépêche pas.

C'est notre première randonnée au lac Tahoe depuis notre arrivée il y a quelques jours, mais Gen devrait être en meilleure forme. C'est une fille sportive et athlétique tandis que moi j'évite la salle de sport comme si j'étais allergique au lycra.

Je devrais lui lâcher la grappe. Elle n'est pas habituée à l'altitude et à l'air pur du lac Tahoe. Mais je n'en ferai rien, car ses réactions sont hilarantes quand je la vanne.

Je l'aperçois enfin. Elle est en train de gravir les derniers rochers qui surplombent le lac.

– Mets le feu au lac, Gen !

Elle lève les yeux et s'essuie le front, sa poitrine se gonfle et dégonfle à chaque goulée d'air. Elle pince les lèvres et je suis sûre que ses narines se dilatent. Elle croise les bras et me fusille du regard.

Je lui souris en réponse.

Mais au lieu de me rejoindre, Gen baisse les bras le long des flancs et fait un pas hésitant en direction de l'eau. Elle s'accroupit au milieu des rochers et disparaît de ma vue. Un caillou vole en direction du lac, et provoque des vaguelettes.

Voilà ce qui arrive quand je charrie ma meilleure amie. Elle fait une pause alors qu'elle sait que je veux qu'elle se magne le cul.

Ça pourrait durer longtemps.

Je me tourne et crapahute jusqu'à Éric, qui a pris plusieurs mètres d'avance sur moi. Le petit lac de montagne offre un décor qui magnifie sa beauté masculine. Je m'arrête un instant, photographie mentalement cette scène sexy, et réfléchis à tout ce que je veux réaliser cet été.

Mon but en revenant dans ma ville natale est d'immerger Gen dans l'ambiance du lac Tahoe et lui redonner le sourire, si possible grâce à un flirt d'été. Gen vient de découvrir – brutalement, de manière embarrassante – que le mec avec qui elle est sortie durant notre dernière année d'université avait une autre petite amie. Ce salaud s'est pointé avec elle au bar du coin la dernière semaine de cours.

Gen n'a pas pleuré et ne l'a pas appelé bourrée comme n'importe quelle fille de vingt-et-un ans qui se respecte ; elle s'est murée dans le silence, ce qui est pire. Il lui a brisé le cœur et j'ai peur qu'il ait brisé en même temps sa confiance dans la gent masculine.

Le seul point positif, c'est qu'elle ne reverra plus jamais ce C-O-N. On a fini la fac, et grâce à mes relations à Tahoe, je nous ai trouvé un job d'été dans un casino avant de poursuivre des études supérieures.

L'École de droit. Je m'appuie sur le ventre et j'inspire à fond. Bizarrement, chaque fois que je pense à l'avenir, mon estomac se noue.

Tahoe est l'endroit idéal pour que Gen oublie ce C-O-N, et que nous passions du bon temps ensemble avant que nos vies se séparent à l'automne. Et peut-être que c'est l'endroit idéal pour remettre de l'ordre dans mes pensées. Parce que je dois me motiver pour la suite. Pour l'instant, l'idée de faire des études de droit me file des boutons.

Éric s'arrête sur les galets et enlève son sac à dos. Il étale des serviettes tandis que je le rejoins. Je m'assieds et relève les genoux sous le menton, les bras enroulés autour des tibias, essayant de ne pas penser à l'avenir.

Plusieurs minutes s'écoulent et toujours aucun signe de Gen. Est-elle à ce point fatiguée par la randonnée ?

Je jette un œil par-dessus mon épaule. Je ne peux pas la voir, et là où elle s'est accroupie, l'eau est lisse comme du verre.

Mon pouls s'affole. Cela fait trop longtemps.

Je bascule en avant et me relève brusquement.

– Gen !

À plusieurs mètres de là, elle lève la main et marche vers moi d'un pas tranquille comme s'il s'agissait d'une promenade du dimanche.

Je retombe sur la serviette et Éric se met à côté de moi, sa grande silhouette me faisant de l'ombre.

– Ça t'apprendra à la charrier.

Je l'entends croquer et des miettes me tombent sur les genoux.

J'en balaie quelques-unes du bout des doigts.

– Tarzan, tu veux bien aller mâcher ailleurs ?

– Pardon, marmonne-t-il des bouts de granola collés aux lèvres.

Je secoue la tête et souris.

– J'ai oublié de te donner mes horaires au casino ; je bosserai du mardi au samedi.

Nous ne sommes là que depuis quelques jours, mais Gen et moi commençons à travailler la semaine prochaine et je suis un peu nerveuse au sujet de l'aspect comptage de mon job de croupière. Je risque de passer pour une déficiente mentale. Je ne suis pas… bref, je suis nulle même pour les maths de base. Je peux rédiger un essai de dix pages sur le mouvement féministe post-industrialisation en moins d'une heure, disséquer une grenouille ou expliquer l'économie keynésienne, mais demandez-moi de faire un calcul mental et mon cerveau disjoncte. Il a tendance à sur-traiter les concepts simples.

Le bruit de mastication a cessé, seul signe qu'Éric m'a entendue. Il s'est éloigné de quelques pas et contemple le lac en me tournant le dos.

– Le samedi est un bon soir pour les pourboires, j'ajoute, mais ça craint que mon emploi du temps empiète sur nos week-ends.

En semaine, nous étions trop occupés par les cours à la fac et les obligations de la fraternité étudiante d'Éric, mais nous passions tous les week-ends ensemble.

Il se tourne, sort des boissons de son sac à dos et enlève ses chaussures. Il étire les bras en bâillant paresseusement.

– Ce ne sera pas un problème, n'est-ce pas ? dis-je. Tu n'as pas cours du vendredi au lundi. Tu pourras toujours venir le week-end si tu veux.

Même si nous avons le même âge, Éric a un côté fumiste. Il doit suivre des cours d'été pour valider officiellement son diplôme.

Il hausse les épaules et ramasse un caillou lisse et plat. Il tourne le poignet et le lance d'un geste sec. Le galet ricoche plusieurs fois sur la surface de l'eau avant de couler.

– Travaille autant que tu veux. Tu dois économiser de l'argent pour ta grande école chic. Je vais être occupé avec mes cours.

C'est une réponse évasive et sarcastique. Éric n'a jamais été enthousiaste à l'idée que j'aille dans une école de droit, mais il ne m'a jamais non plus rabaissée à ce sujet. Nous n'avons pas discuté de l'avenir, mais je me suis dit qu'on pourrait avoir une relation à distance pendant mon absence.

Soudain, le fossé qui s'est creusé entre nous depuis quelques semaines – et la période de désert sexuel que j'avais attribuée au stress des examens de fin d'année – prend un nouveau sens. Est-ce qu'il me repoussait en fait ?

Le rôle passif, très peu pour moi, alors je demande :

– Tu penses que tu ne pourras pas venir le prochain week-end ?

Éric fouille dans son sac à dos.

– Probablement pas.

Il lève la tête et fait signe à Gen qui s'approche enfin.

– On m'a confié mon premier projet, explique-t-il. Je dois retrouver mes partenaires d'étude le week-end prochain. Et il y a une fête avec les potes.

On est ensemble depuis deux ans et on n'a jamais été collés l'un à l'autre, mais sa façon d'éviter mon regard et la tension que je ressens chez lui déclenchent l'alerte rouge. Il me le dirait s'il y avait un problème, non ?

Gen lâche son sac à dos sur ma serviette avec un bruit sourd, le visage cramoisi, la bouche tombante.

J'arrête momentanément de surinterpréter le comportement d'Éric pour m'intéresser à ma meilleure amie.

Quoi, Gen est contrariée maintenant ? Je l'ai charriée tout à l'heure, mais elle a l'habitude et elle ne se gêne pas pour me vanner aussi.

Est-elle en train de penser au C-O-N ? Est-ce pour ça qu'elle traîne les pieds et fait une tronche de trois kilomètres comme si on lui avait volé son joujou ?

Je lève le menton, fronce les sourcils et l'interroge en silence. Elle secoue la tête, mais son trouble ne disparaît pas.

Éric s'assied à côté de moi et me masse les épaules sans douceur.

– Je vais piquer une tête, quelqu'un veut se joindre à moi ?

Son regard passe de moi à Gen.

– Trop froide, réponds-je distraitement.

– Je n'ai pas apporté mon maillot, dit Gen sans lever la tête.

Elle ramasse une poignée de graviers et la verse lentement sur le sol.

Éric se penche sur mon épaule et sourit d'un air lubrique.

– N'hésite pas à te baigner toute nue, Gen. Ça ne me dérange pas.

Gen tressaille et je file un coup de coude dans les côtes d'Éric. *Imbécile.* Il ne voit pas qu'un truc la chiffonne ?

Il rit et s'avance au bord de l'eau.

Son commentaire débile a un effet positif. Il a effacé l'air déprimé de Gen.

Elle secoue la tête en fixant son dos, visiblement agacée.

– Tes hormones ne te foutent jamais la paix ?

– Jamais, s'écrie-t-il par-dessus son épaule.

Il parcourt en petites foulées les derniers mètres qui le séparent de l'eau et plonge. Le lac Tahoe est assez gelé pour que ses prunes se ratatinent comme des raisins secs, mais il reste imperturbable et fend l'onde en mouvements fluides en direction d'un rocher géant au centre.

Gen et moi restons assises en silence à le regarder grimper au sommet, tel Christophe Colomb découvrant le Nouveau Monde.

Elle lâche les graviers et s'essuie les mains sur son short.

– Comment ça se passe entre vous ?

Elle pose les coudes sur les genoux dans une pose similaire à la mienne, et contemple ses pieds.

D'abord, elle ne me confie pas ce qui la tracasse, et maintenant, cette question impromptue sur Éric et moi ? Je ne lui ai jamais parlé de notre traversée du désert, pensant que c'était temporaire.

Elle tripote le bord de ma serviette.

– Tu ne te poses jamais de questions sur lui ? Au sujet, je ne sais pas, des autres filles à la fac ?

Elle lève la main.

– Il plaisantait tout à l'heure, à propos de me baigner nue. Mais…

Sérieux, d'où ça sort ? Je n'aime pas son air inquiet. Elle doit faire une projection. Elle a eu une grosse déception, et maintenant, elle pense que tous les mecs sont des C-O-N-S.

– Ça va bien entre nous, Gen.

Elle soupire lentement.

– D'accord.

Elle me fait un sourire affectueux et mon estomac se retourne.

Merde. Est-ce que ça va vraiment bien entre Éric et moi ?

Rien n'allait plus il y a quelques minutes. Je ne me suis jamais posé de questions, mais j'étais débordée. Maintenant que la fac est finie, les choses ont-elles changé ?

Je secoue la tête pour chasser cette idée. Je dramatise. Éric et moi allons passer du temps ensemble ici et repartir du bon pied.

Des rides de tension se forment autour de la bouche de Gen.

– Et toi ? lui demandé-je. Prête à faire de nouvelles rencontres ?

Elle enfonce ses talons dans les graviers.

– Bien sûr. Un jour ou l'autre.

Gen l'a déjà dit, mais ça fait un mois qu'elle a eu le cœur brisé. Pas assez longtemps pour cicatriser, mais parfois, le seul moyen d'oublier est de remonter en selle rapidement.

Éric nage vers nous en éclaboussant la surface du lac, et des gouttelettes ruissellent sur son torse musclé quand il sort de l'eau. Je lui souris et il me sourit en retour.

Tout va bien entre Éric et moi. Bien sûr que ça se passe bien. Ça va bien se passer pour Gen aussi. Dès que je lui aurais trouvé un mec sympa.

Gen est intelligente, belle et super drôle, même sans le faire exprès, ce qui la rend encore plus poilante. J'ai de la chance d'avoir un petit ami sérieux et c'est ce que je veux pour elle aussi.

Avec les embauches saisonnières au casino, il devrait y avoir quelques candidats décents. Le cas échéant, nous ferons le tour des bars et des boîtes de nuit locales pour tâter le terrain.

La plupart de mes potes de Tahoe terminent leurs études et ont trouvé un emploi à San Francisco, mais la population d'une ville balnéaire change constamment. Ça multiplie les possibilités de rencontre. Je vais trouver quelqu'un pour Gen, ou au moins la distraire de son marasme et lui offrir du bon temps.

L'objectif principal au Lac Tahoe, c'est de s'éclater. Comment puis-je échouer ?

Chapitre Deux

C'est mon premier soir de travail au Blue Casino à une table de black jack. Jusqu'ici, je ne me suis pas plantée dans mes additions et je gère carrément le rifle-shuffle.

Le client face à moi descend à grands traits sa consommation gratuite allongée. Il porte une chemise hawaïenne rouge à fleurs, distendue par son énorme ventre à bière. Je fais semblant de ne pas voir les touffes de poils noirs qui sortent par les interstices entre les boutons pour ne pas avoir à m'arracher les yeux plus tard.

Il ramasse tous les jetons sauf un – mon pourboire, béni soit-il – et se lève. Quand il part, Gen me fait signe depuis son perchoir du lounge bar du Blue Casino.

Je ne suis pas censée discuter avec d'autres personnes que mes clients.

Je jette un coup d'œil au chef de table. Il distribue des bons de consommation gratuite et ce qui semble être un bon pour une nuit gratuite à une blonde avec une coupe au carré et un sac griffé. La pyramide de jetons devant elle avoisine les vingt mille dollars, et pendant que mon chef de table la distrait avec sa chambre gratis, un nouveau croupier remplace le précédent.

Les chefs de table changent le croupier lorsqu'un client commence à avoir trop de chance. Je ne sais pas pourquoi, mais ça peut parfois mettre fin à la série de victoires.

Rusés, ces enfoirés de casinos.

Le chef de table est occupé à orchestrer la faillite de la blonde, et je n'ai pas de clients pour le moment. Je fais un signe à Gen.

Le travail de Gen est plus social et plus souple. Tant qu'elle distribue des consommations, elle peut parler à n'importe qui, mais en veillant à ne pas s'approcher des tables en dehors de son périmètre, même pour bavarder avec une amie. Les tables où les clients jouent des mises élevées sont réservées aux serveuses expérimentées, cinq ans d'ancienneté et plus, et ces pétasses sortent les griffes dès qu'on s'approche de leur territoire. Elles sont méchantes. Pour moi, elles ont bizuté Gen uniquement parce qu'elle est jeune et belle.

Gen sautille les trois marches du salon et parcourt la vaste allée qui nous sépare. Ses cheveux quasiment noirs, ses yeux noisette et sa peau claire forment une combinaison frappante. Avec ma tignasse blond vénitien, on a l'air d'un damier géant quand on se balade dans la rue.

Mais pour l'instant, tous les types à la ronde matent Gen.

Pauvre petite. L'univers a mis une fille timide dans le corps d'une bombe.

Son joli visage ovale et sa silhouette élancée d'un mètre soixante-quinze dans la mini-robe moulante des serveuses attirent tous les regards, ce qu'elle déteste. Même maintenant, elle évite le contact visuel et fonce vers ma table.

On va devoir travailler sur ce point. Les mecs ont

tendance à penser que vous n'êtes pas intéressée si vous ne les regardez pas.

Elle pose son plateau rond sur le repose-bras de ma table de black jack, ses yeux papillonnant nerveusement sur le côté.

La salle du casino est horriblement bruyante avec toutes ces cloches et ces sifflets qui retentissent. Je me suis entraînée à élever la voix suffisamment fort pour tenir une conversation, mais pas assez pour que tout le monde entende.

— Qu'est-ce qu'il y a ?

— Ne regarde pas maintenant, dit-elle entre ses lèvres serrées, mais le barman de l'East Bar nous invite à boire un verre avec ses potes ce soir.

Je tends le cou comme un flamant et je le cherche.

— J'ai dit ne regarde pas !

— Pourquoi ?

— Parce qu'il pourrait croire que je l'aime bien.

— C'est le cas ?

Je le regarde à nouveau et remue les sourcils. Cheveux châtains, fossette qui se creuse lorsqu'il sourit à ses clientes, je n'aurais pas pu choisir meilleur candidat. Il est mignon.

Elle tripote sa caisse portable.

— Je ne connais pas bien Mason, mais il a l'air sympa.

Elle fait la moue, avant de s'adoucir.

— Ce serait bien de se faire de nouveaux amis.

J'opine sobrement.

— Je soutiens cette initiative.

Le projet Branchons Gen avance plus vite que prévu !

———

Quelques heures plus tard, Gen et moi franchissons les portes coulissantes du casino voisin du Blue. L'air conditionné m'aspire à l'intérieur et mes oreilles se bouchent à cause de la pression.

— La vache, s'exclame Gen en matant la fille qui sert les cocktails. Heureusement que tu avais un contact au Blue et pas ici, ou tout le monde verrait mes fesses derrière ces bas nylons.

— Je t'en prie, dis-je.

Elle a râlé toute la semaine à propos de son uniforme.

Nous avançons jusqu'au centre du casino et Gen m'indique Mason le Barman dans le coin lounge. Il a échangé l'uniforme noir et blanc du casino pour un jean et une chemise foncée.

Les épaules larges de Mason remplissent sa chemise comme seuls savent le faire les types canons, et je donne un coup de coude à Gen dans les côtes pour lui signifier mon approbation.

Elle me lance un regard noir. Si nous n'étions pas si proches de son nouvel ami, elle me dirait que je me comporte comme une imbécile. C'est pourquoi je le fais maintenant, quand je peux m'en tirer impunément.

Mason se lève et un grand sourire se dessine sur son visage quand il me voit, puis ses yeux s'attardent sur la jupe courte en jean de Gen, son t-shirt et ses sandales.

Ni elle ni moi n'avions prévu de sortir après le travail en nous habillant ce matin et notre tenue est franchement décontractée.

Deux garçons et une fille sont assis à la table de Mason.

— Je vous présente Adam et sa copine Breanna…

Mason fait un geste en direction d'un beau brun dont les manches de chemise sont roulées jusqu'aux coudes.

Breanna sourit tandis qu'Adam fait une inspection pas si discrète de nos corps, son regard s'attardant sur ma poitrine. J'aimerais pouvoir dire que c'est parce que j'ai de gros seins, mais en réalité, c'est juste parce que je sais les mettre en valeur.

– Et là, c'est Jaeger.

Jaeger ? Comme Mike Jagger avec un a long ? Ce nom me dit quelque chose, mais je ne reconnais pas ce type.

Jaeger dépasse Adam d'une tête. Il porte un t-shirt décontracté, un jean bleu délavé et ses bras sont aussi longs que ceux d'un joueur de basket. Ses cheveux châtain clair sont coupés à ras et son visage m'est vaguement familier, mais je n'arrive pas à le remettre.

Il est mignon, cependant, avec sa mâchoire carrée et ses traits symétriques d'une beauté trop classique pour être ceux d'un abruti ; son front n'est pas assez saillant. Son physique costaud vient plus de la génétique que des stéroïdes.

Jaeger jette un coup d'œil rapide à Gen, puis il me regarde. Son œil hésite, s'attarde une seconde de trop. Il me salue d'un demi-hochement de tête et reporte son attention vers ses amis.

Il hésita en me regardant. Preuve que j'ai raison sur le fait que nous nous connaissons ? Mais je ne peux pas lui poser la question, car Adam est en train de lui parler.

J'en profite pour étudier Jaeger. Mon regard se pose sur ses lèvres pleines, descend vers son torse large, ses épaules et ses bras musclés et… de grandes mains. Ce type a des mains fortes et bien faites.

Un frisson me parcourt le corps. J'ai un faible pour les mains masculines… et cela m'a déviée de mon objectif. Je cherche un mec pour Gen, pas pour moi. Mais la seule chose qui me déplaît physiquement chez Éric, ce sont ses mains fines et longues. Le reste du package est si beau, cependant, que j'ai volontiers oublié ce défaut.

Que c'est agaçant. Je suis sûre de connaître ce mec. On était au lycée ensemble ?

Je me demande si Gen a remarqué Jaeger. Si ça ne marche pas avec Mason, il pourrait se retrouver en tête de liste des candidats potentiels pour mon amie.

— … on a travaillé ensemble à Heavenly dit Mason, et je me rebranche sur la conversation, car il vient de dire à Gen comment il a connu ces mecs.

Je m'assieds entre Adam et Jaeger, laissant à Gen la chaise entre Jaeger et Mason.

Nous commandons à boire et je me tourne vers Adam qui reprend la conversation que notre arrivée avait dû interrompre.

— Je ne sais pas ce qui lui a pris, soupire Adam en secouant la tête d'incompréhension. Pourquoi tromper sa nana avec des prostituées ? Des groupies, éventuellement — mais des prostituées ? Les germes, mec. Les maladies.

Il fait mine de frissonner d'horreur.

— C'est nase, même pour une célébrité.

Gen et moi sommes des accros de l'actu people. Je parcours mon répertoire mental pour trouver à quelle célébrité Adam fait référence. La pop star ? Ou le sportif à la réputation d'enfant de chœur ?

C'est un choix difficile.

Je me penche pour saisir les détails juste au moment où Jaeger se déplie dans sa chaise, son épaule n'est plus qu'à quelques centimètres. Sa chaleur corporelle franchit la courte distance qui nous sépare et une agréable bouffée de crème à raser m'inonde, accélérant mon rythme cardiaque. Il fait courir ses articulations sur ses cuisses fermes, et une attirance magnétique me crucifie le bas-ventre.

C'est quoi ça ? Je me redresse, les yeux rivés sur Adam. Je n'ai été attirée par aucun mec depuis que je sors avec Éric, et me voilà en train de reluquer l'un des candidats de Gen comme s'il était pour moi.

Je regarde le visage de Jaeger en me demandant une

fois de plus d'où je le connais. Plus je le vois, plus il me semble familier.

Jaeger hoche la tête comme s'il écoutait Adam, mais il ne participe pas à la conversation − comme s'il savait déjà qu'Adam allait poursuivre son monologue sans interventions extérieures.

Adam est trop bavard. C'est pénible. Heureusement que Mason a présenté la fille à côté de lui comme sa copine, parce que j'ai déjà rayé ce mec de la liste de Gen.

Mason remue la brochette d'olives dans son verre de martini.

− Pourquoi se marier ? Il aurait dû rester célibataire.

Il lève le verre et boit une gorgée.

Ça doit être le sportif. La pop star n'est pas mariée.

− Vous parlez de ce joueur de basket ? je m'enquiers.

Mason opine.

− C'est un salaud.

Un faible grondement s'échappe de la bouche de Jaeger. Je lève les yeux et j'aperçois son petit sourire.

La conversation dérive lentement vers le ski et le snowboard, et l'épaule de Jaeger se rapproche de moi.

− Comment vas-tu, Cali ? Sa voix de baryton me liquéfie, ma colonne vertébrale devient molle et spongieuse. Je pourrais fondre au son de cette voix grave et vivre heureuse sous la forme d'une flaque visqueuse sur le sol du lounge.

Donc nous nous connaissons.

− Je suis désolée − je te connais, mais je ne me souviens pas d'où.

Il se penche en avant, les coudes sur les genoux, la tête penchée vers moi sans regarder directement.

− Tyler.

Tyler est mon grand frère.

Je comprends mieux maintenant.

Je revois un grand type efflanqué aux cheveux blonds et hirsutes qui traînait avec Tyler quand j'étais en seconde.

Je scrute le corps solide, bien bâti et puissamment musclé de Jaeger. Est-il possible qu'un mec prenne vingt kilos de muscles et plusieurs centimètres entre l'âge de dix-huit ans et… ? Je calcule mentalement. Il doit avoir l'âge de mon frère, donc vingt-trois – non, Tyler a sauté une classe – Jaeger doit avoir vingt-quatre ans.

Ses cheveux ont foncé, mais ils étaient plus longs et probablement blondis par le soleil à l'époque du lycée. Le type dont je me souviens avait aussi un prénom original, bien que je ne puisse pas dire avec certitude s'il s'agissait de Jaeger. Il était taiseux, comme lui, et maintenant que je le regarde de plus près, il avait les mêmes traits.

Ça doit être le même gars, et si c'est le cas, il s'est étoffé. Beaucoup.

Il était aussi champion de ski et avait une petite amie de longue date.

Jamais je n'aurais cru qu'il m'avait remarquée.

Jaeger écoute Mason raconter une histoire marrante sur Adam, et un petit sourire retrousse ses lèvres. C'est le sourire masculin le plus mignon que j'aie jamais vu, et il transforme instantanément le géant énigmatique en un mec plus accessible et séduisant.

Il est définitivement sur la liste de Gen. Pas *ma* liste, car je n'en ai pas besoin, mais la liste de *Gen*, je me sermonne intérieurement.

Mason se moque d'Adam, qui essaie de se défendre d'avoir poursuivi sur une piste de ski une femme qu'il pensait être Gisele, et la bouche de Jaeger se transforme en sourire éclatant. Il tourne la tête vers moi comme s'il se sentait observé.

Son sourire se teinte de sensualité et de curiosité, et

mon ventre se contracte. Pendant une seconde, je suis incapable de respirer.

Putain de merde. Ce sourire est mortel.

C'est la première fois que Jaeger me regarde dans les yeux depuis notre arrivée, et le choc me retourne le cerveau. Ses iris sont vert foncé sur le bord, comme le centre d'une aiguille de pin, et s'éclaircissent vers le milieu. Il baisse brusquement les yeux vers ses mains, avant de regarder de nouveau ses amis.

Je m'affale sur ma chaise. C'est peut-être le copain de lycée de Tyler, mais il a changé.

Je suis en état de choc. Je veux dire que je flippe vraiment. Je n'ai jamais senti mon corps grésiller de cette manière auparavant, et c'est *Jaeger* qui me fait cet effet – le copain de mon frère ? C'est une zone interdite. J'ai un petit ami !

Je lève la main et fais signe à la serveuse. Elle me voit et s'approche.

– Un shot de Cuervo, s'il vous plaît.

Des yeux étonnés se braquent sur moi à la table. *Quoi ?*

– Quelqu'un d'autre veut une tequila ?

Jaeger et Adam commandent un shot.

Breanna, la copine d'Adam, pince les lèvres et fulmine.

– Excuse-moi ! dit-elle tapotant le bras d'Adam. Ta petite amie est là. Pourquoi tu dis que tu as poursuivi une fille sur les pistes ?

Ah oui, la conversation sur Gisele. Mon Dieu, ça paraît banal comparé à la mini-crise qui se passe dans ma tête.

– Bree, c'était bien avant notre rencontre, la rassure Adam en lui pressant l'épaule.

– Donc si tu voyais Gisele maintenant, tu l'ignorerais totalement et elle ne t'intéresserait plus du tout par respect et amour pour moi. C'est ce que tu voulais dire ?

– Euh, oui. Absolument.

Adam sourit d'un air espiègle à ses amis tout en tapotant le dos de Breanna.

— Hé, je t'ai vu ! lui balance Breanna.

Gen me passe distraitement les olives vertes de son martini en observant le mélodrame entre Breanna et Adam.

J'en fourre une dans ma bouche en souriant et lève les yeux.

Je m'étouffe avant que l'olive n'atteigne mes amygdales. Jaeger fixe ma gorge.

Son regard remonte vers mes yeux et la chaleur m'embrase les joues.

J'aimerais dire qu'il m'observe comme s'il regardait avec curiosité un oiseau exotique picorer un aliment inhabituel. Gen m'a fait remarquer à plusieurs reprises que mon amour des olives vertes est contre-nature. Mais Jaeger est beau et sexy et son regard envoie des signaux enflammés à mes parties intimes.

— Je me souviens de toi maintenant, dis-je sans rompre le contact visuel. Tu avais une petite amie.

La chaleur dans ses yeux disparaît. Il détourne le regard.

— C'était il y a longtemps.

Réponse énigmatique d'un être énigmatique. C'est le Jaeger de mes souvenirs. Silencieux. Réservé.

Il jette un coup d'œil à Gen et son expression s'adoucit.

Il n'y a aucune raison de le rayer de la liste de Gen. Surtout que je me souviens de lui comme d'un mec bien.

Je refais signe à la serveuse et commande un autre shot, que je double d'un deuxième martini pour apaiser la tempête hormonale qui me balaie. Ça fait presque une semaine que j'ai vu Éric… et bien plus longtemps que nous avons fait l'amour. Ma libido est aux abois. N'importe quel mec sexy aurait pu provoquer la réaction que Jaeger déclenche en moi.

J'écoute les autres parler et je perds le fil de la conversation. Au bout d'un moment, j'attrape la chaise de Gen. Ou son bras peut-être. Est-ce que je m'appuie sur elle ?

Elle me regarde avec lassitude.

— Mason, on va y aller. Merci de nous avoir invitées ce soir.

Merde, ces shots qui m'ont engourdi les sens m'ont aussi empêchée de surveiller l'alchimie entre Gen et Mason. Le courant est-il passé ?

Mason sourit poliment.

— Ravi de t'avoir rencontrée, Cali. J'ai hâte de vous croiser au Blue.

Quel garçon adorable. Il ne faut pas le laisser s'échapper, et je vais le dire à Gen dès que ma langue sera moins chargée.

— Carrément ! je m'écrie presque en hurlant.

C'est le seul mot qui arrive à passer la barrière de mes lèvres engourdies.

Gen écarquille les yeux.

— Je crois qu'on va prendre un Uber.

Je salue tout le monde en agitant la main, et ils me saluent aussi, sauf Jaeger, qui observe mes mouvements désordonnés avec les lèvres pincées et le front plissé.

Je suis soûle, mais pas au point d'ignorer que l'ivresse me rend bruyante et maladroite. Heureusement que je suis déjà en couple, ça m'évitera de me taper la honte plus tard.

Nous sortons du casino et je demande au chauffeur Uber de nous emmener au Last Stop. Ils sont ouverts bien après l'heure où les casinos se vident et proposent un petit-dej à deux heures du matin avec juste la bonne quantité de graisse.

Glen s'assied dans un box et je me glisse sur la

banquette en face d'elle, me cognant la hanche contre la table au passage.

— Tu es bourrée, Cali.

— Ouaip.

Je hoquète, et le goût immonde du vomi mêlé à l'alcool me brûle la langue.

— J'veux de l'eau.

Après quatre verres d'eau et un petit déjeuner nocturne assez copieux pour nourrir un homme de cent kilos, ma bouche retrouve sa dextérité.

— Mason est canon, dis-je d'un ton léger.

Puis je cherche à découvrir la nature exacte de ses sentiments pour lui.

— Je vais assurément garder un œil sur lui au casino. J'ai besoin de quelque chose de joli à regarder pendant que je m'escrime à battre les cartes, dis-je, avant de la fixer pour guetter sa réponse.

Si l'on veut provoquer une réaction de la part de l'espèce insaisissable connue sous le nom savant de *silencius timidus fillus*, il faut y aller carrément.

Gen ricane.

— Oh, la vie est dure pour toi, hein ? Essaie donc de porter un plateau de dix kilos toute la soirée — perchée sur des talons.

Mes sourcils se froncent et je les lisse rapidement. Je m'attendais à ce que mon intérêt pour Mason la contrarie, et elle ne me donne rien. Pas cool. Un point pour Gen, mais j'ai plusieurs cordes à mon arc.

— Tu as vu ses épaules et ses bras ? Les snowboardeurs sont super bien gaulés.

— OK — *Mademoiselle qui a un petit ami.*

Aïe. Là, elle a touché un point sensible. Déjà que je culpabilise pour la réaction hormonale provoquée par Jaeger…

— Il ne m'intéresse pas. C'est juste que j'apprécie un beau mec quand j'en vois un. Je pense que *tu* lui plais.

Gen touille la glace dans son gobelet en plastique transparent.

— Je ne lui plais pas. C'est un ami.

Bon, là, elle commence à m'agacer. Elle ne me fait aucune confidence.

— Il t'aime bien, Gen, et il est mignon et sympa. Qu'est-ce qui cloche chez lui ?

— Il n'y a absolument aucun problème avec lui. Seulement je me demande s'il n'est pas trop tôt pour que je sorte avec un mec, dit-elle en jetant son gobelet sur la table, évitant mon regard. Je ne me suis pas encore remise du dernier qui m'a fait du mal.

Un argument parfaitement valable. Alors pourquoi j'ai l'impression que le C-O-N n'est pas la vraie raison de sa peur soudaine de sortir avec un mec ?

— Je croyais que tu étais ouverte à l'idée de sortir ? Un rencard n'est pas une histoire d'amour, c'est juste… du fun. Pas de promesses, juste du plaisir.

Gen se redresse.

— Je pense que l'amitié est plus dans mes cordes en ce moment.

Elle enfourne une énorme fourchette de pommes de terre rissolées, et un bout de viande hachée reste collé à la commissure des lèvres alors qu'elle mâche.

Elle s'empiffre pour ne pas être obligée de parler, mais je ne tombe pas dans le panneau. Je repère les stratégies d'évitement quand je les vois.

— Assez parlé de mes flirts potentiels, finit-elle par dire. Et si on jouait aux palets avant de partir ?

Elle regarde le mur du fond où se trouve la longue table de palets. Elle change encore de sujet, bon sang !

– D'accord, mais prépare-toi à prendre une raclée. Tu sais que je suis super bonne à ce jeu.

Gen s'étrangle avec sa dernière bouchée.

– Ce n'est absolument *pas* le souvenir que j'ai de ta maîtrise du palet, du ping-pong, ou de tout autre jeu ou sport qui exige une coordination œil-main. Pourquoi tu crois que je veux jouer contre toi ? J'ai besoin de booster mon ego après m'être fait appeler Blanche-Neige toute la soirée par les cougars.

Le surnom Blanche-Neige fait partie du bizutage de Gen par les serveuses qui ont de la bouteille.

– Cougars ? Elles draguent les mecs plus jeunes ?

– L'une d'elles a maté Mason pendant toute la pause dîner qu'on a passée ensemble. Mason a au moins dix ans de moins que la plupart d'entre elles, mais ça ne semble pas les arrêter.

Gen et Mason ont dîné ensemble ? Parfait. Elle va peut-être changer d'avis sur cette histoire de relations purement amicales.

– Si j'avais leur âge et étais célibataire, je serais une cougar. Alors oui, je les comprends.

Je plie les doigts comme pour les dégourdir.

– Je ne me vanterais pas trop au sujet du jeu de palets si j'étais toi. J'ai fait des progrès spectaculaires en dextérité et en vitesse depuis que je passe des heures à battre les cartes.

Gen lève les yeux au ciel.

– C'est ça.

Je n'aurais pas dû la provoquer. Gen me file une raclée au championnat non officiel de palets et me bat cinq parties à zéro en moins d'une heure.

Quand nous rentrons à la maison, je ne sais pas qui est la plus nerveuse au sujet de ses futures aventures amoureuses : elle ou moi, en tant que coéquipière, confrontée à une flopée d'hommes séduisants et tentants.

Ou plutôt, à un homme attirant.

Chapitre Trois

Je suis officiellement la samouraï de la distribution de cartes. J'ai acquis une telle dextérité ces deux dernières semaines que je peux effectuer plusieurs tâches tout en m'occupant de ma table et surveillant le jeu. Et c'est comme si je regardais Casino Real World.

En ce moment, la jolie serveuse brune de l'équipe du soir flirte avec le grand caissier aux cheveux noirs dans sa cage vitrée, tandis que deux autres serveuses – qui, j'en suis sûre, en pincent l'une pour l'autre – discutent à côté d'une allée de machines à sous.

Dans le lounge de Gen, deux jeunes cadres à la cravate desserrée guettent leurs proies. Ils font croire qu'ils sont là pour prendre un verre après le boulot, mais je vois bien qu'ils cherchent un coup d'un soir.

L'un d'eux scrute tous les mouvements de Gen et ça me rend nerveuse. Il ne m'inspire pas confiance.

Je distribue la main suivante et jette un œil vers l'East Bar où Gen est en sécurité, en train de discuter avec Mason.

Mon cœur se réchauffe à cette vision. Je suis comme

une maman canard fière de voir ses canetons s'aventurer dans le monde.

Gen et Mason flirtent l'air de rien depuis deux semaines. Bon, d'accord, je ne peux pas dire s'il s'agit d'un badinage amical ou sentimental, mais à ce stade, je m'en fiche. Gen sourit et rit plus souvent, c'est tout ce qui compte. Cela fait des mois que je ne l'ai pas vue aussi gaie.

Jaeger roule des mécaniques jusqu'au bar de Mason, et mon cœur s'affole.

Vais-je avoir cette réaction chaque fois qu'il est dans le coin ?

Il porte un t-shirt noir et un jean foncé, et j'ai la bouche sèche rien qu'à le regarder.

– Carte.

Merde, j'ai raté le signal d'une cliente. Trop de coups d'œil vers la salle.

La femme me lance un regard furieux et je tire illico une carte, me replongeant mentalement dans la partie. Mais incapable de supporter un tel suspense, je jette un œil vers le bar de Mason.

Jaeger sourit à Gen, son avant-bras sur le comptoir, le corps tendu vers elle. Je n'arrive pas à détacher mon regard. Les muscles tendus de son bras se contractent sous son poids, sa main est négligemment repliée.

Bon sang, qu'elles sont sexy, ces mains. Je les imagine me pétrissant les chairs et se promenant sur mon corps, et ces images prennent possession de mon esprit.

Éric n'a pas appelé, et l'effet que me fait Jaeger est très gênant. J'espérais qu'Éric viendrait me voir et me rappellerait pourquoi on est ensemble, car je ne ressens pas son amour.

Je bouge les pieds, regardant de temps en temps le trio au bar. Gen rit d'une vanne de Jaeger et la jalousie me transperce la poitrine.

C'est ridicule. Je *veux* que Gen capte l'attention de la gent masculine. Pourquoi l'attention de ce mec en particulier me contrarie-t-elle autant ?

C'était l'ami de mon frère, et d'après ce que j'en sais, il est toujours en contact avec Tyler. Je devrais l'appeler pour obtenir des infos.

Deux clients à ma table se lèvent et rassemblent leurs jetons. Ils ont perdu les trois dernières parties.

Je peux prédire avec une fiabilité de quatre-vingt-dix-neuf pour cent quand un client va partir. Trois parties perdues équivalent à une probabilité de cinquante pour cent, tandis que cinq ou six défaites garantissent qu'ils vont partir. Ce soir, je gagne. Personne ne reste à ma table plus de quelques mains.

Mes deux dernières clientes – des mères dans la cinquantaine – ont réussi à rester à flots depuis une demi-heure. Un record jusqu'à présent.

La croupière tire un dix. *Ça ne sent pas bon, mesdames.*

La femme à frange blond glacé se gratte le nez. Elle parle tout bas à sa copine, ses faux ongles roses brillent dans les plafonniers quand elle se cache la bouche. Au hochement de tête de son amie, elle avance la main sur la table pour demander une carte.

Je lui tire un huit de cœur et ses lèvres se pressent dans un sourire discret, mais elle louche prudemment sur mon dix.

Son amie tire aussi une carte, puis elle reste.

Je retourne ma carte cachée. *As.*

La maison rafle la mise.

Encore.

Je gagne même quand il s'agit de brancher Gen, alors qu'est-ce qui ne tourne pas rond chez moi ? Qu'est-ce qui me met à cran au sujet de Jaeger ?

Ma queue de cheval serrée me donne mal à la tête. Je

tends les mains au-dessus de la table, je les frappe l'une contre l'autre et je tourne les paumes vers le plafond – et les employés flippants qui visionnent les caméras de surveillance –, avant de tirer sur les mèches voisines des tempes pour les libérer un peu.

La pression sur mon cuir chevelu se relâche, mais le martèlement persiste dans mon crâne. Exposant de nouveau mes paumes, je montre que je n'ai pas sorti de cartes de derrière mes oreilles et je distribue une nouvelle main.

Un client a pris place à ma table pendant que j'avais les yeux baissés, et les poils de ma nuque se hérissent.

Jaeger est assis devant moi, ses épaules occupant pratiquement deux largeurs de siège.

Mon cœur ricoche dans ma poitrine comme une balle de flipper. Je n'arrive pas à contrôler le sourire qui m'étire les coins de la bouche.

Arrête de sourire ! Je pince les lèvres.

Au début, Jaeger ne dit rien, mais quand arrive son tour de tirer, il avance sa main sur la table et dit :

– Qu'est-ce que tu fais après le travail ce soir ?

La première pensée qui me vient à l'esprit, c'est qu'il me drague. Eh bien, il veut tirer… une carte, pas *moi*. Je dois arrêter de penser à lui comme à un type qui pourrait m'intéresser. Aucun mec ne m'intéresse. Je suis avec Éric.

Je lui distribue une carte.

– Pas grand-chose. Pourquoi, que se passe-t-il ?

Il regarde les cartes sur la table avant de répondre :

– Gen et toi, ça vous dit de vous joindre à Mason et moi pour la tradition du lever du soleil sur le lac Tahoe ?

Ça semble prometteur.

Jaeger, ou peut-être Mason, veut probablement voir Gen ce soir, et il m'invite aussi, car on est inséparables, deux pour le prix d'une.

J'imagine du champagne sur la plage… Il est doué s'il la joue comme ça.

– Je suis partante. Qu'a dit Gen ?

Je retourne ma carte cachée et ajoute un six à mon sept. Je tire une autre carte.

Un roi ? La croupière saute.

Et juste comme ça, ma série de victoires s'arrête.

Les sœurs blond glacé ont perdu aussi, et ont déjà quitté la table. Le dix-huit de Jaeger est la main gagnante.

– Elle a dit qu'elle ira si tu y vas.

Il ramasse ses gains.

Tu vois, je me dis, *il se contente de valider auprès de moi. Il a invité Gen en premier.*

Je scrute malgré tout son expression, mais il ne me regarde pas. Je ne vois que les pointes de ses cils, sa lèvre inférieure charnue et sa mâchoire carrée encadrée par de larges épaules. Je ne sais pas s'il veut que je vienne uniquement pour que Gen se sente à l'aise ou s'il veut que je sois là. Ce qui est stupide. Peu importe qu'il souhaite ou non ma présence. C'est Gen qui est disponible.

Pourquoi je pense à ça, bon sang ?

– On finit à trois heures. À quelle heure veux-tu qu'on se retrouve ?

Jaeger empoche les jetons et je mate les muscles tendus de ses avant-bras une fois encore.

Merde ! Ce mec ne peut pas porter autre chose que des t-shirts minimalistes ? C'est quoi ici, un club de strip-tease ?

– Je passe vous prendre à l'entrée à trois heures trente.

Je me force à lever les yeux vers lui.

– Prévoyez une tenue confortable.

Son regard plonge l'espace d'un instant – et son regard semble scruter mon uniforme en polyester comme s'il dévoilait *tout*.

L'uniforme est le même pour tous les croupiers, unisexe, et il n'est pas sexy. Mais ce regard était intime. Et brûlant. *Merde.*

Jaeger se fond dans la foule, et mon chef de table me tend un nouveau paquet de cartes. Je me force à me concentrer sur mon rifle-shuffle de première classe, et non sur le beau mec qui s'éloigne de ma table.

Chapitre Quatre

— **P**êcher ? Vous nous emmenez *pêcher* ?

Le temps de manger un morceau avant de perpétuer « la tradition du lever du soleil », le ciel est passé du noir au bleu foncé, et éclaire l'arrière du pick-up de Jaeger. Quatre cannes à pêche scintillent comme des lances sur la plateforme du véhicule.

Je me gratte la tête, essayant de comprendre ce que ces types ont dans le crâne. Ce n'est pas ma définition d'un bon moment. Était-ce l'idée de Mason ou de Jaeger ? Je vais réviser immédiatement la note attribuée à leur pouvoir de séduction.

Il est cinq heures du matin et nous sommes sur une plage au nord de Stateline où je ne suis jamais allée. Des barques sont amarrées le long d'un ponton étroit.

Allô ? Personne n'a entendu parler des bateaux à moteur ? On est à quelle époque, au XVIe siècle ?

Je suis d'humeur massacrante, car je suis crevée. Et il fait un froid de canard.

Jaeger soulève une boîte qui contient, je suppose, du matos de pêche et attrape les cannes. J'ai vu des gens pêcher. Je comprends qu'il faut des accessoires spécifiques. Seulement je n'aurais jamais pensé les utiliser de mon vivant. Il existe des heures et des endroits pour trouver du poisson – et ce que moi je préfère, c'est le voir étalé sur de la glace au rayon poissonnerie.

– T'as peur ?

Mason arque un sourcil, ce qui creuse sa fossette. Il me cherche ?

Je croise les bras.

– Ça ne doit pas être si difficile.

Jaeger se concentre sur l'assemblage du matériel de pêche. Il ne dit rien, mais je pense qu'il a conscience que la pêche ne m'enthousiasme pas. C'est peut-être à cause des ondes hostiles que je dégage.

Jaeger est resté vague quand il m'a invitée, et jusqu'à présent, ils ont gardé le secret sur les détails de notre virée matinale. *Très malin de leur part.*

Ils marchent jusqu'au bord de l'eau, détachent du ponton deux engins assurément submersibles, et les traînent jusqu'à la rive. J'interroge Gen du regard. Elle hausse les épaules et se dirige vers les bateaux.

Super. Comment vais-je lui trouver un mec bien si elle ne reconnaît pas d'instinct une technique de drague indigne d'elle ? Une collation au Last Stop et une partie de pêche sont très loin de ma conception d'un verre et d'un dîner.

– Vous l'avez déjà fait avant ? demande Gen, le visage rayonnant de joie, tandis que je la suis à contrecœur.

Suis-je la seule à ne pas m'enthousiasmer à l'idée de pêcher à cinq heures du matin ?

– Non. Et toi?

Elle contemple l'eau avec nostalgie.

– J'allais pêcher avec mon grand-père quand j'étais

petite, mais je ne l'ai pas fait depuis longtemps. Ça va être amusant.

Elle enroule un bras autour de mes épaules, et le sang cesse de circuler dans mes membres.

Oh mon Dieu. Mon mal de tête revient. Je regarde le pick-up. Est-il trop tard pour reculer ? Il y a quelque chose dans le fait d'appâter des poissons innocents et de malmener leur corps visqueux jusqu'à ce qu'ils meurent qui me donne envie de me cacher sous terre.

Mason se retourne.

– Gen, tu viens avec moi. Grimpe par ici. C'est plus facile du ponton.

Attends, quoi ? Je vais avec Jaeger ? *Seule ?*

– Gen et moi, on devrait rester ensemble, non ? dis-je. Elle a déjà pêché. Elle peut me montrer.

Mason secoue la tête.

– Elle m'a dit il y a deux jours qu'elle n'a pas de permis de pêche.

Gen acquiesce.

Attends, c'est la raison de notre présence ici à cinq heures du matin ? Gen et Mason ont parlé de pêche et Mason a voulu lui faire plaisir ? Ce n'est pas exactement mon idée du romantisme, mais s'il exauce son souhait, je ne peux pas discuter.

– Techniquement, aucune de vous ne devrait pêcher sans permis, ajoute Mason. Mais ça devrait pouvoir passer si on se sépare. Ces barques sont trop petites pour nous accueillir Jaeger et moi, de toute façon, et je ne veux pas vous laisser seules.

Je pourrais admirer le caractère protecteur de Mason si je n'étais pas si paniquée à l'idée d'être coincée avec Jaeger. Mon estomac est tellement tendu qu'il menace d'éjecter le repas qu'il vient d'ingurgiter.

C'est le genre de chose qu'Éric ferait : accompagner un

copain qui est sur un coup et sortir avec la meilleure amie de la nana pour que son pote puisse faire connaissance. Ce n'est rien de plus. C'est exactement ce que Jaeger fait. Il se fiche d'être seul avec moi. Pourquoi devrais-je m'inquiéter ?

Je desserre la pince mentale qui me comprime les voies respiratoires, j'inspire à fond et je m'approche du bateau de Jaeger. Il a monté les cannes à bord, la boîte contenant le matériel de pêche et une petite glacière.

Jaeger me tend une main que je saisis. Elle est très musclée, chaude et ferme, et engloutit la mienne. Une bouffée de chaleur m'inonde la poitrine, les fantasmes de cette main sur mon corps bombardant en rafale tout espoir de pensée rationnelle. Je dégringole dans la barque et mon postérieur atterrit sur le banc avec un bruit sourd.

Jaeger se pousse, et me passe une rame. Je me colle contre le bord du bateau, enfonçant mes doigts dans le métal. Fantasmer n'est pas tromper. Mais il faut que ça cesse.

— Cap sur le piton.

Jaeger montre du doigt la paroi rocheuse sombre à environ quatre cents mètres.

Je plonge ma rame dans l'eau et nous tentons de trouver un rythme en pagayant sur le lac. J'aimerais dire que nous glissons en douceur, mais ma rame plonge brutalement dans l'eau et j'éclabousse, manœuvrant l'aviron comme une scie à métaux. Ma coordination laisse à désirer.

— Pourquoi là-bas ? je demande à l'approche de l'endroit désigné. On ne devrait pas aller où c'est plus profond ?

— C'est profond ici, et les poissons aiment les criques. C'est aussi plus proche de la rive, donc moins fatigant pour nous.

Il pose sa rame, les yeux rivés sur moi. Il ne bouge pas pendant un moment, se contentant de me fixer. Sa mâchoire oscille comme s'il hésitait entre parler ou se taire.

Gen et Mason sont plus proches du rivage que nous. Des bribes d'une conversation étouffée flottent vers nous, mais rien que je puisse déchiffrer. Jaeger et moi pourrions aussi bien être seuls. Je détourne le regard et contemple l'eau couleur d'obsidienne.

La jambe chaude de Jaeger m'effleure le mollet quand il se penche pour attraper une canne.

– Tu ne l'as jamais fait avant ?

Pendant un instant, je me demande de quoi il parle. La chaleur de sa jambe et la proximité de son corps m'évoquent les mots « séances de pelotage » et « tromper son petit ami ». Plusieurs oui au premier, plusieurs non au second.

Puis je me souviens que nous sommes censés pêcher.

– Non.

– Je vais appâter ton hameçon.

– Pardon ? Pourquoi toutes les phrases qu'il prononce ont-elles des double-sens à mes oreilles?

Il lève un sourcil et tire un ver frétillant d'une boîte en polystyrène. Il pique l'asticot au bout d'un hameçon de la taille de mon petit doigt.

Je vomis un peu dans ma bouche. Pourquoi je suis là déjà ?

L'embarcation de Gen et Mason a dérivé plus loin et je ne les entends plus.

– Tiens, dit Jaeger en me tendant la canne à pêche avec le ver qui gigote au bout. Appuie sur le bouton du moulinet et lance la ligne dans l'eau.

J'essaie de me concentrer sur ses instructions, mais je suis obnubilée par le ver empalé. Je prends le moulinet avec précaution, en l'éloignant pour que Monsieur Asticot ne me touche pas ou ne soit pas assommé par la coque du bateau, ajoutant l'insulte à la blessure. J'abaisse le bout de la canne et je le fais flotter à la surface du lac. Peut-être que ce petit bonhomme aura de la chance et s'échappera de son instrument de torture pendant que Jaeger me donne les consignes.

— Quand je te le dirai, verrouille le moulinet.

Ah, on est autoritaire ? Sans blague, de qui je me moque ? J'ai besoin qu'on m'explique tout point par point.

J'appuie sur le bouton et la ligne descend en sifflant et s'enfonce dans l'eau. Maintenant, le ver va se noyer. La pêche est une activité inhumaine.

Au signal de Jaeger, je rappuie sur le bouton pour bloquer le moulinet. Je tiens la canne comme si c'était une hache et je fixe le bout, sans savoir ce que je suis censée attendre.

Jaeger prend un autre ver dans la boîte en polystyrène, et je détourne le regard. Je sais ce qui va se passer. Je ne veux pas être témoin du triste sort de cette créature au bout de l'hameçon de Jaeger.

Pourquoi cela me rappelle-t-il mon propre destin ?

Au son de sa ligne qui s'enfonce dans l'eau, je rouvre les yeux. Jaeger verrouille son moulinet et tend la main vers la glacière, d'où il sort une canette de Budweiser. Il la décapsule et me la tend.

De la bière pas chère à cinq heures et demie du mat ? Je vais prendre ladite bière et la boire comme du petit lait. La gazéification peut me calmer l'estomac. Et au pire, une légère ivresse peut faire retomber la tension sexuelle et le sentiment d'impuissance — ou les aggraver. Mon Dieu, tout ce dont j'ai besoin.

Si je suis la seule à avoir des pensées obscènes, c'est gérable, mais si Jaeger est aussi attiré par moi… nous avons un problème.

– Comment je saurai que j'ai attrapé un poisson ?

Il me fait taire et me regarde comme si j'avais fait une bêtise – ce qu'ai fait… dans ma tête.

– Tu n'attraperas pas de poisson si tu les effraies en parlant trop fort, chuchote-t-il.

Je baisse la voix.

– Tu vas me dire comment ça se passe, ou bien ?

Sa bouche frémit. Il répond sans me regarder.

– Ils mordillent.

Un frisson m'électrise le ventre et descend entre mes cuisses. Je serre les jambes. Il recommence avec ce vocabulaire de pêche lubrique !

– Tu sentiras une vibration, parfois des petits coups secs. Ne réagis pas tout de suite. Laisse le poisson mordre une grosse bouchée, puis tire sur ton hameçon. Si tu sens une résistance, tu as attrapé quelque chose.

Il s'ouvre une canette et nous restons assis en silence, moi qui avale ma bière en attendant d'être mordillée, et lui aussi immobile qu'une statue à cinquante centimètres de moi.

Au bout de quelques minutes, je tends la main vers la glacière pour prendre une autre bière et ma ligne se met à vibrer. Je ne réagis pas tout de suite, mais j'observe ma canne avec attention. Je prends la seconde bière qu'il me passe, et j'attends, en buvant à petites gorgées, agrippée à ma canne.

Une légère secousse, avant de remuer.

Concentré sur sa propre ligne, Jaeger ne semble pas le remarquer.

Au coup sec suivant de la mystérieuse créature sous-marine, ma canne me glisse des mains une fraction de seconde. Je m'arcboute et j'enroule le moulinet plusieurs fois pour tendre le mou de la ligne. Le bout de la canne s'agite dans tous les sens. J'ai attrapé un truc, c'est sûr.

En faisant tourner le moulinet à toute vitesse, d'un geste chaotique, je me bats pour remonter l'animal sauvage au bout de la ligne, dopée par l'adrénaline. Je suis à fond dans la pêche, maintenant. Femme contre bête !

Qu'est-ce qui a mordu exactement ? Il existe des requins d'eau douce ? Parce que je crois que j'en ai pris un. Il est rusé le bougre. Je tends la ligne, mais je ne progresse pas beaucoup.

Jaeger se rapproche et nos bras se frôlent. Il pose sa canne.

– Besoin d'aide ?

Avant que je puisse répondre, le bateau tangue et je relâche ma prise le temps de retrouver l'équilibre. Jaeger se glisse derrière moi sur le banc que je chevauche, le torse contre mon dos.

– Qu'est-ce que tu fais ? je demande nerveusement.

– Je me suis dit que tu voudrais savoir comment remonter ta ligne.

Sa voix grave, son eau de Cologne légère, et la chaleur de son corps contre le mien me tétanisent.

Je m'étouffe.

– Je crois savoir comment on fait.

Il met les mains sur les miennes et je lâche instantané-ment la canne, rapatrie mes mains sur mes genoux. Il tire sur la ligne à coups rapides et efficaces, et le poisson saute hors de l'eau.

Il est de la taille d'un goujon.

C'est quoi ce bordel ? J'avais un *dauphin* au bout de la ligne.

Je me glisse à la place qu'occupait Jaeger pendant qu'il attrape Monsieur Poisseux et décroche délicatement sa bouche du crochet. Il jette le goujon par-dessus bord, et le petit gars décrit un arc et s'enfuit à la nage.

– Pourquoi tu l'as rejeté? Je me suis démenée pour attraper ce poisson, et Monsieur Asticot a sacrifié sa vie.

– Capture et remise à l'eau. On ne les garde pas, même si tu en avais pêché un assez gros pour le manger.

Sa bouche se recourbe.

On dirait la devise d'un dragueur.

– Voilà. Je ne vois pas de poisson au bout de ta ligne. Je suppose qu'il faut du doigté pour ça.

Son regard dérive vers mes doigts enroulés sur mes genoux et une sensation de chaleur me parcourt l'échine. Il me regarde dans les yeux.

– N'hésite pas à me faire une démonstration de ton doigté quand tu veux.

C'est officiel. Jaeger a l'esprit tordu lui aussi.

Maintenant je suis dans le pétrin.

Il appâte mon hameçon et me tend la canne.

Il est temps d'étouffer cette attirance dans l'œuf. La plupart des mecs sexy perdent une dizaine de points quand je les connais mieux. Je vais poser à Jaeger quelques questions pointues. Ça devrait refroidir mes ardeurs.

– Alors, qu'est-ce qui t'est arrivé ? Je croyais que tu étais un sportif de haut niveau. Le ski, c'est ça ?

Un ange passe. Il fixe l'eau.

– Ski alpin.

J'attends qu'il développe. Il semble détendu, mais j'ai quand même l'impression d'avoir touché un point sensible.

– Je ne skie plus.

Il écarte les pieds sur le fond métallique du bateau, les coudes appuyés sur les genoux.

– J'ai dû abandonner la compétition après une blessure grave.

C'est indubitablement un point sensible, même s'il reste calme. D'après mon frère, Jaeger était un skieur extraordinaire. Il allait être sélectionné pour les Jeux olympiques si mes souvenirs sont bons. C'est un événement majeur dans une petite ville. C'est aussi une des raisons pour lesquelles jamais je n'aurais cru qu'il m'avait remarquée. J'étais la petite sœur maigrichonne de Tyler. Jaeger avait une petite amie sérieuse et me regardait à peine quand il venait à la maison.

– Qu'est-ce que tu fais maintenant ?

Il boit une gorgée de la bière qu'il tète depuis tout à l'heure.

– Je sculpte le bois.

L'image des bûches avec des têtes d'ours gravées et les totems en bois vendus le long de la Route 89 me traverse l'esprit. Mince, la vie de ce pauvre gars a sérieusement décliné depuis le lycée.

– Et toi ? demande-t-il en étudiant mon visage. Tu viens d'être diplômée. C'est quoi la suite ? Je suppose que ton job au casino, c'est temporaire.

Seigneur, si ce n'était pas le cas, ma mère me tuerait. Elle a bossé dans des casinos pendant vingt-deux ans pour faire bouillir la marmite. J'ai un père bon à rien qui appelle deux ou trois fois par an et qui, malgré son brillant cerveau, n'arrive pas à garder un emploi assez longtemps pour subvenir à ses besoins, encore moins pour verser une pension alimentaire. Mon père n'a jamais assumé ses responsabilités, et c'est donc ma mère qui a dû nous élever seule, Tyler et moi. Elle a renoncé à demander de l'aide à mon père bien avant qu'ils se séparent, lorsque j'avais deux ans.

– Ouais, temporaire.

Jaeger continue de me fixer et je me rends compte que je n'ai pas répondu à sa question. Je m'éclaircis la voix.

– J'ai été admise en école de droit.

Il hoche la tête, avec raideur.

– Où ?

– Harvard.

Une longue pause s'ensuit, et je ne saurais dire si le silence est dû à moi et à mes inquiétudes au sujet de l'école, ou à autre chose.

J'ai toujours voulu faire du droit, mais bizarrement, ça ne me semble pas réel ni… bien pour moi. Ma visite au campus le semestre dernier a confirmé mes doutes. Je n'ai jamais vu une telle concentration d'étudiants BCBG. Pas simple de s'intégrer. J'ai grandi dans une ville de casinos avec une mère célibataire. Je suis intelligente et combative, pas privilégiée. L'adaptation à la vie sur le campus de Harvard va être compliquée, les prêts écrasants. Si je travaille tout l'été sans relâche, j'aurais juste assez pour payer la moitié de la chambre et des repas – pour la première année. Cela n'inclut pas les frais de scolarité, qui sont cinq fois plus élevés. D'où l'obligation de trouver un poste juridique avec un salaire élevé une fois mon diplôme en poche. En gros, je travaillerai pour rembourser mes études.

– Alors tu vas bientôt partir ? demande-t-il d'un ton égal.

Je ne réponds pas immédiatement. Je ne peux rien dire, parce que même si j'ai suivi cette orientation, elle ne m'enthousiaste pas. Personne n'a *envie* de claquer une fortune dans des études, mais il n'y a pas que ça. Il existe des formations qui coûtent moins cher. Le droit ne m'enthousiasme pas, point final.

Voilà, j'ai laissé remonter à la surface cette pensée qui me rongeait. J'ai travaillé dur pour arriver là et je devrais être heureuse, mais je ne le suis pas. J'ai changé, mes envies ont changé. Tout ce que je sais, c'est que plus rien ne va plus.

Ma mère voulait que ses enfants soient médecins ou avocats – des notables. Je pense que c'est pour cela qu'elle en a voulu à mon père il y a des années. Il avait décroché son diplôme de Berkeley avec mention. Maman a compris trop tard qu'un homme qui travaille dur réussit souvent mieux qu'un homme brillant qui se la coule douce.

Elle n'avait pas les moyens de payer les frais de scolarité et de pension pour l'université, mais maman a payé la moitié des frais de scolarité de Tyler et des miens en occupant deux postes à plein temps dans les casinos. Elle voulait ce qu'il y a de mieux pour nous. Nous avons bien réussi à l'école et ses efforts n'ont pas été vains. C'est pourquoi je ne peux pas lui dire que je ne veux pas du brillant avenir censé m'attendre.

Jaeger m'a demandé si je partais bientôt, et je n'ai pas encore répondu.

— Sans doute, dis-je finalement, incapable de lui donner une information concrète alors que le sol est instable sous mes pieds.

Le regard de Jaeger me sonde en profondeur.

— Tu…

— Jaeger, crie Mason dans un fort murmure. On ferait mieux d'y aller.

Jaeger tourne la tête, et je vois un bateau à moteur s'approcher. Il est encore loin, mais il se dirige droit sur nous.

Il remonte sa ligne et jette la canne au fond du bateau. Il ramasse les deux avirons.

— Tiens-toi tranquille.

Je repose ma canne et le premier coup de rames de Jaeger me fait basculer en arrière. Nous glissons à la surface de l'eau suffisamment vite pour que le vent me rabatte les cheveux sur le visage. Ses bras sont comme des machines, les rames fendent l'eau, les muscles de ses épaules se gonflent et ondulent sous la chemise à manches longues qu'il a enfilée par-dessus son t-shirt tout à l'heure.

Je ne peux pas m'empêcher de le mater. Il a peut-être renoncé aux Jeux olympiques et au sport de haut niveau, mais il a la forme. Sans doute à force de tailler le bois.

Jaeger nous ramène à terre en un dixième du temps qu'il nous a fallu pour venir ici. Il saute du bateau sur le sable et nous tire, moi et le bateau, sur la plage jusqu'à ce que la moitié de la coque soit encore dans l'eau.

Il me donne ses clés et me tend la main pour m'aider.

– Dépêche. Les filles, allez attendre dans le pick-up.

Je mets les clés dans ma poche et j'attrape sa main, louchant vers le bas pour déterminer la meilleure façon de sauter sur le rivage sans me tremper ou me faire mal. Ça a l'air simple pour Jaeger, mais il fait deux fois ma taille.

Je pose le pied sur la proue du bateau, mais ma sandale glisse sur la surface métallique. J'essaie de me rattraper et bascule en arrière.

Jaeger passe son bras dans mon dos et me soulève, écrasant ma poitrine contre lui. Pendant une seconde, mes pieds sont dans le vide, et mon visage se trouve au niveau du sien. Il me tient d'un seul bras comme une étreinte, la paume de la main à plat sous mon sein. Sa poitrine est solide et chaude contre la mienne, mais c'est sa bouche, à quelques centimètres, qui monopolise mon attention.

Mon souffle est court, haché. Tout ce qui nous entoure disparaît. Il n'y a plus que lui et moi – les deux derniers êtres sur Terre.

Jaeger desserre son étreinte et je glisse sur le sol ; mes jambes vacillent en touchant le sable. Je retombe dans la réalité et regarde autour de moi. J'aperçois Gen et je me précipite vers elle, me demandant encore si ce moment où le temps s'est suspendu n'était pas un rêve. Jaeger pousse le bateau vers le ponton et je ne sais toujours pas si mon imagination m'a joué des tours.

Je passe mon bras sous celui de Gen.

— Qu'est-ce qui se passe ? dis-je d'une voix essoufflée.

— Mason dit que le bateau qui venait sur nous est celui du ranger qui vérifie les permis. Rien de grave si on se fait prendre, mais l'amende est salée.

Nous grimpons dans le pick-up de Jaeger et je m'installe sur la banquette arrière de la cabine. Il fait jour et je vois mieux son véhicule. Carrosserie gris argenté et propre. Il est flambant neuf. Pas mal pour un vendeur de totems.

— Tu as attrapé quelque chose ? demande Gen, les yeux brillants de notre aventure.

— Ouais, mais on l'a rejeté. Capture et remise à l'eau.

Je ne mentionne pas la taille de mon poisson.

— Et toi ?

— Rien. Mason dit qu'il va m'avoir un permis pour qu'on puisse y retourner une autre fois.

Il y a une heure, j'aurais considéré cela comme la pire forme de torture, mais j'aime bien l'idée maintenant. Il y a des bons côtés au fait de ramer sur un lac paisible pour boire de la bière au lever du soleil. Ou peut-être que c'est la compagnie qui change tout.

Même s'il est sculpteur, je suis attirée par Jaeger. Il s'est créé une nouvelle vie après avoir été obligé de renoncer à son rêve. Je ne peux que le respecter pour cela.

Mon idée de mieux le connaître pour qu'il baisse dans mon estime s'est retournée contre moi.

— Et toi ? Tu t'es amusée avec Mason ? Je remue les sourcils.

Gen hoche la tête avec un sourire déconcerté et regarde par la fenêtre.

— C'est un bon pote.

Un bon *pote* ? Jaeger me met dans tous mes états avec son vocabulaire de pêche lubrique, et Gen et Mason nouent une amitié ?

Non, non, non. Soit Mason passe à l'action, soit Gen et

Jaeger formeront le prochain couple. Qu'elle s'éclate avec lui. Moi, j'ai un copain.

— Et toi ? Comment était Jaeger ?

— C'est un mec bien, Gen. Tu devrais sortir avec lui si ça ne marche pas avec Mason.

Gen penche la tête et me dévisage. Elle ouvre la bouche pour parler, mais la portière côté passager s'ouvre.

— Tout va bien ! annonce Mason.

Jaeger se glisse derrière le volant et nos regards se croisent dans le rétroviseur. Je détourne le regard.

— Le ranger a vérifié nos permis et nous a laissés partir, poursuit Mason. On s'organisera mieux la prochaine fois et on vous prendra une autorisation pour la journée.

Je ne dis rien, parce que l'idée de recommencer me plaît.

Seulement la prochaine fois, Gen montera en bateau avec Jaeger.

Chapitre Cinq

Je me traîne jusqu'à la cuisine vers deux heures de l'après-midi, le même jour. En général, on ne rentre pas du travail à six heures du matin, et ce réveil tardif est dû à la partie de pêche.

Gen est devant l'évier, les yeux mi-clos, et frotte des taches de café sur la Tasse à Bec pour Adultes, dans un état second.

– Chaaalu, bâille-t-elle.

Traduction : *Salut.* Elle n'a pas encore pris son café, donc elle n'est pas techniquement pas réveillée. Je m'en verse un dans le mug Sexy Bitch. Il y a une cinquantaine de mugs au choix. Notre location d'été compte plus de mugs que d'assiettes.

J'ouvre le frigo et scrute la porte. *Vous êtes là, mes beautés.* Je dévisse le couvercle de mon bocal préféré, pique une olive avec une fourchette et la mets dans ma bouche.

Gen a un haut-le-cœur.

– C'est dégoûtant. Pourquoi tu me fais ça avant que j'aie bu mon café ?

Innocemment, je lui en offre une.

– Pétasse, dit-elle sans conviction.

Le meilleur moment pour taquiner Gen, c'est le matin, quand son niveau d'énergie est au plus bas.

Je lui tends mon mug.

– Appelle moi Sexy Bitch.

Trente minutes plus tard, les paupières de Gen sont opérationnelles et elle feuillette *People* assise dans une des chaises longues du jardin. J'occupe la chaise voisine, en haut de bikini et bas de pyjama, mon carnet de croquis sur la table à côté de moi. J'ai commencé à gribouiller à l'école primaire. C'est devenu une obsession.

J'ai les yeux fermés, le corps orienté vers le soleil. Je sens sa caresse, mais je me suis tartinée de crème solaire indice cent pour ne pas cramer et peler. Je fais semblant de bronzer.

Le froissement d'une page qui tourne bruisse à côté de moi.

– Une serveuse du boulot nous invite à une fête ce soir.

J'ouvre une paupière.

– Une des cougars ?

Gen rentre le menton et secoue la tête.

– Non. Nessa a notre âge et elle est très sympa.

– Ce serait cool, mais j'ai rendez-vous sur Skype avec Éric.

Enfin, *enfin*, j'ai réussi à coincer mon petit ami par texto. Je relis l'échange sur mon téléphone et je souris.

Cali : *Je repense à notre descente en bouée de l'American River, dans l'eau glaciale. C'est ta faute si on s'est retournés. Sauver cette bière n'en valait pas la peine !*
Éric : *Ça en valait la peine.*
Cali : *Tu me manques. Skype ce soir ? Vingt heures ?*
Éric : *Bien sûr.*

Gen frissonne, les coudes serrés sur les côtés.

– Dans ce cas, je suis contente de ne pas être là.

Je repose le téléphone sur mes genoux. Éric et moi avons la réputation de parler de cul devant Gen. Peut-être parce que nous n'avons pas honte ou parce que ça la rend folle – d'accord, c'est les deux.

Toutefois, je ne pense pas que notre conversation de ce soir inclura un Skype sexe. Nous n'avons pas parlé au téléphone depuis des semaines. J'ai plus envie d'être rassurée sur le fait que tout va bien. Mon instinct était bon le jour de la randonnée. Quelque chose ne va pas, mais j'ai été tellement occupée par mon job d'été que je n'ai pas eu le temps de creuser.

Inutile de tirer des conclusions avant d'avoir parlé à Éric. Je souris, juste pour agacer Gen. Probablement, oui.

Je suis surtout nerveuse. Une fois que je saurai que tout va bien avec Éric, je suis sûre que j'aurai les idées claires sur cette histoire avec Jaeger.

————

IL EST MINUIT. Il m'a officiellement posé un lapin.

Jamais personne ne m'a posé de lapin – et encore moins mon petit ami ! Putain de merde !

Alors que je plonge la cuillère dans mon deuxième pot de glace vanille noix de pécan, j'entends la clé tourner dans la porte. Gen entre. Enfin, *tape des pieds* serait plus juste.

Je retire mes chaussons fourrés de la table basse rétro en bois (c'est en fait une vieille chose en ruines, mais je m'exerce à la pensée positive), et j'attends qu'elle pose ses affaires et me dise ce qui se passe. Parce qu'il se passe un truc. Elle a un air cachottier et claque la porte derrière elle.

Elle mate mon pot de glace et pousse un gros soupir.

— De tous les parfums Ben & Jerry's qui existent, tu as choisi *Vanilla Pecan Blondie* ? Pourquoi t'as pas pris Cookie Dough, Chunky Monkey, ou je ne sais pas, vanille?

Elle balance son sac par terre et s'affale dans le canapé à côté de moi, les yeux dans le vide.

Je regarde son profil, le sac à main jeté, puis le pot de glace posé sur mon ventre dont la cuillère dépasse comme un drapeau.

— Aïe. Quel est le problème avec la noix de pécan ?

Nouvelle longue expiration, par le nez cette fois.

— File-moi un peu de ta glace dégoûtante.

— *Glace dégoûtante* est un oxymore. Prends une cuillère, et je laisserai *peut-être* tes doigts sales racler le bord de mon pot.

Gen se relève du canapé et va d'un pas traînant dans la cuisine. J'entends les tiroirs qui s'ouvrent et se ferment, le bruit métallique des couverts dans l'évier. Il n'y a plus de cuillère propre. Je le sais parce que j'ai pris la dernière. Si elle réussit à trouver une cuillère propre, je ferai don de mon premier-né à…

Gen revient au salon en brandissant une cuillère comme un trophée. Elle est tordue à un angle de soixante degrés et bosselée, bonne pour le vide-ordure, mais c'est réglo.

Merde. Adieu, premier-né.

Elle se laisse tomber sur le canapé, creuse un trou énorme dans mon pot et fourre la cuillère dans sa bouche. Elle la ressort et observe l'ustensile déformé.

— J'ai rencontré quelqu'un.

Ahhh, c'est donc ça. Ça semble prometteur. Cette nouvelle me fait presque oublier le misérable lapin d'Éric.

— Il ne m'a pas parlé.

D'accord, pas si prometteur.

– Et pourquoi il t'intéresse ? Reste à l'écart des C-O-N-S, Gen. On cherche un mec bien.

– Je sais. Crois-moi, je sais.

– Mais ?

– Il n'arrêtait pas de me regarder, comme s'il ne pouvait pas s'en empêcher, et puis j'ai réalisé qu'une des filles présentes à la fête était sa petite amie.

Je m'étrangle avec un morceau de noix de pécan qui se coince dans ma gorge. S'il te plaît, ne me dis pas que ce type t'intéresse. Je pensais que le dernier était une exception. Tu es attirée par les salauds infidèles, c'est ça ?

Gen incline la tête, exaspérée.

– Laisse-moi finir. Quand j'ai compris qu'il avait une copine, j'ai fait une croix sur lui. Mais…

Oh, non. *Nooon.* Elle frotte les bosses de la cuillère comme pour les aplanir, perdue dans ses pensées. J'ai peur de deviner la fin de sa phrase et je suis à deux doigts de lui botter le cul. La dernière chose dont elle a besoin, c'est de retomber dans la situation dont elle sort.

– On est tombés nez à nez dans le couloir, du genre littéralement, on s'est percutés.

Elle se tourne vers moi, scrute mon visage.

– Cali, je n'ai jamais ressenti ça avant. Quand il m'a touchée… Mon Dieu, je ne sais pas comment l'expliquer.

Oh, je crois que je sais. Je grince des dents, me rappelant avec force le moment où Jaeger m'a rattrapée quand j'ai glissé sur l'avant du bateau et que le temps s'est arrêté. Hormones, phéromones, peu importe. Ces bestioles font des ravages.

Ce n'est pas bon. C'est mal. Ni elle ni moi ne devrions ressentir ce trouble. Pas avec ces deux hommes. Mon conseil débile m'explose à la tronche. J'ai poussé Gen à sortir, et voilà ce qui se passe. Si elle couche avec le C-O-N numéro deux, ce sera ma faute.

Elle secoue la tête.

— Je n'ai jamais ressenti ce genre d'attirance. Avec personne, et encore moins mon ex. Je n'arrête pas de penser à ce mec.

Son joli nez se plisse.

— C'est emmerdant.

Je te comprends, ma sœur.

Je me mets face à elle.

— Écoute-moi. Oublie ce type. Ce n'est pas un mec bien, sinon il ne te materait pas alors que sa copine est dans la pièce, et il ne frotterait pas sa…

— Il ne l'a pas fait.

— Peu importe. Le fait est que tu as le pouvoir de choisir. Rien ne t'oblige à tomber amoureuse d'un mec qui te brisera le cœur. Ce n'est pas de l'amour.

Elle renifle en inspirant et hoche la tête.

— N'oublie pas Mason et Jaeger. Ils sont tous les deux sexy et célibataires. Détail de la plus haute importance.

Gen me lance un regard fâché.

— Ce n'est pas comme si je voulais avoir un mec qui me trompe.

Sa voix se brise, et je regrette mes paroles.

Je lui prends les mains.

— Non bien sûr, mais les hommes ne sont pas tous honnêtes, et tu dois faire attention. Ne t'approche pas de ceux qui te donnent…

Je secoue la tête et regarde autour de moi.

— … J'en sais rien, le sentiment intime qu'ils cachent quelque chose. Il y a des chances que ce soit le cas.

Le visage d'Éric surgit dans mon esprit. Je devrais suivre mon propre conseil.

— Tu as raison.

Je l'observe, essayant de deviner ce qui se passe dans sa jolie tête pendant qu'elle se mâchouille la lèvre.

– Mange encore de la glace, tu te sentiras mieux.

Gen plonge sa cuillère tordue dans le pot, et je l'imite. La thérapie par électrochocs de glucides après cette soirée de merde fonctionne à plein régime.

– Le bon côté, c'est que tu ne reverras plus ce mec.

Elle me regarde d'un air coupable.

– Quoi ? Vous n'avez pas prévu de…

– Non ! Mais j'ai plus ou moins prévu de voir Nessa demain. Ils sont amis. Il sera peut-être là.

– Alors, n'y va pas.

– Génial, dit-elle en me fusillant du regard. Je vais devenir une ermite. C'est toi qui as insisté pour que je sorte.

Bon sang elle a complètement raison Trahie par mes propres conseils.

– Écoute, viens avec moi, dit-elle. Ils vont à cet endroit dont tu m'as parlé, Zephyr Cove. Ce sera amusant et tu seras là pour intervenir si j'en ai besoin, ce qui n'arrivera pas. Le gars… il n'a pas l'air du genre agressif. C'est probablement à sens unique de toute façon. Il n'y a pas de quoi s'inquiéter.

Chapitre Six

Onze heures du matin, c'est très tôt vu nos horaires de travail. Même les jours de congé, nous nous couchons tard et faisons la grasse matinée. Mais les plus belles expériences au lac Tahoe ont souvent lieu tôt dans la journée. Ce qui explique que je me trouve sur la plage à onze heures de ce foutu matin, à attendre l'arrivée des copains de Gen.

Je suis couchée à plat ventre sur ma serviette. Gen est assise à côté de moi, et triture son sac, son bouquin à l'eau de rose et tout ce qui lui passe sous la main. J'ai tellement un mauvais pressentiment sur cette sortie. C'est sa vie, mais c'est difficile de voir quelqu'un qu'on aime faire deux fois la même erreur.

Il ne s'est rien passé entre elle et le garçon qu'elle a rencontré hier soir, alors je ne dis rien et j'essaie de me calmer. D'ailleurs, je vais en profiter pour faire une micro-sieste.

Mon corps se met en mode pré-sommeil quand une pluie de sable me douche le côté du visage, brisant le début d'un rêve dans lequel je suis assise sur le rocher au milieu du lac Eagle, complètement seule. Je ne suis pas mécontente que ce rêve avorte. Il appartenait à la catégorie des rêves d'angoisse, mais quand même. C'est quoi ce bordel ?

Je me redresse lentement, me frotte les yeux lourds de sommeil et de grains de sable. De longues jambes dorées et musclées parsemées de poils blonds me bloquent la vue. Je lève les yeux en mettant ma main en visière.

Mason. Merci mon Dieu. C'est de lui que j'ai besoin pour chasser les mauvaises idées de Gen.

– Cali ! Excuse-moi pour le sable. Tu vas bien ?

Il s'accroupit devant moi et ramasse le ballon fiché sous mon aisselle. Il sourit à Gen.

Elle s'appuie sur ses bras et sourit en retour. Elle a l'air à l'aise et détendue. J'en déduis que ses triturations nerveuses étaient dues à l'autre gars, pas à Mason. Elle ignorait que Mason serait là aujourd'hui.

– Ça va, dis-je, y'a pas de mal.

Un sentiment de malaise me noue l'estomac quand je pense à quel point ce C-O-N a affecté ma meilleure amie, et les conséquences possibles. J'essaie de regarder derrière Mason, mais ses épaules géantes de snowboardeur me cachent la vue.

– Tu es avec qui ? je demande.

– Jaeger.

Mason enfonce le ballon dans le sable et s'assied sur ses talons. *J'imagine qu'il va rester un moment.*

– Il faisait trop beau pour aller à la salle de sport. On a préféré venir ici.

Je me penche sur le côté, et j'aperçois Jaeger… qui parle avec une petite brune. Elle porte un bikini rouge rikiki et lui sourit. Mon appréhension disparaît, remplacée par des nœuds dans le ventre et des brûlures à la poitrine. *Qui est-ce ?*

Jaeger regarde dans notre direction et nos yeux se

croisent. Je retiens mon souffle, et soudain mon cœur s'affole comme si leur conversation n'avait rien d'innocent.

Il dit quelque chose à la brune, puis il se dirige vers nous, ses longues enjambées avalant le sable. La fille l'observe d'un air déconfit, et je ne sais pas ce qu'elle fait ensuite, car mon cerveau se bloque.

Jaeger est torse nu. Sa poitrine et ses épaules larges et musclées sont légèrement bronzées, et se rétrécissent en V au-dessus de son caleçon de bain, qu'il porte bas. Ses jambes ne sont pas maigres comme la plupart des grands mecs, elles sont proportionnées et bien musclées, tout comme le reste de son corps. Même la cicatrice verticale au milieu du genou séduit par sa brutalité sauvage.

Mon cœur bat la chamade. Tout à coup, il fait une chaleur d'enfer, bien que mes mains soient glacées. J'époussette ma serviette pour la débarrasser du sable projeté par le ballon.

Jaeger s'accroupit à côté de Mason. Il se penche en avant, un bras sur le genou.

— Salut.

Je souris. C'est tout ce que je peux faire. Il sent la crème solaire et autre chose de très alléchant… J'essaie de ne pas le montrer, mais je suis littéralement en train de le renifler. J'ai vraiment un problème.

Il a un sourire amusé.

— T'es allée à la pêche récemment ?

Il y a plusieurs façons d'interpréter sa question. Immédiatement, mon esprit mal tourné s'engouffre dans la brèche.

— Non, et toi ?

Il secoue la tête et ramasse le ballon que Mason coince sous sa main. Ce dernier ne semble pas s'en soucier, car il écoute attentivement Gen, qui lui parle des amis qui doivent nous retrouver ici.

Jaeger regarde derrière mon épaule vers la zone de barbecue. Il est encore tôt, et personne n'est encore arrivé.

– Viens.

Il se lève avec le ballon sous le bras et me tend la main.

Je l'attrape et il me relève.

– On va où ?

– Jouer à la balle.

Oh merde. Merde, merde.

– Euh, ce n'est pas une super idée. Je tire très mal.

Allusion grivoise encore, mais inutile de donner des détails.

Il regarde par-dessus son épaule, augmentant la distance entre nous sur la plage déserte.

– Je serai doux.

Pourquoi est-ce que je traduis tout ce qui sort de sa bouche en paroles à double sens ? Je dois rester loin de ce type. Il m'embrouille la tête.

Jaeger me lance la balle et je saute pour l'attraper. Bien sûr, je la rate. Je la ramasse et l'essuie, puis je la renvoie vaillamment de la façon dont j'envoie toujours une balle : comme si je lançais une grenade. C'est plus fort que moi. Gen a essayé de m'apprendre à lancer, mais je n'arrive pas à prendre le coup de main.

Le ballon atterrit à une dizaine de mètres de Jaeger, bien qu'il ait couru pour l'attraper. Il le ramasse et le regarde, puis il se retourne et se dirige vers Gen et Mason.

– Où vas-tu ? je lui crie.

Il ne répond pas. Il marche jusqu'à Mason et plante le ballon à côté de lui. Mason pose distraitement la main dessus tout en continuant de bavarder avec Gen.

Jaeger se retourne et fonce vers moi.

Oh merde.

– Quoi ?

Il s'approche comme un lion prêt à bondir sur sa proie.

— Tu n'as plus de droit de jouer à la balle. *Plus jamais.*

Le sang pulse dans mes oreilles.

— J'ai juste besoin d'un peu d'entraînement, dis-je nerveusement, affolée par un mélange d'excitation et d'appréhension.

Il secoue la tête. Il n'est plus qu'à quelques mètres maintenant.

— Tu dois être punie pour ce lancer. C'était pitoyable.

Ma mâchoire se décroche, mais au lieu de craindre l'assaut du mâle viril, je suis émoustillée, et trop curieuse de voir ce qu'il va faire pour me demander si c'est mal. Je prends une expression stoïque.

— Tu es méchant, tu sais ? *Oohh…*

Jaeger me soulève et me jette sur son épaule.

— *Hé !* Qu'est-ce que tu fais ? J'ajuste prestement mon haut de bikini bleu marine pour garder mes seins sous cloche.

— Je te fous à l'eau. C'est ta punition.

Je piaille comme une fillette.

— Arrête ! Le lac est glacial ! S'il te plaît, non !

Mais je glousse ; il est chaud sous mon ventre nu et son bras m'enlace l'arrière des cuisses, m'électrisant la peau. Mon postérieur est exposé dans une position peu flatteuse sur son épaule, plat et large, mais je m'en fiche tellement je ris.

— Jaeger, je suis sérieuse. Je déteste le froid.

— Tu as grandi ici ; tu ne peux pas détester le froid.

Le sable disparaît sous ses pieds, remplacé par l'eau bleue et claire.

Merde, il s'enfonce suffisamment loin pour que mes orteils frôlent la surface glaciale.

— S'il te plaît, arrête…

Je l'implore, mais j'entends le sourire dans ma voix, et il doit l'entendre aussi.

Il me fait glisser contre sa poitrine, mes seins remontent entre nous. Nos yeux sont au même niveau, j'ai les jambes immergées jusqu'aux genoux dans l'eau glacée, mais une chaleur infernale me dévore. Il a chaud, j'ai chaud, et ma respiration se hache.

Les coins de sa bouche se relèvent.

– Qu'est-ce que tu vas faire pour échapper à ta punition ?

Mon regard passe de ses yeux vert forêt, légèrement tombants, à ses lèvres pleines. J'ai envie de l'embrasser. Si j'étais célibataire, je pencherais la tête et déposerais un baiser sur le coin de sa bouche avec douceur, pour l'allumer.

Je retourne à ses yeux sensuels. Ils se sont assombris et son sourire s'est effacé. Sa poitrine se soulève plus vite que tout à l'heure.

Je déglutis. *Merde.* Je dois arrêter ça.

– S'il te plaît, ne me lâche pas dans l'eau.

Il doit lire quelque chose sur mon visage, car ses sourcils se rapprochent. Il me fixe pendant un long moment, puis il se penche. Pendant une fraction de seconde, je crois qu'il va me mettre à l'eau, mais au lieu de cela, il passe le bras sous mes genoux et me berce contre sa poitrine.

Sa bouche s'incurve, puis il se penche et me trempe les pieds dans l'eau. Je retiens mon souffle, mais il ne me lâche pas – il me porte jusqu'au rivage.

Jaeger me pose sur le sable.

– Tu es sauvée. Pour l'instant.

Je ne sais pas ce qui vient de se passer, mais je pense qu'il a senti mon hésitation et a reculé à temps. J'en suis heureuse, sans l'être vraiment. Je devrais lui dire que j'ai un petit ami – si c'est toujours le cas ; ça reste à vérifier –, mais il ne m'a pas posé la question ni tendu la perche pour que j'en parle. Il serait présomptueux de dire quelque chose maintenant.

Nous rejoignons nos amis. Gen plie sa serviette et je remarque, derrière elle, que l'espace barbecue est occupé. Les personnes que nous attendions ont dû arriver.

Jaeger ne dit rien quand je ramasse ma serviette et la plie. Il doit savoir qu'il m'attire, mais je ne peux pas dire si son flirt n'est qu'une manœuvre pour m'occuper pendant que Mason parle à Gen, ou s'il est sérieusement intéressé.

Mason me regarde.

– Cali, j'étais en train de parler à Gen de la fête qu'on organise le week-end prochain. Vous devriez venir.

Gen lève les yeux en rangeant ses affaires et sourit. Ce n'est pas un sourire crispé m'exhortant à trouver une excuse bidon. Il est amical et chaleureux. Heureux.

Ça pourrait être une bonne occasion pour elle et Mason de faire plus ample connaissance.

– Bien sûr. J'adorerais y aller.

Gen ramasse son sac de plage et le balance sur son épaule. Nous saluons les garçons et nous dirigeons vers la zone de barbecue.

À mi-chemin, je jette un œil en arrière. Jaeger et Mason courent sur la plage, en passant devant la jolie brune avec qui Jaeger flirtait tout à l'heure. Elle s'écarte en souriant à son passage.

Je ne sais pas pourquoi ça me turlupine. C'est comme si je m'infligeais une torture malsaine. Je ne devrais pas être attirée par lui, mais c'est le cas – et je ne peux m'empêcher de jalouser cette fille qui peut flirter librement avec lui. Ce qui me fait culpabiliser, car peu importe ce qui se passe avec Éric, je ne veux pas être ce genre de petite amie.

Le barbecue bat son plein et je découvre au fil des conversations que plusieurs amis de Nessa sont originaires de la tribu locale des Washoe. L'un d'eux, Zach, est même croupier au casino où je travaille. Je continue de discuter avec les nouveaux amis de Gen, tout en gardant un œil sur elle, près du barbecue.

Pourquoi ?

Parce que Lewis – le mec sur qui elle a craqué hier soir – est sexy à mort. Et sa petite copine, Mira, ne le lâche pas d'un pouce. C'est une bombe atomique avec de longs cheveux châtain foncé soyeux. Et cela fait une heure que ses yeux mitraillent Gen.

Sans rire, ça pourrait virer au crêpage de chignons. Gen, à côté du barbecue, discute avec mon pote croupier et Lewis, un mètre quatre-vingt-quinze de régal pour les yeux – il doit dépasser Jaeger –, la rejoint.

C'est pire que ce que Gen m'a raconté. Il la désire et elle n'a pas idée à quel point.

Lewis la joue cool depuis une heure, mais il observe Gen quand elle regarde ailleurs. Ça craint.

Je jette un œil à la petite amie de Lewis. Oh oui, Mira les surveille. Rien n'échappe à cette nana. Elle sirote sa bière, immobile, et observe Lewis entre deux sourires faux à Nessa, qui bavarde de je ne sais quoi.

En jetant des chips dans mon assiette, je me prépare mentalement à intervenir si nécessaire.

Zach s'éloigne et Lewis tend un hotdog à Gen. Il se penche et lui dit quelque chose à l'oreille en lui touchant l'épaule. La poitrine de Gen se gonfle, son corps se penche vers lui. Je suis certaine que les étincelles que je vois crépiter entre eux sont réelles.

Casino Real World a infiltré la plage.

Je jette un coup d'œil à Mira. Elle ne fait même plus

semblant d'écouter Nessa, qui finit par suivre son regard en fronçant les sourcils. Ça ne va pas tarder à dégénérer.

Gen se fige, sa poitrine monte et descend trop vite. Elle lève les yeux, son expression est grave quand elle croise le regard de Lewis. Ils restent ainsi pendant deux secondes. Mira a l'air prête à en découdre avec Gen, et je suis à deux doigts de mettre fin à leur coït oculaire quand Lewis fait un sourire en coin et s'éloigne du barbecue.

Mince, et dire que je trouvais *ma* situation craignos.

Les yeux écarquillés, sans ciller, Gen scrute les environs et m'aperçoit. Elle glisse un mot à Zach, qui vient de réapparaître comme par magie, et file dans ma direction.

– Il faut que je m'en aille. *Maintenant.*

– Compris, lui réponds-je.

Nous remercions Nessa pendant que Lewis boit une bière à l'écart, en lorgnant discrètement vers Gen.

Oh, ouais. Gen doit absolument s'éloigner de ce gus. Elle n'est pas de taille à lutter. Avec des pommettes hautes, un nez droit, des lèvres masculines pleines et une peau parfaite et bronzée, ce beau ténébreux est sublime et il la désire. Aucune femme ne pourrait résister à ce genre d'attention.

Gen me presse la main et je jette un coup d'œil vers Lewis. Il la mange des yeux.

Mince, je ne pourrais pas résister non plus.

Je la traîne jusqu'à la voiture. Quand nous sommes suffisamment loin, je lui demande :

– Tu vas bien ?

Elle opine, mais elle regarde droit devant sans parler.

– Bon sang, Gen, c'était quoi, ça ?

Il faut que ça s'arrête. Elle respire profondément.

– Je ne ferai plus de plans avec Nessa si je sais qu'il sera présent.

Chapitre Sept

G en et moi faisons profil bas la semaine suivante. Je suis tombée sur Jaeger une fois pendant mon service au casino, et il m'a rappelé la fête ce week-end. Je lui ai dit que nous irions sans doute, mais je dois parler en priorité à Éric. Je ne supporte pas de ne pas savoir ce qui se passe. Il m'évite depuis un mois et j'en ai assez. Ce soir, je vais retourner à mon ancienne université, où il vit toujours, pour lui parler.

On est vendredi et je me débrouille pour finir tôt. Gen me prête sa voiture, et je dormirai chez mon amie Reese, qui vit près de l'université Dawson.

Le trajet est plus court que prévu. C'est ce qui arrive quand tu passes tout ton temps à chercher les bons mots pour demander à ton petit ami pourquoi il t'évite sans avoir l'air complètement pathétique. J'en ai conclu que c'était impossible.

Il fait nuit, mais toutes les lumières sont allumées chez Reese quand je me gare.

Elle a un petit ami officiel, donc je ne la vois pas aussi souvent que lorsque nous étions en première année, mais nous sommes restées proches. Par chance, elle a trouvé un emploi sur le campus après son diplôme et vit toujours en ville, alors que la plupart de mes amis sont partis vers des pâturages plus verts.

Je frappe à la porte de l'appartement de Reese, et elle m'ouvre en jean noir moulant, talons aiguille et haut à paillettes.

— Bow-chica-bow-wow, je chantonne. Tu sors ?

Elle me tire à l'intérieur.

— Oui, et toi aussi.

— En fait…

Je l'arrête, au milieu de son modeste salon meublé d'un canapé en feutre marron et du fauteuil sobre assorti, et d'une télévision. Ça m'épate toujours qu'une fille aussi stylée que Reese vive dans un intérieur sans cachet, mais sa colocataire a les pieds sur terre, et l'obsession de Reese pour la mode se limite surtout aux fringues et aux accessoires.

— En fait, j'avais l'intention d'aller voir Éric, puis de me coucher tôt.

Elena, la coloc, me salue de la cuisine. Ses cheveux noirs ondulés sont tirés dans un chignon lâche sur le dessus du crâne. En bas de pyjama en flanelle et débardeur côtelé, elle touille le contenu d'une grande marmite qui sent le ragoût de bœuf. J'en ai l'eau à la bouche. Je rêve d'enfiler un pyjama en flanelle, oublier toute cette histoire de discussion pénible avec Éric et me joindre à elle.

Reese me scrute attentivement.

— Qu'est-ce qui se passe ? Quand tu m'as demandé à dormir ici au lieu d'aller chez Éric, j'ai deviné qu'il y avait un problème.

— Pour être honnête, je ne sais pas ce qui se passe.

Ce qui signifie qu'il y a une forte probabilité que je me ravitaille en glace vanille pécan à brève échéance. Après deux ans passés avec Éric, je suis presque sûre que tout est fini entre nous. Quelle autre explication pourrait-il y avoir à quatre semaines d'évitement ?

– D'accord. Ses yeux se rétrécissent. Quel est ton plan ?

– Le trouver et lui parler ?

Puis boulotter mon poids en crème glacée à la noix de pécan ?

Je sais ce qu'Éric va me dire, mais j'ai quand même besoin de l'entendre. Quand ton copain ne t'appelle pas pendant un mois, ne répond pas, et ne semble pas se soucier de savoir si tu vis encore – quel était le titre de ce livre génial ? – ah oui, *Laisse tomber, il ne te mérite pas*. Inutile de prétendre que tout va bien, car c'est faux.

Reese tapote ses ongles multicolores sur ses lèvres. *Ce sont des strass au bout ?*

– Que dirais-tu d'aller dans un bar ?

Ma lèvre supérieure se retrousse.

– Euh...

– Je le suggère uniquement parce que j'y ai vu Éric plusieurs fois. Certains de mes collègues l'ont aussi croisé dans les bars.

Mouais, c'est bizarre. Je n'ai aucune idée de l'endroit où Reese travaille sur le campus. Elle est vague à ce sujet.

– Tes collègues le connaissent ?

Elle agite distraitement la main.

– Peu importe. Le fait est que tu as plus de chance de mettre la main sur lui dans un bar.

Est-ce que ce n'est pas déprimant ? Je dois traquer mon petit ami pour qu'il me largue.

– Je suppose que ce plan en vaut bien un autre.

Elle me fait un sourire triste.

– Commençons par le Big Billy's. C'est le nouveau lieu branché du vendredi soir.

Elle mate mes fringues.

– Ne le prends pas mal, mais… tu as apporté autre chose à te mettre ?

Je baisse les yeux vers le jean baggy et le t-shirt que j'ai mis pour la route.

– Tu veux dire que j'ai l'air d'une merde ?

– Si ça va aussi mal que je le pense entre Éric et toi, tu devrais t'habiller sexy. Montre-lui ce qu'il rate.

Chaud. Avec Jaeger, je me sens sexy et désirable, pas avec mon mec. Cherchez l'erreur.

– D'accord.

Ma voix se brise. Quand suis-je devenue cette petite chose fragile et pitoyable ?

– Qu'est-ce que tu as pris ?

Je pioche un t-shirt.

Elle secoue la tête et m'attrape le poignet.

– Viens, on va faire une descente dans mon placard. Ma mère vient de m'envoyer des affaires qu'elle a achetées sur Rodeo Drive.

J'avais oublié à quel point les parents de Reese, qui vivent à Hollywood, sont riches. Voilà qui devrait être intéressant.

Une heure plus tard, vêtue d'une minijupe noire, d'un top à manches papillon, et des talons de douze centimètres, je pousse la porte du Big Billy's. Mon ancienne ville universitaire est petite, mais vous seriez surpris de voir à quel point les gens sont bien sapés. Ma tenue est sobre comparée aux ensembles courts et pailletés qui m'éblouissent littéralement.

Reese et moi nous faufilons jusqu'au comptoir blindé. Nous commandons deux Purple Hooters et des bières.

– À la tienne !

J'avale cul sec la vodka à la liqueur de framboise, et poursuis avec de la bière qui a un goût de pisse. La pression est en promo et j'essaie d'économiser de l'argent pour la fac de droit.

Nous migrons vers un box et Éric ne tarde pas à entrer dans le bar. Il porte un jean délavé et son t-shirt vintage préféré de la Coupe du monde 2006 sous une chemise ouverte à manches courtes. Il est entouré d'une bande de potes.

Je n'ai pas envie de courir l'embrasser et me jeter dans ses bras, ce que je fais normalement. Il a été pour le moins merdique et indifférent. Ça me m'enchante pas. Je n'aime pas l'incertitude autour de notre relation, mais je me suis dit que mon attirance pour Jaeger était due au fait que je ne voyais pas Éric. Eh bien, je suis assise ici, je regarde mon petit ami, et je ne ressens rien de plus fort que de l'affection.

C'est quoi ce bordel ?

Sans la vie universitaire qui nous reliait Éric et moi, c'est comme si nous n'avions plus d'ancrage commun, plus rien du tout. Notre relation était-elle superficielle à ce point ?

Reese m'observe de son côté du box. Ses yeux passent de moi à Éric, mais elle ne dit rien quand je ne vais pas le saluer. Pendant ce temps, Éric s'approche du bar et aborde une blonde vêtue d'un short qui lui moule l'entrejambe, laissant ses amis commander à boire.

Il se penche et touche la cuisse de la fille. Une brûlure aiguë me transperce le bide. Éric n'est pas là pour aider un pote à draguer ; il est là pour lever une fille. Il aurait pu rompre avec moi n'importe quand et passer à autre chose si c'était ce qu'il voulait. Au lieu de cela, il fait traîner les choses en longueur.

Soudain, je ne suis plus très sûre de ce que nous partagions. Au minimum la confiance, je croyais, mais c'est faux. Est-ce pire que de flirter avec Jaeger ? Je ne sais pas. Je remets tout en question – mes actions, les siennes –, mais après le trajet que j'ai fait pour avoir cette discussion, l'idée de m'approcher d'Éric maintenant me donne envie de vomir. Je ferais mieux de partir.

Je reste.

Éric et ses amis prennent un box à quelques tables du nôtre. Il sourit à ce que lui dit son voisin quand je m'approche. L'ami me voit et lui donne un coup de coude dans le bras. Éric lève la tête et son sourire s'efface.

Mon cœur se serre. Malgré tout, je pensais qu'Éric tenait à moi. Il semble surpris de me voir, oui, mais aussi contrarié. Comme si ma présence gâchait sa soirée, et ça fait mal.

Ce n'est ni de l'amour ni de l'affection. Quoi que ce soit, je mérite mieux que ça.

Il se glisse hors du box et me saisit le poignet.

– Allons parler dehors.

Il marche trop vite pour que je puisse le suivre quand nous traversons le bar. Je libère mon poignet d'un coup sec et il me regarde comme si je faisais un caprice. Le videur nous tamponne la main à la porte et nous sortons du Big Billy's.

Éric file vers un banc au bout du pâté de maisons comme s'il avait peur que quelqu'un nous voie. Il s'assied et attend que je fasse de même.

– Qu'est-ce qui se passe ?

Son ton est brusque.

– Sérieusement, Éric ? C'est moi qui devrais te poser cette question.

Il pousse un soupir irrité, s'appuie sur ses genoux, et plonge la tête dans ses mains.

– Je suis désolé. J'ai été salaud de ne pas t'avoir appelée, je sais. C'est juste que… je voulais te parler quand on est allés à Tahoe… Putain, Cali, gémit-il en levant les yeux. Je me suis dégonflé.

Pense-t-il que notre relation va disparaître d'elle-même s'il m'évite ? L'enfoiré. Je ne partirai pas tant qu'il ne l'aura pas dit.

– Je suis là. Crache le morceau, Éric.

– Je-je veux rompre.

– Sans déconner ?

J'y vais fort sur le sarcasme, parce que merde.

N'importe quelle confession durant le week-end qu'il a passé au lac Tahoe aurait mieux valu que de faire traîner les choses en longueur.

– Et tu as préféré m'éviter que me le dire ? Un conseil, Éric. Respecte un minimum la fille avec qui tu sors et romps avec elle avant de passer à autre chose.

– Je n'ai rien fait, dit-il prestement. Je ne suis pas passé à autre chose. Pas vraiment. Mais j'en ai envie.

Il baisse les yeux et soupire lourdement.

– Écoute Cali, tu pars et je trouverai un job et tout, mais tu vas à Harvard pour devenir avocate. On est… trop différents. Je ne nous vois pas vivre ensemble.

Tout d'un coup, des souvenirs en rafale traversent ma matière grise. Éric se bourrant la gueule et me laissant rentrer seule à pied. Éric, un nombre incalculable de fois, faisant passer ses copains avant moi. Éric qui ne m'a jamais présentée à sa famille. Pourquoi je n'ai pas rencontré ses parents ? Il avait toujours une bonne excuse pour expliquer son comportement – ma copine allait me ramener chez moi, ou je devais étudier et ne pouvais pas sortir de toute façon –, mais j'étais si bosseuse et confiante que je n'ai jamais vu la vérité.

Éric était un petit ami de merde.

Nous avons passé de bons moments ensemble, et il était tendre parfois, mais c'étaient des choses importantes, que j'avais occultées, et pour quelle raison? Par orgueil ? J'étais si confiante dans notre histoire que je me suis contentée d'une relation qui, en réalité, était assez nulle. Et il a suffi d'un peu de distance et de la réapparition d'un fantôme séduisant sorti de mon passé pour le réaliser.

Putain de merde. Qu'est-ce que j'ai fait ?

– Salut, Éric.

Je pars sans me retourner.

– Attends. Je… on peut rester amis.

Je ne sais pas comment interpréter son expression. Ce n'est pas de l'espoir, plus de la résignation, comme s'il ne voulait pas avoir le mauvais rôle.

– Je ne pense pas.

L'idée de ne plus jamais le voir ni lui parler me fait mal, mais je ne peux pas être son amie. D'abord, c'est un ami de merde vu sa façon de rompre avec moi, et tous ces mauvais souvenirs qui me reviennent. Ensuite, j'ai besoin de prendre mes distances avec lui.

Il ouvre la bouche, mais il ne fait aucun geste pour m'arrêter quand je retourne dans le bar. Reese m'attend avec un autre Purple Hooter. Je n'ai pas envie de boire, mais je descends le shot parce qu'elle l'a commandé pour me remonter le moral. Elle ne me demande pas ce qui s'est passé, mais son regard indique qu'elle le sait déjà.

Éric et ses amis partent aussitôt après son retour au bar. Je reste aussi longtemps que possible sans montrer que je n'ai pas envie d'être là, soit environ vingt minutes.

Le petit ami blond de Reese, un Viking, nous ramène à la maison. Après avoir regardé une émission télé nulle avec Reese et sa colocataire, elles vont se coucher, et c'est là que la morve, les larmes et le hoquet me suffoquent. Je pleure en silence seule sur leur canapé, parce que, peu importe ma réussite scolaire, j'ai l'impression d'avoir passé tout le reste de ma vie avec des œillères.

Chapitre Huit

Le trajet du retour vers Tahoe a des vertus thérapeutiques. Je sanglote jusqu'à ce que je sois déshydratée. Je ne sais pas si je pleure sur l'humiliation subie hier soir ou sur la fin de ma relation avec Éric. Un peu des deux, sans doute.

Au cours d'un arrêt dans une sandwicherie à Placerville, je m'asperge le visage d'eau. Le sandwich à la dinde est ramolli et a un goût de carton, la boisson ressemble à de l'eau sucrée, mais je mâche, j'avale, et je retourne dans la voiture. Avant de mettre le contact, j'appelle Gen.

– Enfin, s'exclame-t-elle. Comment ça s'est passé ?

– Il m'a larguée.

Je parle fort, avec un léger vibrato.

Notre rupture était inévitable, mais je tiens encore à Éric. Maintenant que tout est fini, je sais qu'il va me manquer. Pas dans le sens *je suis amoureuse*, mais dans le sens *c'est le mec avec qui j'ai passé ces deux dernières années.*

Un ange passe.

– Cali… je… merde. Je suis désolée. Je sais que c'est ce qu'on dit pour que l'autre se sente mieux – je l'ai suffisamment entendu ces derniers mois –, mais dans ton cas, c'est la vérité : il ne te méritait pas.

– Je le sais. Maintenant.

Elle pousse un long soupir.

– Où es-tu ? Je peux demander à quelqu'un de m'emmener et…

– Pas la peine. Je pars de Placerville.

– D'accord. D'accord, dit-elle d'une voix hésitante. Oh, non.

– Quoi ?

– On a dit aux garçons qu'on irait à leur fête ce soir. Mais ne t'inquiète pas. Je vais envoyer un texto à Mason pour annuler.

La Cali blessée par la rupture – ce qui est absurde, je voulais mettre un terme à notre relation autant qu'Éric, mais c'est comme ça – veut se réfugier sous la couette et s'apitoyer sur son sort. Mais l'autre Cali, celle qui a encouragé Gen à sortir en soirée après sa rupture, insiste pour aller à la fête.

– Non, on y va.

– Vraiment ? Tu es sûre ?

– Ça nous fera du bien.

– Ne t'oblige pas à faire ça pour moi. Je vais bien.

– J'en ai envie. J'ai besoin de sortir. De ma tête – de mon auto-apitoiement.

———

LES ESCALIERS qui mènent à la maison de ville où vit Mason sont situés juste en bas de la station de ski de Heavenly. Des télésièges lugubres et abandonnés scintillent au clair de lune, des voix et la musique en provenance de la fête flottent dans l'air du soir.

Gen frappe à la porte et recule de quelques pas. Elle est

en jean et sandales à semelles compensées. Je porte un short classique sans-bouts-de-fesses-qui-dépassent, des chaussures plates et un pull fin et cintré.

Une minute s'écoule, personne ne nous ouvre, mais nous entendons des gens à l'intérieur. Je hausse les épaules.

– Essaie d'ouvrir.

Elle tourne la poignée et la porte glisse sur ses gonds huilés. Le bruit de la musique et des conversations s'engouffre dans nos tympans, menaçant de les crever. Il y a du monde partout.

Je scrute la foule et repère la tête de Jaeger qui dépasse des autres. Il est au milieu de la pièce et discute avec animation.

C'est curieux. D'habitude, il est plutôt introverti.

Une chaleur agréable se répand dans mes membres à sa vue, et cette fois, je n'ai pas à culpabiliser. Bras dessus bras dessous, la tête inclinée, Gen et moi progressons dans la mêlée, chargeant comme un duo d'attaquants poids plume.

Jaeger lève les yeux. Un grand sourire illumine son visage, et mon cœur s'envole dans les tours. En deux secondes, il est à côté de moi et m'attire contre son torse puissant, en passant un bras sur les épaules de Gen.

– Mesdames ! Vous êtes venues !

C'est ici que je veux être. Sans parler d'attirance, Jaeger a un côté naturellement réconfortant qui me fait me sentir bien avec lui – depuis le début.

Il nous prend sous ses bras musclés et nous guide vers la cuisine, illuminée comme un phare dans l'appartement à l'ambiance tamisée. Il se dirige vers le tonneau et nous sert deux bières, puis il indique du menton un coin de la salle à manger où se trouvent ses amis. La foule s'écarte sur son passage, Gen et moi dans son sillage.

Les cheveux et les vêtements de Mason sont froissés, comme si la nuit avait été mouvementée. Adam est là avec Breanna, qui n'a pas l'air heureuse. Sans doute parce qu'Adam bavarde gaiement avec la fille à côté de lui.

Putain, j'en ai marre de ces mecs pourris.

Mason aperçoit Gen et ses yeux légèrement vitreux s'illuminent.

— Tu es venue !

Il lui enlace la taille et la serre fort contre lui, puis recule d'un pas pour admirer son corps.

— Et tu es très jolie.

Les joues de Gen s'empourprent.

Voir l'embarras de Gen face à un compliment masculin me met toujours en joie.

Mason passe un bras autour de ses épaules. Oh oui, il a envie d'elle. Je n'en doutais pas, mais quand il est bourré, ça se voit comme le nez au milieu de la figure.

Gen s'écarte légèrement, ce qui est déroutant. Mason est ivre, mais il est tendre et sexy. Elle devrait y aller à fond les ballons.

Je la pousse vers lui, juste pour l'emmerder.

Elle se retourne et me pince la peau fine de l'avant-bras. Ça fait un mal de chien. Je ne devrais pas sous-estimer la force physique de Gen. Sous des dehors élégants et réservés, cette fille a un côté teigneux.

C'est noté. L'agence matrimoniale Cali ferme ses portes. J'ai prouvé que j'étais une piètre entremetteuse.

Je jette un coup d'œil à Jaeger, qui est inexplicablement bavard ce soir. Il est même en train de taper la discute avec Adam. Même si je me suis gourée en choisissant Éric, il ne fait aucun doute que Jaeger est un type bien. Et pour embrouiller encore plus la situation, je ne pense pas non plus qu'Éric soit un mauvais bougre. C'est juste qu'il ne s'est pas montré correct avec moi. Ce qui veut dire que les gentils peuvent être méchants avec la mauvaise fille…

J'ai mal au cerveau. Je résoudrais cette équation différentielle partielle un autre jour de merde.

Je devrais peut-être abandonner toute velléité de flirt pour le moment. Prendre des vacances sentimentales. Me concentrer sur l'avenir. Les études de droit…

Bon, disons me concentrer sur l'avenir immédiat, pas l'avenir post-immédiat pour lequel je ne suis pas prête.

Un talon aiguille transperce mes pensées et ma ballerine, me déchirant la peau sur le dessus du pied. J'en ai un haut-le-cœur. *Abrutie !*

Avant que je puisse me mettre sur un pied pour encaisser la douleur, je suis heurtée par la hanche osseuse de la propriétaire du talon, vêtue d'une robe en cellophane, qui s'accroche à Jaeger.

– On boit des shots. Viens avec nous, dit la fille aux… merde, je ne saurais même pas définir sa couleur de cheveux.

Des rayures brunes et blondes ? Impossible à dire. Elle entraîne Jaeger.

Il la suit d'un pas hésitant, regardant en arrière sans croiser mon regard.

Je bois une gorgée de bière, luttant difficilement contre l'envie de balancer ma pinte sur le crâne de la nana. Elle se colle à lui et je déteste ça.

Je déteste détester ça.

Breanna et moi discutons pendant au moins une heure, et je suis trop fière de moi, car je ne regarde pas Jaeger une seule fois. C'est un énorme progrès parce que je jette un regard obsessionnel à mon iPhone toutes les trente secondes pour occuper mon subconscient. Toutefois, dans mon effort colossal pour ne pas espionner Jaeger, j'ai perdu Gen.

J'enlève mes œillères afin de m'assurer que ma meilleure amie n'a pas été droguée. Je la repère à quelques mètres de moi, dans un coin, surplombée d'un type de taille moyenne avec une veste noire et les cheveux pétrifiés par le gel. Gen, perchée sur ses plateformes, fait plus d'un mètre quatre-vingts, alors elle doit tenter de le fuir pliée en deux pour qu'il la cache presque entièrement.

L'endroit est bondé et je réfléchis à un moyen de la rejoindre quand j'aperçois Mason. J'agite la main pour attirer son attention. Étonnamment, à travers tout ce chaos, il me voit et sourit. Je fais un signe en direction Gen en affichant mon désarroi.

Mason jette un œil et fronce les sourcils. Puis il fend la foule et abat sa paume sur le dos du type. Il saisit Gen et la tire sur le côté. Il échange quelques mots désinvoltes avec l'homme non identifié, puis s'éloigne avec Gen.

Je croise le regard de Mason et lève un pouce. Il opine, mais au lieu d'amener Gen vers moi, il la fait traverser la salle et monter une volée de marches. Gen n'a pas l'air affolée. Elle sourit et ce n'est pas un sourire forcé. Il est sincère. Je suppose qu'elle va bien et je retourne à ma conversation.

J'écoute encore pendant plusieurs minutes Breanna se plaindre du fait qu'Adam flirte avec d'autres femmes avant de décider d'aller vérifier que Gen va bien.

– Breanna, tu gardes mon verre ? dis-je en lui tendant la bière que j'ai à peine touchée. Je veux savoir où est passée Gen.

– Ouaip, pas de problème.

Elle a l'air désorientée.

– Je ne l'ai pas vue partir, dit-elle en regardant autour d'elle.

– Je crois qu'elle est avec Mason, mais je préfère m'en assurer.

Un rictus lui tord la bouche.

– Et les interrompre ? Si elle est avec Mason, ils sont peut-être en train de…

Gen n'est pas du genre à s'envoyer en l'air avec un type dans une fête. Je suis certaine à cent pour cent de ne pas interrompre d'ébats sexuels, mais ça laisse un large éventail de possibilités. Je déteste l'idée de casser le coup de Mason, mais je ne suis pas d'humeur à faire confiance à qui que ce soit pour le moment.

– Je me cacherai les yeux avant de franchir une porte.

Breanna rit. Alors que nous nous séparons, elle se tourne pour dire quelque chose à Adam à quelques mètres de là, mais il parle à une autre fille cette fois. Breanna tourne les talons dans la direction opposée et repose son verre violemment.

Je ne vois pas cette relation durer. Et je ne blâmerais pas Breanna si c'était elle qui y mettait fin.

Je prends à droite en haut des escaliers quand une main surgie de nulle part me tire à l'intérieur d'une chambre.

– *Ahhh !*

– C'est moi, ricane Jaeger dans mon oreille.

Parfait. Il trouve ça drôle ? J'ai failli avoir une crise cardiaque.

– Qu'est-ce qui te prend ?

Je lui donne un coup de poing dans le ventre, ne parvenant qu'à meurtrir mes articulations.

Il baisse les yeux et hausse les épaules, comme si je lui avais flatté le ventre comme un bon toutou. Il me guide dans la pièce en me tenant par les épaules. Elle est petite – sans doute une chambre d'appoint qui semble servir de bureau, avec un canapé contre un mur.

Avant que je ne comprenne ce qui se passe, Jaeger me

plaque contre sa poitrine et se laisse tomber en arrière sur le canapé.

Je suis étalée sur lui, les jambes glissant de chaque côté de sa taille dans un chevauchement partiel inélégant. Il me regarde avec un sourire niais, les bras enroulés mollement autour de mon dos.

Je pourrais me lever si je voulais, mais je n'en ai pas envie.

– Eh bien, c'est… intéressant, dis-je en matant ma position.

Il me serre légèrement.

Jaeger est une armoire à glace par rapport à la plupart des hommes, mais je n'ai jamais eu peur avec lui. En fait, être allongée sur son corps chaud et si viril est étrangement réconfortant.

J'étudie son regard innocent. Il n'est pas aussi débraillé et hirsute que Mason, mais, d'après moi, il est rond comme une queue de pelle.

– Combien de bières faut-il pour abattre un géant ?

Jaeger plisse les yeux et lève une main. Il compte sur ses doigts. Après un temps absurdement long, au cours duquel je bâille et examine mes ongles allongée sur mon homme-transat sexy, il finit par répondre.

– Douze ? Non, quatorze – on en a descendu deux ce matin.

– Quatorze ! Comment peux-tu être encore conscient ?

J'appuie mes doigts sur son cou, en faisant semblant de vérifier son pouls.

Sa patte de la taille d'un gant de baseball capture ma main et l'aplatit sur sa poitrine. Il ferme les yeux de satisfaction. Après une seconde d'hésitation, je pose ma tête sous son menton et songe à l'étrangeté de la situation. Je suis couchée sur Jaeger, dans une posture amoureuse, sauf que c'est *mon ami*. Et pourtant, c'est le seul endroit où je veux être. Je ne vais pas analyser cette pensée en profondeur.

Au bout d'une minute, la respiration de Jaeger change.

Qu'est-ce que... Il ne s'est tout de même pas endormi ? Nous sommes peut-être amis, je n'en suis pas moins *une femme* et, j'aime à le penser, plutôt attirante.

Je me tortille un peu pour tester mon hypothèse.

Il ne bouge pas. Un léger ronronnement s'échappe de sa gorge, de plus en plus profond et régulier.

Merde, il s'est écroulé !

Génial. C'est formidable. Comment interpréter le fait qu'un mec s'endorme avec une fille sur lui ? Mon ego prend de sacrées baffes aujourd'hui.

Je colle l'oreille contre sa poitrine large et l'écoute respirer. Au bout d'un moment, ça devient glauque – de ma part, pas de la sienne –, alors je glisse le long de mon homme-transat et me lève, rassemblant le peu de dignité qu'il me reste. Je prolongerais bien le câlin, mais dans l'état d'inconscience de Jaeger, la situation serait gênante.

Je sors de la pièce sur la pointe des pieds et pousse un soupir de frustration en refermant la porte. La soirée commençait tout juste à devenir sympa, seule avec Jaeger.

Dans le couloir, une autre porte s'ouvre. Gen sort, suivie par Mason. Elle me voit et un immense soulagement apparaît sur son visage.

Qu'a fait Mason ? Je lui lance un regard noir. Il me fait un petit signe de tête en me regardant à peine, puis longe le couloir et tourne au coin.

– Tu vas bien ? je demande à Gen.

– Ouais.

Son visage est calme alors je me détends un peu.

– Je te dirai dans la voiture.

Et c'est ce qu'elle fait. Il s'est avéré cette fête était un fiasco pour tout le monde.

Mason a essayé d'embrasser Gen dans sa chambre et elle l'a jeté. J'ai tenté de faire un câlin à Jaeger, et il s'est endormi. Personne n'a eu de chance ce soir. Ce n'était pas mon but, mais quand même.

Mon brillant plan pour aider Gen est un désastre et ma propre déconfiture sentimentale ne fait qu'aggraver la situation.

Chapitre Neuf

— Yo, frangine, quoi de neuf ? Je pensais justement à toi.

Mon grand frère légèrement trop protecteur, Tyler, est un porc, mais c'est un chouette frère et j'aurais vraiment besoin de sa compagnie. Je l'ai appelé, espérant qu'il serait partant pour venir, tant qu'il ne bosse pas.

— Qu'est-ce que tu dirais d'un petit séjour à Tahoe ? je lui demande au téléphone.

Tyler est professeur dans une université publique fermée l'été, donc il est en vacances. Tant que je ne lui parle pas d'Éric – il déteste mon ex –, la présence de Tyler m'aidera à me changer les idées. Une petite voix au fond de ma tête m'exhorte à lui soutirer des informations au sujet de Jaeger, son ancien pote de lycée, mais je la fais taire.

Il rigole au bout du fil.

— Marrant que tu dises ça, parce que je suis dans le coin.

— Quoi ? T'es où ?

— Chez maman. Je suis venu voir sa nouvelle baraque.

Ma mère vient d'acheter sa première maison, à Carson City. Elle a loué toute sa vie, alors c'est énorme pour elle.

– Tu devrais aller la voir, dit-il. C'est modeste, mais elle en est fière. Elle serait aux anges si tu venais.

Mince, ma mère a dû travailler dur dans les casinos pour nous permettre, à Tyler et à moi, de faire des études, et *je suis* fière d'elle. Elle a déménagé à Carson très récemment. Elle a un emploi stable avec des avantages là-bas. Il paie moins que ce qu'elle gagnait à Tahoe, mais la vie est moins chère à Carson City.

– Promis, j'irai. Je suis un peu coincée par mon travail pour l'instant, mais je viendrai dès que possible.

– Ne tarde pas trop, car tu vas bientôt repartir.

Pour l'école de droit. Comment l'oublier ?

– Alors, qu'est-ce que tu en penses ?

– Qu'est-ce que je pense de quoi ?

Tyler n'est pas au courant de mes réticences à faire du droit. J'évite d'y penser, mais c'est imprimé dans mon inconscient.

– Tu débloques, ma vieille ! Qu'est-ce que t'en penses… que je vienne faire un tour ?

Oh, d'accord.

– Tyler, c'est moi qui t'ai appelé, tu te souviens ? Je t'ai déjà dit que je voulais que tu me rendes visite.

– Cool. Je serai là dans deux heures. Tout va bien ?

Je ne qualifierais pas mon frère d'âme sensible, mais il peut l'être à des moments inopportuns.

– Ouais, ça va.

Et ça va aller. Maintenant que la rupture avec Éric est officielle, je vais pouvoir avancer. C'est tout le reste qui me fout en l'air. Mon aveuglement sur ma relation avec Éric. Mes réserves sur l'école de droit. À un moment, je vais devoir régler ces problèmes. Mais pas maintenant.

Deux heures plus tard, Tyler passe la porte et dépose

son sac de sport sur la moquette marron foncé de notre location d'été. On a choisi cet endroit pour sa proximité avec le lac, mais la maison fait la taille d'une niche pour chien et le mobilier semble sorti d'une sitcom des années 70.

Tyler sourcille avec méfiance.

— Je m'installe où ?

Il jette un œil dans la chambre unique.

— Ça ne me gêne pas de dormir avec Gen, mais tu ronfles.

— Je ne ronfle pas !

Je lui frappe le bras, ce qui le fait sourire.

— Tu peux dormir sur la mezzanine, lui annoncé-je.

Nous levons la tête vers l'espace ouvert au-dessus de la cuisine.

Gen et moi occupons la chambre, mais il y a une petite mezzanine à laquelle on accède par une échelle rétractable sommaire. Ni Gen ni moi ne voulons risquer notre peau en descendant aux toilettes au milieu de la nuit, alors nous dormons dans le même lit en bas.

— Laisse tes affaires ici ; il n'y a pas beaucoup de place là-haut.

Il a un air dubitatif.

— Il y a un lit ?

— Il y a un matelas par terre. Tu seras bien.

Tyler fouille dans son sac, mettant déjà du bordel dans le salon.

— Tyler, la maison est petite. Limite le désordre.

Il mord dans la PowerBar qu'il a extirpée de son sac crado et se gratte le nombril.

— J'peux pas. Pas dans ma nature.

Ce combat est perdu d'avance. Il a totalement raison, et je me demande parfois comment il arrive à séduire autant de filles. Je suppose qu'il plaît physiquement. Il a de longs cheveux ondulés qui lui donnent un style hipster surtout quand il met ses lunettes de lecture noires. Je ne vais pas dire qu'il est *roux* parce qu'il me tuerait et ce n'est pas tout à fait exact. Disons qu'il est *châtain* – brun avec des reflets roux. Beaucoup de reflets roux. Aucun de nous n'est poil de carotte comme notre mère. Je serai éternellement reconnaissante à notre père d'avoir les cheveux bruns.

Tyler et moi avons tous les deux des yeux bleu clair, et c'est probablement notre atout physique le plus précieux. Ils me valent souvent des compliments de la part du sexe opposé. Je suppose qu'il y a droit aussi. Et si on ajoute à ça une carrure athlétique d'1m90, je suppose que certaines femmes pourraient le trouver attirant, si on oublie son côté négligé, irascible, et une multitude d'autres habitudes pénibles avec lesquelles j'ai dû composer toute ma vie.

Comme frangin, cela dit, il est protecteur, drôle, loyal et je suis très heureuse qu'il soit ici.

———

Au cours des deux jours suivants, Tyler et moi faisons le tour de nos endroits préférés, et il me rend visite au casino. Il a apporté son VTT, et quand je dors le matin pour récupérer du travail, il sillonne les sentiers forestiers avec un pote qui vit toujours en ville.

La présence de Tyler a des effets bénéfiques sur mon moral. Il me change les idées et il ne supporte pas les lamentations. Il pousse une gueulante, généralement une insulte, qui me met hors de moi et me sort illico de ma déprime.

On est vendredi soir et je travaille, mais Tyler est passé me voir. Il joue à ma table et je le rétame, ce qui est jouissif, car il m'a toujours battue aux cartes.

– Putain, Cali, depuis quand t'es devenue une tueuse ?

J'essaie de rester professionnelle, mais je ne peux pas m'empêcher de lui sourire avec suffisance quand mes clients ne regardent pas. J'ai trois jeux de cartes dans mon sabot, ce qui réduit la capacité d'un joueur à deviner le tirage. Tyler comptait les cartes quand nous étions enfants, mais trois jeux de cartes, c'est beaucoup, même pour lui.

Malgré mes bonnes résolutions, je suis obsédée par l'envie d'interroger Tyler sur Jaeger. Je ne veux pas que mon frère se fasse des idées. Le connaissant, il pensera que j'ai un faible pour son pote et deviendra surprotecteur. Mais il est arrivé depuis suffisamment de jours pour que j'aborde le sujet sans risque.

Le dernier client s'éloigne de la table et je distribue une nouvelle main à Tyler en lui disant d'un ton désinvolte :

— Je crois que j'ai croisé un de tes copains du lycée. Tu te souviens de ce sportif, Jaeger ?

— Qui ? Tu veux dire Jaeg ?

Jaeg. Voilà pourquoi son nom m'était familier sans l'être. Il avait un surnom au lycée.

— Ouais, c'est pas celui qui devait faire les JO ?

— En ski alpin. Un peu que je me souviens de lui, c'était un de mes meilleurs potes. Mais les JO, c'est mort pour lui.

Tyler avance la main pour demander une carte, puis une autre après que je lui ai distribuée.

Il saute avec un roi, un trois et un neuf.

— Il s'est brisé le genou, dit-il. Il a abandonné après ça.

C'est donc ainsi que s'est terminée la carrière sportive de Jaeger. J'ai vu la cicatrice sur son genou à la plage, mais j'étais trop obnubilée par son corps en maillot de bain pour penser à autre chose qu'au fait qu'elle était vilaine, et virile. Les athlètes sont passionnés par leur sport. Mais pour les athlètes olympiques, s'entraîner vire à l'obsession. Il a dû être très difficile pour Jaeger de repartir à zéro. Mon frère est loin d'être un champion, mais lui-même devient agressif quand il s'entraîne à vélo.

Le nouveau métier de sculpteur sur bois de Jaeger devrait entamer son pouvoir de séduction, mais curieusement, ce n'est pas le cas. J'ignore si c'est l'effort qu'il a dû faire pour se réinventer ou simplement l'homme qui m'attire. Et ça me fout la trouille. Il est trop tôt pour penser à un autre homme.

– Que fait Jaeg maintenant ? me demande mon frère. Ça fait quelques années qu'on a perdu le contact.

– Son ami travaille ici, dis-je en désignant Mason à l'East Bar. Gen et moi on est sortis avec eux deux ou trois fois.

Tyler empoche ses jetons et se lève en regardant vers le bar de Mason. Seuls quelques clients s'y trouvent pour le moment, et il y a un autre barman.

– Je vais voir ton copain et lui demander des nouvelles de Jaeg. On pourra peut-être le voir avant mon départ.

L'idée d'être dans la même pièce que Tyler et Jaeger est dérangeante. J'espère qu'ils se verront sans moi. Je ne veux surtout pas que Tyler remarque mon attirance pour son ami et me prenne la tête.

Tyler revient à ma table de jeu un peu plus tard, mais je suis occupée et je ne peux pas parler. Ce n'est que le lendemain qu'il évoque sa conversation avec Mason.

Il sort du lait du frigo et boit au carton comme le porc qu'il est, tandis que je me vernis les ongles de pieds, assise sur le sol de la cuisine.

– Quel est le programme ce soir ? s'enquiert-il.

Il remet le lait dans le frigo – note à moi-même : *jeter la brique avec les microbes de Tyler* – et tambourine des doigts sur le comptoir. L'énergie nerveuse qu'il dégage me laisse penser qu'il a quelque chose en tête.

Je frotte délicatement une tache rose sur le bout de mon gros orteil avec un essuie-tout.

– Rien. Pourquoi ?

– Ton copain Mason m'a donné le numéro de Jaeger. Je l'ai appelé et il nous invite à dîner chez ses parents ce soir.

Je m'étouffe mentalement. Je ne suis pas prête à voir Jaeger. Ma liberté retrouvée pourrait me pousser à faire un truc stupide, comme m'offrir une fabuleuse partie de jambes en l'air avec lui pour me consoler.

– Euh...

Il est possible que l'attraction que j'ai ressentie pour lui provienne de ma frustration sexuelle avec Éric. Je cherchais une attention masculine et Jaeger était le beau mec disponible le plus proche. Il est possible aussi que Jaeger m'ait prêté attention pour laisser à Mason le temps d'entreprendre Gen. Nous nous sommes retrouvés dans la même galère pour que Gen et Mason soient seuls. Et plus tard, Jaeger m'a invitée à la fête, je suppose, pour que Mason puisse passer à l'acte.

Ou encore, il est possible que ce truc entre Jaeger et moi soit réel. Et c'est ce qui m'effraie le plus. Je ne veux pas souffrir à nouveau et, relation merdique ou pas, la trahison d'Éric m'a blessée.

– Où est le problème ? Je croyais que tu étais devenue pote avec Jaeg cet été ?

– Ouais, réponds-je avec hésitation.

Tyler se frotte le front et regarde autour de lui.

– On n'est pas obligés d'y aller. J'ai envie de le voir, mais je suis venu ici pour toi.

Tyler repart demain. Aujourd'hui, c'est sa seule chance de voir Jaeger. Ils étaient très proches au lycée. Je ne peux pas, en toute conscience, lui refuser ce plaisir.

– Tu devrais y aller, Tyler. Tu n'as pas besoin que je t'accompagne.

– Il a invité tout le monde et sa mère prépare sa spécialité. Viens, Cali. Et amène Gen. Ça va être sympa. Ses parents et sa sœur sont super.

Plus aucune excuse sensée ne tient après cette déclaration. Peut-être que ça se passera bien.

– D'accord. J'essaie de brancher Gen avec Jaeger en plus, dis-je sans réfléchir.

Mon estomac chavire à l'idée de Jaeger et Gen ensemble. Maintenant que Mason est rayé de la liste après que Gen a refusé son baiser, Jaeger est le seul mec qui reste sur la liste des candidats. Je n'aurais jamais dû commencer cette liste idiote. Pourquoi ai-je pensé qu'elle et Jaeger iraient bien ensemble ?

Je ne veux pas que Jaeger soit mon sexe de consolation. Je l'apprécie trop pour ça. C'est aussi pourquoi je n'ai pas envie de brancher Gen sur lui.

Tyler plisse les yeux.

– Tu veux les caser ensemble ? Vraiment ?

Je lui lance un regard noir.

– Que reproches-tu à ma meilleure amie ?

– Rien. Elle est super bandante.

J'ai parfois du mal à croire que mon frère est un modèle pour les étudiants de premier cycle. Il est adulte à cent pour cent quand il s'agit de ses élèves. Je ne suis même pas sûre qu'il remarque les jolies qui squattent les premiers rangs dans ses cours. C'est comme s'il mettait sa libido en veille quand il est au travail. Mais quand il rentre à la maison, il est aussi immature et excité que tout autre jeune de vingt-trois ans.

La bouche de Tyler se tord comme s'il cherchait un argument philosophique profond ce qui, pour son esprit analytique, est probablement un défi.

– C'est juste que… eh bien, je ne les vois pas ensemble. Ils sont tous les deux introvertis. Or ne dit-on pas que les opposés s'attirent ?

Son propos me plaît, et fait de moi une mauvaise copine. Mais ça me rend malade de les imaginer ensemble. Il faut que j'abandonne cette idée.

J'avais une vie et un amour tout tracés. Or il s'avère que je suis nulle en amour et que mon choix d'étudier le droit pourrait être la pire décision de ma vie.

– Tu as peut-être raison. Mais ne la décourage pas de sortir avec quelqu'un. Gen a vécu des mois difficiles et elle sort à peine du tunnel.

Il lève les mains.

– Je ne veux rien avoir à faire avec ça.

Il me pointe du doigt.

– Et tu devrais te mêler de ce qui te regarde. Laisse Jaeger se trouver une nana tout seul. Il n'a pas besoin que tu te mêles de ses affaires.

Mais s'il choisit la mauvaise fille ? Et si elle cède parce qu'elle est paumée et sort d'une rupture ?

Chapitre Dix

Il y a des années, je suis allée chez les parents de Jaeger quand ma mère m'a priée de courir chercher Tyler pour un match de foot. J'ai attendu dans l'entrée pendant qu'il enfilait sa tenue. Je me souviens que les parents de Jaeger étaient chaleureux et accueillants, avec un accent autrichien génial. Jaeger et sa sœur ont un accent américain, mais ils sont nés aux USA ou sont arrivés ici peu après leur naissance – j'ignore les détails de l'histoire.

Tyler prend les devants et frappe à la grande porte en bois sculpté tandis que Gen et moi attendons sagement à ses côtés. Je me penche pour admirer le dessin admirable de la porte. Des montagnes s'élancent vers le ciel, sillonnées de torrents, avec des oiseaux et toutes sortes d'animaux sauvages. La porte s'ouvre et je bascule en avant, le visage trop près du bois.

Mme Lang nous fait entrer et ne semble pas s'étonner que j'aie failli tomber la tête la première dans son entrée. Elle doit avoir l'habitude des inconnus qui scrutent sa porte.

Elle serre mon frère dans ses bras comme une maman ours.

– Tyler, je suis si heureuse de te voir ! (En fait, elle prononce *Tylar-r, je zuis z-heureuse de te voir!* avec son accent autrichien). Et Cali, quelle belle jeune femme tu es devenue.

Elle m'étreint de la même façon.

Je présente la mère de Jaeger à Gen, et nous entrons dans un salon caverneux avec ses fenêtres massives qui offrent une vue imprenable sur le lac. Je me souviens vaguement du plan du rez-de-chaussée, mais le mobilier est plus moderne aujourd'hui avec des canapés en cuir confortable, des coussins en tissu crème et des plaids aux motifs en zigzags amérindiens.

Une belle blonde aux cheveux longs se lève d'un tabouret de bar devant l'îlot qui sépare le salon de la cuisine.

– Tyler, Cali, vous vous souvenez de ma fille Kerstin ? demande Mme Lang.

Moi non, mais mon frère oui. Il sourit comme un garçonnet avec un sac de bonbons. Jolies blondes, jolies brunes… il est pour l'égalité des chances. *Jolie* étant le critère principal.

Derrière Kerstin, de l'autre côté du comptoir, Jaeger fait coulisser la baie vitrée et entre dans la pièce, suivi d'un bel homme athlétique d'âge mûr aux cheveux ondulés poivre et sel.

Père et fils, en pleine conversation, ne nous remarquent pas. Des termes comme *granite concassé*, *compactage* et *pavés autobloquants* s'échappent de leurs lèvres tandis qu'ils frottent leurs semelles sur un paillasson. Jaeger lève la tête, voit sa sœur debout et balaie la pièce. Ses yeux se posent sur moi et ses lèvres frémissent.

Il se dirige vers mon frère et ils se saluent d'une accolade virile avec des tapes dans le dos dont la force m'aurait fait tomber. Une fois les présentations faites pour Gen, je deviens subitement timide. Ce qui ne me ressemble pas. Mais c'est la première fois que je revois Jaeger depuis la rupture avec Éric. La fête ne compte pas, car il était tellement bourré que je ne suis même pas sûre qu'il se souvienne de m'avoir attirée dans la chambre et de s'être endormi alors que j'étais couchée sur lui – humiliation dont mon ego ne se remettra jamais.

Nous bavardons tous ensemble, puis la mère de Jaeger nous annonce que le dîner est servi. Elle a cuisiné un bœuf Stroganov que nous mangeons en famille autour d'une grande table à tréteaux faite, semble-t-il, de planches de bois recyclé. Le repas est délicieux et les parents de Jaeger et Gen entretiennent la conversation.

Gen et moi avons inversé nos rôles. Ce soir, c'est elle qui parle, et moi qui garde le silence. Ou peut-être qu'elle voit que je suis mal à l'aise et qu'elle fait de son mieux pour combler mon incapacité à converser.

– Qu'est-ce qui vous a décidé à émigrer aux États-Unis ? demande Gen à M. Lang.

Il se tamponne le coin de la bouche avec une serviette en tissu.

– Nous possédons une entreprise familiale spécialisée dans les plastiques souples. Deux de nos usines sont en Californie. Je travaillais de la maison, mais je me rendais souvent dans les usines. Nous avons aimé la Californie et avons décidé de nous installer ici quand Jaeger était bébé pour que je puisse passer plus de temps en famille.

Un empire du plastique. Ça explique l'immense propriété au bord du lac. Et la chronologie explique pourquoi ni Jaeger ni sa sœur n'ont l'accent autrichien.

– Le lac Tahoe fournissait un excellent lieu d'entraînement pour Jaeger quand il faisait de la compétition, poursuit M. Lang. Ma femme moi étions très heureux de notre décision d'emménager ici.

La vaisselle est vite débarrassée et les parents de Jaeger disparaissent en bas, tandis que Gen, Tyler, Jaeger, Kerstin et moi restons à table avec une bouteille de très bon vin. Mme Lang a également laissé du strudel aux pommes, que Tyler et Jaeger dévorent.

Une fois ses parents partis, Jaeger étant assis en face de moi, je ne peux pas m'empêcher de jeter un coup d'œil. Il lève les yeux en même temps et sourit. Je souris en retour, mais il fronce les sourcils et scrute mon visage.

Il tend un bras sur la table et tire sur ma manche au niveau du poignet.

– Qu'est-ce qui ne va pas ?

J'affiche un nouveau sourire, plus faux que le précédent. Je secoue la tête. J'aurais beau parler, sa conviction est faite. Je ne sais pas mentir, même quand mes propres intérêts sont en jeu.

Depuis l'instant où Jaeger est entré dans la pièce avec son père, des décharges électriques ont traversé toutes les cellules de mon corps à des moments stratégiques. Un contact visuel fortuit, Jaeger qui me tire par la manche, il suffit de pas grand-chose. C'est comme s'il était la fiche mâle et que mon corps était la prise électrique. Et n'est-ce pas là une analogie torride, mais pertinente ?

Je ne veux pas de ça. Ce n'est pas le bon moment. Je ne suis pas prête pour une histoire sérieuse. Et curieusement, je pressens qu'une aventure sans lendemain avec Jaeger me détruirait bien plus que la rupture avec Éric, que je digère sans mal.

Jaeger continue de me fixer, une légère inquiétude remplaçant bientôt la perplexité. Je baisse les yeux, évitant son regard.

– Tu te souviens quand tu as voulu te laisser pousser

des favoris, Tyler ? demande Kerstin. Tu n'as réussi qu'à avoir des touffes de poils éparses.

Elle jubile et mon frère fronce les sourcils.

J'aime bien cette fille. Kerstin a dû traîner avec Jaeger et mon frère au lycée si elle se souvient des mésaventures de Tyler avec sa pilosité faciale.

— Il était tellement déterminé, poursuit Kerstin pour Gen, qu'il les a laissés pousser jusqu'à la mâchoire, convaincu que la surface supplémentaire allait épaissir ses favoris.

Kerstin ricane et moi aussi.

C'était vraiment poilant. Tyler a ressemblé pendant un mois à un Chewbacca qui aurait une pelade. Le plus drôle, c'est que la barbe de Tyler est poil de carotte. Mais même sa rousseur ne l'a pas dissuadé.

Aussi plaisante que soit cette conversation, je ne peux pas rester assise là en sentant le regard attentif de Jaeger sur moi. Je me lève et marche jusqu'à la baie vitrée donnant sur le lac.

Rien n'interrompt la vibration magnétique entre nous ce soir ; ni une autre relation ni l'alcool. Ce que je ressens est pur et réel. C'est même en phase avec mes émotions conflictuelles, et cela ne peut pas être bon. Tout m'invite à voir si quelque chose serait possible entre nous, mais je ne peux pas céder. Jaeger est une tentation à laquelle je ne suis pas prête.

— Qu'est-ce qu'elle a ? marmonne mon frère à Gen.

Merde, non ! Je me retourne, mais avant de pouvoir intimer à ma copine de se taire d'un regard menaçant, la nouvelle Gen, plus extravertie, parle.

— Son mec a rompu avec elle, dit-elle dans un souffle, que tout le monde, bien sûr, entend.

Je suis à plusieurs mètres et n'en loupe pas un mot.

— Comment tu veux qu'elle aille bien ? continue-t-elle.

– *Quoi ?* s'exclame Tyler, les yeux braqués sur moi. C'est vrai ?

Kerstin se redresse et me regarde avec hésitation. Gen, qui réalise son erreur, se fige et reste bouche bée.

Je louche instinctivement sur Jaeger, priant pour qu'il n'ait pas entendu, mais il tient un morceau de strudel devant sa bouche et fixe la table. Son regard se dirige lentement vers le mien et ses pupilles s'assombrissent. Il pose la fourchette, la mâchoire ouverte.

– Tyler, dis-je doucement. On en parlera plus tard.

Tyler serre le poing sur la table, ses yeux se rétrécissent.

– Je ne peux pas blairer ce connard.

Excellent. C'est le moment idéal pour régler ça. Merci, Tyler. Je vais le tuer quand on sera à la maison, et Gen aussi.

– Ne te remets pas avec lui, Cali, m'intime Tyler.

Je pousse un long soupir de souffrance et regarde le plafond.

– Geneviève, tu en fais quoi, des secrets entre meilleures amies ?

Elle se couvre la bouche en grimaçant.

– Je suis vraiment désolée, Cali, marmotte-t-elle entre ses doigts. Je pensais qu'il savait, ajoute-t-elle en laissant retomber ses mains dans un signe d'impuissance.

Jaeger regarde au loin, les lèvres crispées. Je ne lui ai jamais dit que j'avais un petit copain. Pourquoi ne le lui ai-je pas dit ? Un million de raisons logiques m'ont empêchée de le mentionner, mais aucune ne me vient à l'esprit maintenant. J'ai l'impression de l'avoir trahi, et c'est la dernière chose que je souhaite. Je sais personnellement ce que l'on ressent.

Bon sang. Je ne vaux pas mieux qu'Éric. Si Jaeger et moi sommes amis, ce qui est le cas, j'aurais dû évoquer ma situation sentimentale. Maintenant, c'est trop tard.

Jaeger se lève et débarrasse les derniers plats de la table. Il propose du vin à tout le monde, son regard m'effleurant à peine.

Tyler, Gen et moi partons peu après que la bouteille soit vide, et j'ai envie de me jeter dans le lac. Me faire larguer par Éric était humiliant, triste, et instructif d'une manière douloureuse et adulte. Notre relation était superficielle. Je m'en rends compte maintenant.

Mais ce soir, la trahison sur le visage de Jaeger ? Je suis dévastée.

Qu'ai-je donc fait ?

Chapitre Onze

Le casino est bondé ce soir. Tellement bondé que j'ai du mal à surveiller les *relations entre employés*. Et bon sang, j'ai besoin du Casino Real World pour détourner mon attention de mon drame personnel.

La serveuse et son amant caissier ont dû en rester là vu les regards meurtriers qu'elle lui lance, mais les deux serveuses de cocktail, qui se caressent chaque fois qu'elles pensent que personne ne regarde, n'y vont pas de main morte.

Personnellement, je ne comprends pas. Pas qu'elles soient lesbiennes – qui s'en soucie ? Mais pourquoi diable se faire des mamours devant les dômes de surveillance noirs qui couvrent presque chaque centimètre du plafond du casino ? Au moins, le caissier et la serveuse étaient discrets. Les deux autres se sont roulé un patin devant le barman ce soir. J'aurais pu me passer de ce spectacle.

La priorité du casino est l'argent, et s'assurer qu'il ne sort pas plus vite qu'il n'entre, mais il faut être stupide pour penser que la direction ne surveille pas les employés. Et traitez-moi de prude, mais je trouve que les préliminaires sur le lieu de travail sont inappropriés.

Mon service touche à sa fin et l'affluence a ralenti. Un groupe d'étudiants passe devant ma table et l'un d'eux me semble familier.

Il s'arrête au milieu de l'allée et ses amis suivent son regard vers le lounge où travaille Gen. Ils lui tapent dans le dos et s'éloignent, tandis que le gars monte la volée de marches menant au bar.

Non. Non, non, non. *Pas le C-O-N.* Je regarde frénétiquement autour de moi, cherchant quelqu'un, n'importe qui, pour m'aider. Je viens de prendre une pause et je ne peux pas quitter ma table avant une heure, à moins de feindre d'être malade, scénario que j'envisage sérieusement.

Gen et Mason ne sont plus aussi proches depuis la fête, mais je ne sens pas d'animosité de sa part. En tout cas, j'espère que sa blessure d'amour-propre ne l'empêchera pas de voler au secours de Gen. Mais il est assailli de clients et jongle avec les bouteilles comme un artiste de cirque. Mon regard s'arrête sur un de ses clients, car il dépasse littéralement les autres d'une tête. Je ne vois pas son visage, mais je le reconnaîtrais sous n'importe quel angle. Oui, Jaeger a ce pouvoir sur moi.

Il lève les yeux comme s'il percevait mes ondes et me salue de la tête avec raideur. Avant qu'il détourne le regard, je lui fais signe d'approcher. Il arque un sourcil d'un air sardonique, réaction inhabituellement provocatrice, mais il ramasse son verre et se dirige vers ma table.

Je mélange trois jeux neufs et l'un de mes clients s'en va. Parfois, ça arrive, comme si les nouvelles cartes allaient briser une série gagnante.

Jaeger se tient sur ma gauche. Même sans le voir en

vision périphérique, je saurais qu'il est là. En sa présence, l'air n'est pas le même.

J'ai besoin d'une faveur. Je jette un œil en direction du lounge. L'ex de Gen l'a coincée et elle n'a pas l'air d'apprécier.

– Tu veux bien aller voir Gen et faire semblant d'être son mec ? Sois explicite pour qu'elle sache que tu viens à sa rescousse.

– Tu veux que je sois le mec de Gen ?

Le ton de Jaeger est bas et lourd de sous-entendus.

Je lève les yeux, effrayée. *Quoi ? Non !*

– Je ne peux pas t'expliquer maintenant, lui dis-je. Le type qui l'embête est une ordure. J'irais l'aider si je pouvais, mais comme tu vois (je balaie la table de la main), je suis un peu occupée.

Jaeger m'observe, ses doigts virils serrant le verre dans sa main, les extrémités blanches comme s'il allait le broyer.

– Qu'est-ce que tu suggères ?

Je distribue une nouvelle main.

– Je ne sais pas… juste… ah… Difficile d'être multitâche alors que ma meilleure amie fait une rencontre traumatisante.

– Mettez-lui la main aux fesses, propose mon client chauve avec des lunettes de soleil en ricanant. Il comprendra le message.

Sa peau est luisante de sueur, l'air conditionné glacé ne suffisant pas pour sa corpulence.

Je lui lance un regard noir et reporte mon attention sur Jaeger.

– Je ne pense pas que *ce genre de truc* soit nécessaire. Traite-la simplement comme une fille avec qui tu sors.

– Faites-lui un petit bisou, carillonne une vieille dame en jean de grand-mère à taille haute et cardigan orange vif.

Bon sang, ces gens me tuent !

Jaeger descend son verre et le pose si violemment sur le feutre de la table que je grimace. Dents serrées, il pivote et fonce vers Gen.

La chaleur me monte au visage. *Merde.* Il ne va pas… il ne ferait pas…

Jaeger se rapproche de Gen et de son ex. Le soulagement de Gen se lit dans son regard, rapidement remplacé par l'incertitude. Sans briser son allure, il lui enlace la taille par-derrière, se penche et enfouit le visage dans son cou.

Je respire difficilement, étouffée par une bouffée de jalousie. Mes yeux brûlent et mes paumes picotent à l'intérieur des poings serrés. Il la câline à ma demande – et ça fait un mal de chien.

J'avais raison. Perdre Éric n'était rien comparé à ce que serait la perte de Jaeger. Je ressens une brûlure, une rage, une souffrance, et je veux que ça s'arrête.

L'ex de Gen recule, bouche bée. Il change de jambe d'appui et semble dire quelque chose à Gen, mais elle ne lui prête pas attention. Elle incline la tête vers l'arrière, tout sourire, tandis que Jaeger lui fourre le nez dans le cou en lui chuchotant quelque chose à l'oreille. Elle hoche la tête.

L'enfoiré !

– Oh, ça va convaincre le garçon qu'elle est prise, dit la dame au cardigan orange. Tant mieux pour lui !

Elle donne une tape sur la table, ébranlant les jetons.

Je claque des doigts sous le nez de mes clients.

– Hé ! Un peu d'attention, je fulmine en fixant M. Transpi-Solaires. Carte ou vous êtes bon ?

Qu'est-ce qui cloche chez moi ? Je viens de demander au gars dont je me suis entichée, qui est fâché car j'ai omis de lui dire que j'avais un copain, de peloter ma meilleure amie. Ce ne serait pas la faute de Gen si elle tombait amoureuse. Si le timing était le bon, je m'abandonnerais aussi à son étreinte.

Je suis une triple buse.

Le C-O-N balaie l'air de la main comme s'il renonçait à Gen et quitte le lounge, la mine défaite. Je suis à deux doigts de planter ma table de black jack – au diable les joueurs et mon superviseur – pour aller séparer Gen et Jaeger, quand ce dernier me regarde directement. Sa bouche se fend d'un petit sourire.

Il sait ce que ça me fait, le salaud.

Jaeger lâche Gen et recule.

Elle a l'air stupéfaite, troublée et joyeuse.

S'il vous plaît, faites qu'elle ne le désire pas ou ma vie sera horrible.

––––––

Quelques heures plus tard (après l'incident du C-O-N), je suis à l'espace du personnel au sous-sol et j'attends à une table de la cafétéria que Gen me rejoigne pour la pause dîner. Il reste dix minutes avant le début de ma dernière heure de service, et je meurs d'envie de savoir ce qui s'est passé entre elle et Jaeger. J'ai assisté à la scène dérangeante de ma position à la table de black jack, mais je veux – non, je *dois* – connaître les détails, et savoir ce que Gen ressent pour lui après qu'il a volé à sa rescousse.

Gen entre dans la cafétéria et traverse la salle avec un grand sourire. Au moins, sa rencontre avec le C-O-N ne semble pas avoir eu d'effets néfastes durables. C'est déjà ça.

Elle montre du doigt le dessin que j'ai gribouillé distraitement en l'attendant. Il ressemble vaguement au paysage de montagne gravé sur la porte d'entrée des parents de Jaeger, sauf que mon croquis est constitué de formes géométriques plus que de traits.

– C'est super beau.

Elle louche dessus, penche la tête.

— Est-ce que cet arbre entier est composé de…
triangles ?

— Et de carrés et de trapèzes. Alors, qu'est-ce qui s'est passé avec le C-O-N ? Je l'ai vu foncer vers toi, mais je ne pouvais pas quitter la table.

— Mon Dieu ! Comment il sait que je travaille ici ? On a arrêté de se voir avant que je vienne à Tahoe. Bizarre.

Elle secoue la tête.

— Tu le crois, toi, qu'il voulait savoir si j'avais des plans après le boulot ? Comme si j'avais envie de le voir. Il se drogue ou bien ?

— Qu'est-ce que t'as dit ?

— Que j'avais déjà un truc, ce qui n'est pas vrai. Jaeger est arrivé avant qu'il puisse m'embêter avec ça, dit-elle avec un sourire.

Ni elle ni moi ne savons mentir, alors je la comprends.

— Jaeger était tellement gentil, Cali.

Je m'éclaircis la voix.

— Qu'est-ce qu'il a fait ?

Une expression rêveuse illumine son visage.

— Il a remis le C-O-N à sa place. Rien ne dit mieux *je ne suis pas intéressée* que *j'ai un nouveau mec super canon*. C'était un moment merveilleux, dit-elle en se penchant en arrière dans sa chaise, l'air conquise.

Je sens une soif de vengeance chez ma douce amie, et j'ignore si je dois être fière ou craintive.

— Ouais, j'ai vu la fin du film. Le C-O-N avait l'air furax.

Elle soupire.

— Tu sais le plus drôle ? Je m'en fiche, tant qu'il me fout la paix.

— Je te parie qu'il ne t'approchera plus.

Je remplis les montagnes sur ma serviette de quadrila-tères pour avoir le temps de formuler la question suivante.

– Qu'a dit Jaeger exactement ? Je l'ai vu te chuchoter à l'oreille.

Ses yeux se plissent, puis s'adoucissent.

– Rien. Il m'a seulement demandé de l'aider pour un truc demain.

Elle tend le bras pour me voler une frite.

J'arrête de respirer et ma main se fige sur mon dessin. Il veut la voir ? Du genre, passer du temps avec elle ?

Je me mords l'intérieur de la lèvre jusqu'à ce qu'un goût métallique et cuivré m'imbibe la langue.

Elle observe ma serviette, puis lève le menton.

– Hé, si t'as l'intention de le jeter comme tu le fais avec tes autres dessins quand j'ai le dos tourné, je le veux.

Gen réclame toujours mes griffonnages. Je n'ai jamais compris pourquoi.

Je dessine les derniers triangles de la montagne – chaque centimètre carré de la serviette est couvert de formes géométriques représentant le lac –, mais une seule pensée tourne en boucle dans ma tête : *c'est plié*. Gen et Jaeger ont rendez-vous demain. C'est la fin pour *nous*.

C'est bêtement de ma faute. J'ai hésité de peur de gâcher mes chances avec Jaeger si tôt après ma rupture. Et puis, comme une idiote, je l'ai poussé vers Gen. Je voulais juste aider mon amie à se débarrasser de son ex, mais j'ai été trop conne. Au début, j'avais prévu de les maquer, mais plus ça allait, moins l'idée me plaisait. Chez les parents de Jaeger, j'ai eu la confirmation que notre attirance était réelle. Et si Jaeger et moi n'avions pas d'autre choix que d'être amis, maintenant ?

Les hommes pensent avoir le monopole du code d'honneur, mais les femmes ont aussi des principes. Même si ça ne marche pas entre Jaeger et Gen, il est interdit de sortir avec l'ex de sa meilleure amie.

J'ai mal au ventre, les frites ne passent pas. Je donne la serviette à Gen et me lève.

– Je retourne travailler.

– Hé, ça va ? T'as pas l'air bien.

Je souris pour la rassurer. Je ne suis sans doute pas l'être humain le plus altruiste de la planète, mais je suis dévouée aux gens que j'aime. Mon objectif était de voir Gen heureuse cet été et de lui trouver un chic type. Elle semble heureuse et Jaeger *est* un chic type.

J'ai eu ce que je voulais.

Et ça me fait bien chier.

Chapitre Douze

Je suis sur le patio en haut de bikini et short de pyjama, en train de gribouiller. C'est tout ce que je peux faire pour apaiser mon esprit obsédé par le rendez-vous de Gen et Jaeger d'aujourd'hui. Je me suis réveillée tôt, irritable et mal fichue, et j'ai trouvé un bloc-notes ordinaire dans le tiroir de la cuisine. Mon dessin de ce matin est plus grand et plus élaboré que d'habitude ; il représente le casino dans toute sa splendeur. On y voit une allée de machines à sous et une serveuse qui se penche généreusement sur son client et l'enjôle par un cocktail et un sourire en louchant sur son pot de pièces. Un garçon essuie une table derrière la serveuse et dérobe un billet de vingt dans sa caisse portable. En arrière-plan, un homme en costume entreprend une jolie serveuse en sirotant un verre au lounge.

Cette scène est mon interprétation de la subculture du casino – ce que j'appelle le Casino Real World, la réalité du casino. La sécurité surveille l'argent de la maison, mais pas les personnes qui s'y trouvent. Les puissants s'attaquent aux faibles ou aux candides, et chacun est livré à lui-même.

Le bruit des canalisations d'eau sous la maison se déclenche lorsque je termine mon dessin. Gen est enfin levée et elle prend sa douche. Elle a dit en rentrant hier soir qu'elle voyait Jaeger à l'heure du déjeuner, et il est déjà onze heures et demie.

À peine deux minutes après le vacarme de la tuyauterie, la sonnette retentit.

– Gen ! La porte ! hurlé-je.

La dernière chose dont j'ai envie, c'est de voir Gen partir avec Jaeger. S'ils veulent sortir ensemble et faire des bébés, très bien, mais je ne veux pas en être témoin.

Nouveau coup de sonnette, suivi de quelques coups frappés fermement à la porte. Je me penche en arrière et ouvre la porte-moustiquaire. L'eau ruisselle toujours dans les tuyaux.

Merde. Je me lève du transat à contrecœur pour aller ouvrir. Le pick-up argent de Jaeger est visible par la fenêtre du salon. J'inspire à fond et ouvre calmement la porte, affichant une expression lisse.

Jaeger porte une casquette de baseball rouge et un t-shirt marine. Sa façon de se tenir, les mains enfoncées dans les poches de son jean, gonfle les muscles de ses épaules.

Je déglutis. Pourquoi faut-il qu'il soit si beau ? Des effluves d'après-rasage mêlés à de l'adoucissant et à son odeur naturelle flottent vers moi, et me donnent envie de lui lécher le cou. Maudit soit cet homme. Je recule d'un pas. Tout dans cette situation est trop cruel.

Il s'appuie sur le montant de porte, et promène de façon éhontée les yeux sur mon corps avant de les poser sur le bloc-notes que je tiens à la main.

– Entre.

Ma voix est tendue, mais peu importe. Je fais de mon mieux.

Je jette le carnet sur le canapé et marche jusqu'à la porte de la salle de bain. La douche est enfin coupée.

– Gen ! Jaeger est là !

Quand je me retourne, il observe mon croquis. Je ramasse prestement le bloc-notes et le coince sous mon bras.

Il me regarde droit dans les yeux comme si je lui avais caché cela aussi.

– Joli dessin.

– C'est ce n'est rien. Des gribouillis. Au fait, dis-je avant d'être trop énervée pour le faire, je voulais te remercier pour ton aide hier soir. L'ex de Gen est un connard. Je ne voulais pas qu'il l'embête.

Je m'interromps une seconde pour décider de la part de mes sentiments à révéler.

– Tu as été très convaincant.

Jaeger plisse les yeux et étudie mon visage.

Je baisse la tête et coince mes cheveux derrière les oreilles. Je n'aurais pas dû dire ça. Je pose le bloc-notes face cachée sur le comptoir de la cuisine et range des papiers qui traînent pendant que nous attendons Gen.

J'ouvre souvent la porte en haut de bikini et ça ne m'a jamais dérangée avant, mais aujourd'hui, ça me met mal à l'aise. J'aurais dû enfiler un t-shirt, pensé-je en ajustant les ficelles sur mes côtes. Quand je lève les yeux, Jaeger observe le mouvement de mes doigts. Il détourne rapidement le regard.

C'est gênant.

– Tu veux quelque chose à boire ?

Il secoue la tête et s'enfonce dans le canapé. Gen sort de la salle de bain vêtue d'un short et d'un t-shirt. Elle se précipite dans la chambre, ses cheveux mouillés lui trempant le dos.

– Je suis prête dans une minute, dit-elle à Jaeger en souriant.

Quelques secondes de lourd silence plus tard, Gen réapparaît dans le salon en sautillant sur un pied pour enfiler ses ballerines, un petit sac à main se balance sur sa poitrine.

– Prête. Désolée de t'avoir fait attendre.

Jaeger se lève et se dirige vers la porte, qu'il lui ouvre. Il la suit dehors.

– À tout à l'heure, Cali.

Voilà. C'est le moment décisif où Jaeger passe de l'état de célibataire disponible à celui d'homme intouchable – pour toujours.

– Au revoir, dis-je, mais ils sont déjà partis.

———

Au lieu de fixer la porte d'entrée dans l'attente du retour de Gen pour l'interroger sur son rencard avec le mec dont je me suis amourachée, je consulte mes emails. J'ai reçu deux messages de la faculté de droit de Harvard, l'un avec des informations générales, l'autre sur les aides financières.

Ça me fiche presque hors de moi de voir combien coûtent les études. Je pourrais repousser d'un an, mais ça sera encore plus pénible. C'est comme retarder la chute du couperet. Je n'ai pas vraiment mesuré la valeur de l'argent avant cet été et le premier travail à plein temps de ma vie. Les frais de scolarité ne sont pas un problème pour les gosses de riches, mais ils le sont pour moi. Peut-être que je n'aurais pas dû exclure les écoles moins chères. Mais elles ne m'attirent pas non plus.

J'ai travaillé toute ma scolarité pour intégrer une prestigieuse école de droit, mais ces derniers temps, j'ai l'impression que c'est le rêve de quelqu'un d'autre. Le coût de la scolarité en vaudrait probablement la peine si le droit était un domaine qui me passionnait. Ma mère se targuait que Tyler et moi serions avocat ou médecin, mais en réalité, elle s'en fichait. Elle voulait juste que nous fassions quelque chose de notre vie. Tyler était l'intello scientifique, tandis que moi, je me suis accrochée à l'idée de gagner ma vie en défendant la veuve et l'orphelin. C'était une raison valable il y a dix ans. Aujourd'hui, quand j'imagine mon avenir dans un cabinet d'avocats, j'ai de sacrés doutes.

Je suis si paumée et émotionnellement lessivée, que je ne vois pas de porte de sortie. J'éteins l'ordinateur, je m'habille et je prends les clés de la voiture de Gen. Ça ne m'aidera pas à aller mieux si je suis ici à leur retour.

J'examine le continu du frigo et je note la liste des courses à faire. Avant d'aller au supermarché, je m'arrête à la banque déposer mes pourboires, constitués d'une grosse liasse de billets d'un dollar. Je reçois la plupart des pourboires en jetons, mais il y a des puristes qui donnent un billet. La guichetière doit penser que je travaille soit dans un casino, soit dans un club de strip-tease. Je la laisse deviner.

Il y a un marché de producteurs locaux sur la place devant la banque. Je décide d'y aller. En me dirigeant vers les étals, je remarque un homme en sandales, short beige et lunettes de soleil qui sort d'un motel voisin avec une fille que je reconnais du casino. C'est la jolie serveuse qui flirtait avec le caissier.

Tête baissée, elle s'éloigne du motel sans un regard pour l'homme. Il a une démarche arrogante qui contraste avec le départ précipité de la jeune femme.

Je les observe jusqu'à ce qu'ils soient partis, car la scène me dérange. La serveuse avait l'air bouleversée. De toute évidence, ils ont une liaison. Ce qui est perturbant, à part le fait qu'elle n'avait pas l'air heureuse, c'est que je pense que le type est l'un des directeurs du casino, qui rôde souvent autour du lounge où bosse Gen.

Je secoue la tête. J'ai trop de soucis pour me préoccuper des liaisons secrètes du Casino Real World.

Les courses me prennent moins de temps que prévu et je rentre tôt à la maison – quelques secondes avant le retour de Gen avec Jaeger.

Merde, mauvais timing.

Jaeger contourne son pick-up par l'avant et me salue de la tête. Il a un sourire jovial. Il raccompagne Gen à la porte, et me prend un sac des mains en passant près de moi.

– Laisse-moi t'aider, dit-il.

Il me débarrasse du deuxième sac aussi.

– *Okaaay.*

Je devrais être reconnaissante qu'il m'aide, mais Jaeger a l'air trop heureux après son rendez-vous avec ma copine et j'essaie désespérément de ne pas être jalouse.

Ça ne marche pas.

Je les suis à l'intérieur du chalet, où il pose les courses sur le comptoir.

Gen et Jaeger m'observent, puis ils échangent un regard, un message secret passe entre eux. Gen lui sourit avec chaleur et je n'ai pas besoin d'en voir plus.

– Je vous laisse seuls, dis-je en sortant par la porte de derrière.

Je n'ai aucune envie de les voir se lécher le museau pour se dire au revoir.

– À plus tard, Gen, j'entends Jaeger dire au moment où je sors dans le patio.

Gen me rejoint quelques secondes plus tard.

– Hé, dit-elle avec un vibrato dans la voix qui n'apparaît que lorsqu'elle est nerveuse. Qu'est-ce que tu as fait ?

Qu'est-ce que j'ai fait ? Je suis en train de crever, j'essaie de m'oc-

cuper parce que tu es avec le mec que je veux embrasser, lécher dans le cou et câliner !

Je fais un geste vers les sacs sur le comptoir de la cuisine.

— Des courses.

Gen s'assied sur un transat et remonte les genoux contre sa poitrine, les pieds à plat sur le plastique.

— Et toi ? Comment s'est passé ton rencard ?

Elle me lance un coup d'œil nerveux.

— Bien. Mais ce n'était pas un rencard. On a juste parlé. Il voulait me montrer quelque chose.

Je n'en doute pas… Elle ne développe pas, et je suis trop orgueilleuse pour demander des détails.

— Cali, je me demandais… je peux avoir le dessin que tu as fait aujourd'hui ?

Quoi ? C'est à ça qu'elle pense ? Nous vivons vraiment dans deux mondes différents. En fait, un fossé profond s'est creusé dans notre amitié par ma faute. Si je n'avais pas traîné Gen au lac Tahoe pour l'été, rien de tout cela ne serait arrivé. Éric et moi aurions probablement rompu, mais au moins, je ne me retrouverais pas dans un triangle amoureux avec ma meilleure amie.

— Pourquoi ? je demande tant je trouve sa requête étrange dans les circonstances actuelles.

Il est impossible que Gen ne ressente pas la tension dans notre amitié. Ou alors, comme c'est moi la cause du problème, je suis la seule à savoir qu'il existe. Je n'ai jamais avoué mes sentiments pour Jaeger. J'étais trop occupée à les nier.

Elle brosse des saletés invisibles sur son short.

— Je ne sais pas. Je l'aime bien, c'est tout.

— Bien sûr, Gen, dis-je durement en me levant.

Je me défoule de ma colère sur elle, et elle ne le mérite pas, mais je ne peux pas m'empêcher.

– Prends tout ce que tu veux qui est à moi.

Je rentre dans la maison, ramasse le bloc-notes et lui lance sur les genoux.

Elle reste bouche bée, interloquée.

Je ne dis rien. Je ne range pas les courses. Non, j'ouvre la porte et je m'en vais.

Chapitre Treize

Après avoir passé trois heures à jeter des pierres de la taille du poing dans le lac, je suis rentrée à la maison le bras endolori et je me suis excusée auprès de Gen de l'avoir plantée. Je lui ai dit que j'avais eu une sale journée, elle m'en a demandé la cause, mais n'a pas insisté quand je lui ai fait comprendre par des tactiques d'évitement que je ne voulais pas en parler.

Gen soutient que son après-midi avec Jaeger n'était pas un rencard, mais pourquoi l'aurait-il invitée à déjeuner s'il n'était pas intéressé ? Et il semblait si heureux après coup. Je ne suis pas convaincue qu'il n'y ait rien entre eux. Si ça se trouve, elle dit que ce n'était pas un rencard parce qu'ils commencent tout juste à se voir. Je ne peux pas lui avouer ce que je ressens pour Jaeger avant d'être certaine qu'il n'y a rien entre eux. Je l'ai poussée dans ses bras ; je ne la mettrai pas dans la position inconfortable de devoir choisir entre lui et moi.

Jaeger est passé plusieurs fois au casino pour voir Mason depuis son non-rencard avec Gen. Chaque fois, il est resté au bar à parler à son pote, ce qui donne du crédit à l'affirmation de Gen qu'ils ne sortent pas ensemble. Et chaque fois qu'il est dans le coin, mon cœur s'affole et j'ai chaud partout. J'ai beau me dire que ça ne marchera pas, que j'ai tout gâché et qu'il n'est pas intéressé, mon corps n'en fait qu'à sa guise. C'est exaspérant.

Je sors d'une relation ; je devrais être dans une phase d'introspection et de solitude. Au minimum, décider de poursuivre ou non des études supérieures. Au lieu de réfléchir à mon avenir, je pense au genre de mec que je veux dans ma vie.

Éric était beau, mais superficiel et – je m'en rends compte maintenant – égoïste. Je ne comprends pas pourquoi je pense que Mister Totem vaut mieux, mais il y a quelque chose de profond et de meurtri chez lui. Comme s'il avait traversé des épreuves et en était ressorti plus fort. Sans parler des flaques de bave qui s'accumulent dans ma bouche chaque fois que je le regarde, et de mon attirance – même s'il sort peut-être avec ma meilleure amie.

Gen et Jaeger ne sortent peut-être pas (encore) ensemble, mais il pourrait lui plaire. Je n'ai jamais dit à Gen ce que je ressentais pour lui. Non, je l'ai poussée dans ses bras. Pour ma défense, c'était avant que je ne réalise que mon attirance pour lui était réelle et non pas due à la situation merdique avec Éric. L'incident avec l'ex de Gen est arrivé pile au mauvais moment. Mais peut-être qu'on aura toujours un problème de timing, Jaeger et moi.

Ce soir, il est dans le lounge depuis une heure avec une belle femme légèrement plus âgée que lui, aux longs cheveux bruns et à la silhouette menue. Au début, j'ai cru que c'était une amie de sa mère à leur façon cordiale et familière de se saluer. Elle porte une robe fourreau noire et des diamants de la taille de cailloux aux oreilles. Elle est plus jeune que les parents de Jaeger, mais sa tenue élégante correspond à la même classe sociale privilégiée. Plus je l'observe, cependant, plus je doute qu'ils ne soient qu'amis.

Un homme en pantalon à pli et polo passe devant ma table de jeu et monte les marches du lounge pour rejoindre Jaeger et la femme. La jolie brune pose une main possessive sur le bras de Jaeger et présente les deux hommes.

Je jette à un coup d'œil à Gen qui rit du propos d'un client. Elle ne prête pas attention à la table de Jaeger, et je ne comprends pas pourquoi. J'aimerais détacher la roulette et la lancer vers cette femme pour la renverser comme une quille de bowling, alors que Gen, elle, rigole avec décontraction. Non, mais je rêve.

Jaeger serre la main de l'homme et lui donne sa carte.

Il a des cartes de visite ? Pour ses totems ?

Il est vêtu d'un pantalon noir et d'une chemise blanche dont le dernier bouton est ouvert et laisse voir le col d'un maillot de corps blanc. Je ne l'ai jamais vu bien habillé et cette image me dérange. Ses épaules larges tendent le tissu sur sa poitrine, mettant en valeur ses pectoraux tout en lui donnant un air professionnel. Il rend les jeans délavés et les t-shirts hyper sexy, mais habillé si classe, il est un régal pour les yeux au même titre que les mannequins de *GQ*.

La femme qui l'accompagne semble trop vieille pour lui, mais je dois avouer qu'ils vont bien ensemble, et ça me tue. La seule chose positive de la soirée, c'est que Gen et moi finissons tôt ce soir et que notre service est sur le point de se terminer.

Un groupe de nouveau croupiers s'approche, et j'achève mon tour. Avant de descendre au sous-sol, je rejoins Gen.

– Tu as bientôt terminé ?

Je ne regarde pas vers Jaeger, assis dans le coin.

Gen empile quatre shots contenant un liquide vert vif sur son plateau.

– Dans une minute. Je dois juste servir ces verres. T'es toujours partante pour le club ?

En dépit d'un effort herculéen pour me retenir, mon regard dévie vers Jaeger. L'homme d'affaires est parti et la femme a les doigts sur son avant-bras et utilise son corps comme pilier tandis qu'elle se penche vers lui pour lui parler.

– Oui. J'ai besoin de me divertir.

Les yeux de Gen marquent son approbation.

– Je suis *si* contente que tu ne te laisses pas abattre par ta rupture avec Éric.

Elle part servir les derniers verres et encaisser les additions.

Éric ? Nan, je ne pense pas à Éric – signe de la fragilité du lien que nous partagions et preuve que ça ne devait pas durer.

Gen retourne au bar et essuie son plateau.

– Ça t'embête si Nessa vient avec nous ?

– Non, dis-je distraitement, puis je désigne Jaeger de l'épaule. Et ça ne te dérange pas ?

Gen jette un œil vers lui.

– Quoi, Jaeger et cette femme ? Pourquoi ça me ferait chier ?

– Je pensais que vous deux, vous sortiez ensemble.

Elle me regarde et ses épaules se tendent comme si elle était mal à l'aise.

– On est amis, c'est tout.

Gen tend une liasse de billets au barman. Les serveuses donnent aux barmans un pourcentage de leurs pourboires à la fin du service. Elle se tourne vers moi.

– On y va ?

Gen et moi, on se dit tout, mais ces derniers temps, ça ne semble pas être le cas. Chacune d'entre nous a l'air de cacher des choses à l'autre. Je n'ai pas envie de révéler mes sentiments pour Jaeger, et j'ai le sentiment depuis un moment que Gen me cache quelque chose aussi.

Nous nous changeons au vestiaire du personnel du Blue, puis nous apprenons que Nessa a invité quelqu'un d'autre à notre soirée entre filles. La jolie copine de Lewis, Mira, se joindra à nous.

Voilà qui devrait être intéressant.

Je porte des escarpins, un jean slim et un débardeur décolleté. Gen est aussi en jean slim, mais son haut est moins révélateur. Elle a des seins plus gros que les miens, mais elle refuse de les mettre en valeur.

Le seul moyen d'accéder au night-club du Blue est de passer par le lounge. Je me promets de ne pas regarder Jaeger, mais je le fais bien sûr. Il est toujours assis avec la belle femme, la tête penchée vers elle tandis qu'elle s'appuie sur son bras et lui parle à l'oreille.

Je serre les poings, les ongles s'enfoncent dans mes paumes. Il n'a pas fait attention une seule fois à Gen ou moi ce soir. Je n'aurais pas pris Jaeger pour un dragueur, mais flirter avec moi, puis sortir avec Gen, et maintenant séduire une femme mature ? C'est quoi ce bordel ?

Nous entrons dans le club, et les basses rythmiques de la musique dance résonnent en moi d'une manière merveilleusement distrayante. La seule chose qui pourrait estomper la vision de Jaeger et de la femme vautrée sur lui serait un verre de Cuervo, ou de Patrón si je m'octroie ce plaisir coûteux, et bon sang, j'en ai bien l'intention.

Heureusement, je suis avec trois jolies filles. Il ne faut pas longtemps avant que des hommes nous offrent des verres. Mira est peut-être hostile, mais elle incroyablement belle et attire toutes sortes de généreux bienfaiteurs vers notre table. En un rien de temps, j'ai déjà descendu cinq shots. Une chaleur agréable m'engourdit les membres.

Je glisse hors de mon siège.

– Je vais danser. Quelqu'un veut venir ?

Gen secoue la tête, avachie sur la banquette, paupières tombantes. Elle a dépassé la phase *pompette*, et entre dans la phase *bourrée*.

Je ne crois pas me tromper en affirmant que je ne suis pas des plus conventionnelles, mais ce n'est pas le cas de Gen, et la voir ivre est terriblement drôle. Je sors mon iPhone et prends une photo.

Elle ouvre la bouche au ralenti.

– Hééé !

Avant qu'elle ne s'empare de mon téléphone pour effacer la photo géniale que j'ai prise d'elle beurrée comme un petit Lu, je m'éloigne en me déhanchant sur la musique.

Je me fiche d'être seule sur la piste, à agiter les bras comme une cinglée. Je me fiche de me ridiculiser, l'important est de ne plus rien ressentir.

Absolument rien.

Pas l'humiliation d'avoir été larguée comme une merde par Éric, pas la crainte de l'avenir, pas même le fatras d'émotions que déclenche Jaeger.

Une nouvelle chanson fait la transition avec la précédente et je ferme les yeux, habitée par le rythme. Rapidement, je commence à vaciller et j'ouvre les yeux en étendant les bras. Je cherche un horizon visuel au-dessus des corps en mouvement pour calmer le tournis. Mon regard se pose sur le bar bondé. Une grande blonde en robe rouge observe la piste et nos yeux se croisent. Elle ressemble carrément à la sœur de Jaeger.

Je ferme les yeux et me retourne. Quand je les rouvre, le sosie de Kerstin a disparu, mais mon équilibre aussi. Je trébuche sur le côté comme une gamine perchée sur des talons. Une paire de bras me rattrape par-derrière.

Je tends et tourne le cou. Je crois discerner que le type qui me soutient est séduisant, mais la piste de danse est sombre, et je suis déphasée par les lumières clignotantes bleues et violettes. Ma tête bourdonne et je suis peut-être complètement à côté de la plaque. Mais de toute façon, les beaux mecs ne m'ont valu que des désillusions.

Il sourit et glisse les bras jusqu'à ma taille. Je pivote et me pends à son cou. Il me serre immédiatement contre lui jusqu'à ce que nos bassins s'emboîtent. Une forte odeur d'eau de Cologne et de transpiration me suffoque tandis que nous ondulons sur la musique. La sueur trempe sa chemise et mes paumes, et même s'il ne pue pas, je n'aime pas son odeur.

Avant la fin de la chanson, je m'échappe de ses bras, fuyant ses mains baladeuses et je me faufile dans la foule pour sortir de la piste de danse au plus vite. Je me retrouve dans une partie très différente du club, remplie de sofas style lounge et de petites tables carrées.

Où suis-je ?

Je cherche mes amis du regard et reconnais quelqu'un d'autre. Assis à la table devant moi, il y a l'un de ces cadres du Blue Casino qui s'attardent après le travail et qui observe Gen dans le lounge. Un gros relou.

Lui et le mec avec qui il traîne souvent se ressemblent de loin. Je n'arrive pas à dire si c'est le type que j'ai vu sortir du motel avec la serveuse ou si c'est l'autre. Ils ont tous les deux les cheveux courts et des traits symétriques. Si je parviens à les distinguer de la masse des autres cadres dynamiques BCBG sur zone, c'est parce qu'ils sont jeunes pour des cadres du casino et portent tous les deux la bague à l'insigne du Blue.

Je n'ai vu que peu d'employés en possession de la

chevalière du Blue. Zach, le croupier qui est ami avec Nessa, m'a expliqué le protocole du Blue, et le fait que la chevalière en or massif ornée de saphirs récompense certains cadres pour leur comportement exemplaire. Ces deux relous en ont une, c'est la raison pour laquelle j'ai reconnu l'un d'eux à la sortie du motel le jour du marché.

J'ai la tête qui tourne, je suis frustrée et fatiguée de voir ces prédateurs. Et comme j'ai perdu tous mes filtres de langage, je m'approche de la table et balance :

– Hé, c'est toi le type qui mate tout le temps ma copine.

L'homme m'examine lentement, son regard s'attardant sur ma poitrine.

– Et maintenant, c'est toi que je mate.

Il me fait un sourire charmeur qui doit souvent faire mouche auprès des dames.

– Je t'avais remarquée aussi. Comment t'appelles-tu, ma jolie ?

Il est relou, mais son sourire a un côté candide. Et il me trouve jolie. Je dois être vraiment déprimée, car cette simple attention suffit à me faire baisser la garde.

Je le regretterai demain, mais pour l'instant, je suis aussi avide de compliments que n'importe quelle autre fille seule. En plus, je peux gérer ce genre de mec.

– Cali.

– Bonsoir Cali, je suis Drake.

Ses yeux se rétrécissent comme s'il essayait de me cerner, ou parce que je vacille légèrement.

– Tu veux te joindre à moi ?

Drake, le jeune cadre relou du Blue, est plutôt beau gosse vu de près, avec ses cheveux noirs et ses yeux ambrés. Je lui donne vingt-cinq ans environ. Il est élégant et propre sur lui dans sa chemise et son pantalon chicos. Différent des garçons avec qui je suis sortie. Plus mature. Plus mondain.

L'image de Jaeger dans sa tenue *GQ* clignote comme un stroboscope dans ma tête. Mais je ne suis jamais sortie avec lui, donc ça ne compte pas. Je serre les poings.

– On dirait que t'as besoin d'un verre, dit-il.

Un bon point. Je n'ai pas besoin d'un verre, mais je ne dis pas non.

Je m'assieds, et Drake fait signe à la serveuse.

– Qu'est-qui te ferais plaisir ?

Je lui donne ma commande, qui arrive en un temps record. Étant donné mon niveau d'ébriété (qui devient de plus en plus visible à chacune de mes tentatives de faire une activité normale comme, par exemple, marcher), je demande à la serveuse un verre d'eau, mais aussi un cocktail. L'alcool, c'est pour le plaisir – sauf quand il ressort sous l'état de vomi. L'eau aide à éviter ce désagrément. Je suis trop ivre pour penser ; c'est bien le but.

Drake me pose des questions sur mon travail au casino et sur ma vie au lac Tahoe. Je déroule la conversation jusqu'à ce que le sujet des excursions locales soit abordé et que je mentionne la partie de pêche.

La main de Drake me presse l'épaule par-derrière.

– Ça va, Cali ?

Je lève le menton et cligne des yeux. Le souvenir de Jaeger dans la barque, ses allusions coquines sur la pêche, me ramène à l'image plus récente que je n'arrive pas à me sortir de la tête : celle de la femme mature qui s'accroche à lui comme une moule sur un rocher.

Nous ne sommes même pas sortis ensemble, et pourtant, j'ai dû laisser entrer Jaeger dans mon cœur. Parce que le voir avec Gen ou une autre ne devrait pas me contrarier autant.

– Oui... ça va.

J'avale le goût amer dans ma bouche.

Bien.

Mon sourire s'efface.

Drake ne sourit pas, mais son expression est douce.

– Tu veux qu'on s'en aille ?

Fuir le casino et Jaeger ?

Je hoche vigoureusement la tête.

Chapitre Quatorze

Les pensées rationnelles stagnent comme de la boue, tandis que le film en technicolor du Jaegerathon défile en accéléré dans ma tête.

Drake indique une issue de secours de la main.

– On y va ?

Je le suis hors du club, en état d'hébétude. Il est gentil. Je l'ai peut-être mal jugé. C'est sans doute un mec aussi seul que nous tous, qui traîne dans le lounge de Gen, car il cherche de la compagnie.

Ce n'est que lorsque la porte du club se referme et que l'air frais me mord les bras que je réalise que je ne peux pas partir sans Gen. Et que suivre une personne que je viens de rencontrer n'est pas une super idée.

– Attends.

Je m'arrête et regarde autour de moi, mon rythme cardiaque s'accélère.

Je ne reconnais pas cette zone du parking.

– Je suis venue avec des amis. On doit retourner à l'intérieur.

Je tourne la poignée, mais la porte est verrouillée de l'intérieur.

– Cet accès est toujours fermé. On doit repasser par le casino.

Et voir Jaeger avec cette femme ? Non, merci. J'enroule mes bras autour de mon ventre en frissonnant.

Me voyant hésiter, Drake glisse sa veste sur mes épaules.

– T'as un téléphone ?

J'ai laissé mon sac près de Gen, mais mon téléphone est dans ma poche arrière. Je le sors.

– Tu peux appeler tes amis et leur dire que je te ramène chez toi, ou on retourne à l'intérieur. Comme tu veux.

Le brouillard épais de mon cerveau alcoolisé filtre cette information et m'envoie un signal d'alerte au creux du ventre. Sans doute pas une bonne idée de rentrer chez moi avec un type dont je me serais méfié n'importe quel autre soir. Mais le parking est bien éclairé, ce qui procure un sentiment de sécurité. Et je n'ai aucune envie de passer devant Jaeger et cette femme.

Le trajet en voiture jusqu'à chez moi est court. Je pourrais appeler un Uber, mais Drake est déjà là. En plus, je n'ai pas mon sac, donc pas d'argent.

Drake travaille à la direction du casino, il est reconnu pour ses performances, rien de moins. Comment pourrait-il être dangereux ?

J'envoie un texto à Gen.

Cali : *Je suis partie du club. Un collègue me ramène. Prends mon sac en partant. On se retrouve à la maison. Collecte des 06, STP !*

Je n'attends pas sa réponse. Si elle me cherche, elle consultera son téléphone.

Drake me conduit à une voiture de sport noire. Je n'ai

aucune idée de la marque ; ce genre de détail excède mes capacités cognitives actuelles.

Il ouvre la portière du passager et je m'installe sur le siège en cuir beige, avant d'ôter sa veste et de la poser sur la console centrale.

— Tu habites où ? demande-t-il en démarrant.

Un nouveau doute m'assaille, comme si malgré les brumes d'alcool, mon bon sens restait sur le qui-vive. Je n'aime pas l'idée de donner mon adresse à un inconnu, mais je veux vraiment rentrer chez moi. En plus, Drake travaille au casino. S'il voulait connaître mon adresse, il la trouverait facilement. Je lui indique et il la programme dans son GPS.

Quelques minutes plus tard, nous arrivons devant chez moi.

— Merci de m'avoir raccompagnée, dis-je en ouvrant la portière. Tu avais raison, je ne me sentais pas très bien.

— De rien.

Il descend de voiture en même temps que moi.

Je ne devrais pas m'inquiéter. Il fait noir et il me raccompagne à la porte, mais ça me met mal à l'aise. J'ai peur qu'il se fasse des idées.

Je me glisse derrière la clôture où nous cachons le double de la clé. Impossible d'éviter qu'il me voie la prendre. C'est soit ça, soit être enfermée à l'extérieur. Je note dans ma tête de changer le double de cachette demain.

Quand je reviens, Drake attend sur le pas de la porte, plongé dans le noir.

Gen et moi avons oublié d'aller la lumière du porche avant de partir. Ce ne serait pas grave si l'obscurité ne créait pas une ambiance romantique plutôt malvenue.

— Merci encore de m'avoir déposée. Je pense que ça va aller maintenant.

Drake s'approche de moi et pose une main légère sur ma hanche. Il affiche son sourire de séducteur.

– Et si tu me faisais visiter ?

Je recule, mes épaules frôlent la porte.

– Pas ce soir. Une autre fois peut-être ?

Il hoche la tête lentement. Je ne vois pas bien ses yeux dans l'obscurité, mais je les devine calculateurs durant son silence éloquent.

– Un petit baiser, alors ?

Il se penche en avant. Je repousse sa poitrine à deux mains pour le faire reculer.

– Je ne…

Drake plonge la tête vers moi, mes bras n'offrant aucune barrière de protection vu qu'il fait quinze centimètres de plus que moi. Sa bouche se referme sur la mienne, alors même que je tente de le repousser. Il ne semble pas le remarquer ni s'en soucier, trop occupé à me saisir par le cou et à me fourrer sa langue dans la bouche.

Tous les signaux d'alerte se déclenchent dans mon corps, et une fine couche sueur perle dans mon dos malgré la fraîcheur de la nuit.

Mon cerveau tourne à toute vitesse, enregistrant chaque respiration, une main rugueuse m'attrape le poignet et le coince dans mon dos, geste qui se veut sexy ou agressif, je ne sais pas. Dans les deux cas, c'est inopportun. Drake me pousse contre la porte avec son corps. On n'entend dans la nuit que le glissement de nos pieds et le bruit de succion de la bouche de Drake qui tente de prendre d'assaut la mienne.

Soudain, des pas rapides me parviennent au milieu de la panique.

– Dégage ! s'écrie une voix grave et familière une seconde avant qu'une main écarte brutalement Drake de moi.

Jaeger s'interpose entre nous, dos à moi. J'ignore comment il est arrivé ici et pourquoi il est là. Mais mon soulagement est immense.

— Y'a un problème ?

Drake remonte son col avec désinvolture. Jaeger a dû le déchirer en l'attrapant.

Drake se rapproche de moi par le côté, en prenant soin d'éviter Jaeger.

— Cette dame est rentrée à la maison avec moi. Je ne vois pas en quoi ça te regarde.

— C'est *chez elle* et elle t'a demandé de *partir*, rétorque Jaeger. Laisse. La. Tranquille !

Il passe un bras sur mes épaules et m'attire contre lui. Mon rythme cardiaque ralentit, ma respiration se calme.

Le ton menaçant de Jaeger m'interpelle, mais mon corps se blottit instinctivement contre lui. Franchement, je suis surprise que quelqu'un ait réussi à le mettre dans une telle rage. C'est le type même du gentil géant. Mais bon sang, il fait peur quand il se fâche.

— Cali…

Drake me prend le poignet et me tire vers lui.

Je me libère de son emprise. Ce mec a envie de mourir ? Ou est-il assez vaniteux pour penser qu'un homme qui fait deux fois sa taille ne peut pas lui faire de mal ?

— S'il te plaît, va-t'en, dis-je à Drake.

Sa mâchoire se crispe comme s'il refusait de prêter son jouet.

Jaeger lâche un soupir excédé, me pousse derrière lui et, *oh mon Dieu*, le frappe en pleine poire. *Putain de merde !*

Drake atterrit au sol, fait un roulé-boulé, se protège le visage. Il ne saigne pas, mais ça a dû faire mal.

Jaeger se penche au-dessus de lui.

– Ne. La. Touche. Pas. Ce n'était qu'un avertissement. La prochaine fois, ce n'en sera pas un.

Drake se relève prestement et brosse le sol sablonneux de Tahoe de son pantalon. Il me fusille du regard.

– C'est pas ce que j'avais en tête pour la soirée, lance-t-il en s'éloignant.

Il monte dans son coupé de sport luxueux et quitte l'allée dans une gerbe de graviers et d'aiguilles de pin.

Jaeger me lève le menton et examine mon visage.

– Tu vas bien ?

J'opine, me demandant ce qui vient de se passer au juste.

– Qu'est-ce que tu fais ici ?

Le bolide de Drake tourne au bout de la rue, et ses feux arrière disparaissent.

– Comment tu as su… ?

Jaeger se passe une main sur la figure et pousse un soupir tendu.

– Kerstin. Elle m'a dit que tu avais quitté le club bourrée et avec un type.

Son visage se contracte.

– Qu'est-ce qui t'a pris, Cali ?

Ce côté protecteur et agressif de Jaeger est nouveau pour moi, et sexy à mort – non pas que je veuille provoquer sa colère sans raison valable.

Je n'ai pas réfléchi quand j'ai suivi Drake dehors. En réalité, j'essayais volontairement de ne pas penser. à Jaeger. Mais ce n'est pas le genre de chose que je vais lui dire.

– J'ai fait une erreur.

– Tu as fait une erreur ? Tu…

Il s'écarte sur le côté et passe une main dans ses cheveux courts.

– Tu réalises ce que ce *connard de psychopathe* aurait pu te faire ?

Ouais, plus ou moins, mais je n'ai pas envie d'y penser. La dernière demi-heure m'a fait dessoûler.

Je me frotte les yeux, déverrouille la porte et j'entre dans le chalet, tremblante comme une feuille. Jaeger s'attarde sur le seuil.

– Tu peux venir, lui dis-je.

Il entre et referme la porte.

Je remplis un verre d'eau dans la cuisine et je lui offre, mais il secoue la tête. J'avale plusieurs grandes gorgées pour éliminer le goût de Drake de ma bouche.

– Désolé d'avoir crié, dit-il en lâchant un nouveau soupir tendu. Mais tu ne peux pas ramener des inconnus chez toi. En fait, n'invite personne chez toi, sauf si c'est un ami.

Je pivote. J'étais stupide de rentrer avec Drake et j'ai appris une douloureuse leçon ce soir, mais d'où Jaeger se permet-il de me dire quoi faire ?

– Et toi ? Tu as ramené ta copine chez elle avant de venir ici ? Tu as le droit de partir avec une inconnue, mais pas moi ?

– Je ne suis pas une femme de quarante-cinq kilos, grogne-t-il. Il aurait pu te faire du mal, Cali.

Avant de sortir avec Éric, il m'est arrivé une fois ou deux de quitter des soirées avec un mec que je venais de rencontrer. Mais je connaissais les types de la fraternité du gars en question, ou nous avions des amis communs. Il y avait des dangers à l'université, bien sûr, mais nous vivions dans une bulle où tout le monde se connaissait. Les risques étaient limités.

Jaeger a raison. J'ai ignoré mon instinct ce soir et traité Drake comme un étudiant de la fac. C'était stupide et dangereux, mais cela ne donne pas à Jaeger le droit de me sermonner comme une gamine.

– J'ai dit que j'avais fait une erreur. Je ne me souviens

pas avoir eu un deuxième grand frère. Pourquoi m'as-tu suivie, de toute façon ?

Il s'assied au centre du canapé, en prenant les deux tiers de l'espace, les jambes écartées comme le font les hommes parce qu'ils ne portent pas de jupes ou ne ressentent pas le besoin de cacher leurs parties intimes. Il appuie sa tête contre le mur derrière les coussins et fixe le plafond.

– J'ai pensé que ce type pouvait être dangereux.

Je regarde autour de moi, ahurie.

– Et tu savais ça comment ?

Il me fusille du regard.

– C'est un mec, et tu avais bu. Le risque était grand.

Mes sourcils se rejoignent. La réaction de Jaeger avec Drake a été plutôt violente pour quelqu'un avec qui je suis amie de loin, comme s'il prenait les choses à cœur. Pourquoi il planterait son rencard pour me suivre chez moi au cas où Drake serait un tueur en série ?

– Et ta copine, la belle femme ?

– *Cliente.* C'est une cliente, Cali.

– Elle est plutôt tactile pour une cliente. Est-ce que toutes tes clientes te tripotent ?

Les yeux de Jaeger s'étrécissent. Il se penche en avant et me saisit par la taille, me tirant entre ses genoux jusqu'à ce que je n'aie pas d'autre possibilité que de m'asseoir sur sa cuisse ou m'écraser contre sa poitrine. Je choisis la cuisse, et glisse en douceur sur le canapé à côté de lui, les jambes pendant sur ses genoux.

Son bras m'enlace le dos.

– Tu m'as fait une peur bleue ce soir.

Ses yeux verts sont brillants et inquiets.

Surprise, je m'excuse.

Jaeger colle mon visage sur sa poitrine, et me caresse les cheveux.

– Promets-moi que tu ne feras plus jamais une chose pareille.

Je lui promettrais n'importe quoi, tant qu'il me tient comme ça.

– Je ne le recommencerai pas. C'était stupide, je marmonne en fourrant mon nez dans sa chemise et en respirant son odeur de propre.

Jaeger se penche en arrière et nos regards se croisent pendant de longues secondes. L'intensité du moment me fait haleter. Il baisse lentement la tête jusqu'à ce qu'un souffle d'air provenant de son nez me chatouille la peau. Ses lèvres effleurent les miennes, une caresse délicate qui est tout le contraire de l'agressivité de Drake. La douceur de Jaeger m'évoque la chaleur et l'anticipation, et quelque chose de plus profond que je n'arrive pas à nommer. Mais j'en ai envie.

Je savais qu'il existait une puissante attraction entre nous, mais ses lèvres m'électrisent littéralement, l'envie de lui me fait grésiller. Mes doigts s'agrippent à sa chemise.

C'est cela que j'ai tant désiré. Toutes les nuits, toutes les semaines – depuis notre première rencontre.

Jaeger s'écarte de moi de quelques centimètres. Son souffle me caresse le menton, il trace des cercles du pouce à la racine de mes cheveux.

– Est-ce que ça te va ? Après…

Je me penche et je colle ma bouche sur la sienne en réponse. Que je l'admette ou non, j'attends ce baiser depuis des semaines.

Il glisse les doigts dans mes cheveux, inclinant ma tête pour approfondir notre baiser, et je me noie.

Mon ventre papillonne, mon corps s'arque vers lui. J'enroule les bras autour de son dos large et je le tire jusqu'à ce que nous tombions en arrière sur les coussins, et qu'il se retrouve sur moi.

La sensation de son poids sur moi est incroyable. Il ne m'écrase pas, ne m'étouffe pas, mais est suffisamment présent pour attiser mon désir. Je suis un océan de sensations et nous ne faisons que nous embrasser. Je serre les jambes autour de ses hanches, l'attirant plus près.

Un gémissement court et guttural s'échappe de sa bouche, et sa main dérive des cheveux à ma gorge, puis ma poitrine et s'enroule autour de mon sein. Il écarte ses lèvres des miennes pour m'embrasser sur le menton et dans le cou.

– Cali, murmure-t-il en me caressant un sein, frottant son pouce sur mon mamelon.

Ce n'est que lorsqu'il prononce à nouveau mon nom que je constate que son désir lui offre une fenêtre pour communiquer autrement que par le langage corporel. Je le regarde dans les yeux.

– Elle revient quand, Gen ? demande-t-il.

Quo… ? Gen ? Merde.

La panique me vrille le ventre. Pas parce que j'ai peur que Gen nous surprenne, même si ça peut arriver, mais parce que j'avais totalement oublié la possibilité d'un début de romance entre Gen et Jaeger. Après avoir tellement encouragé Gen à remonter en selle, me voilà en train d'embrasser un type qu'elle pourrait bien aimer.

Qu'est-ce que je fais ? Je me trémousse pour me dégager de sa masse, piquée au vif et furieuse à l'idée que Jaeger joue peut-être avec moi. Gen est ma meilleure amie. Ça suffit. Je dois découvrir ce qui se passe entre eux.

Je déglutis et tente de rassembler mes derniers neurones encore debout après l'explosion cérébrale qu'a provoquée Jaeger en collant son grand corps brûlant sur le mien.

– Je ne sais pas, mais elle était ivre quand je suis partie. Elle ne va probablement pas tarder.

– Je ferais mieux de partir.

Il se lève et tire sur l'entrejambe de son pantalon qui, je le réalise maintenant, abrite un oiseau d'une taille impressionnante. Je regarde ailleurs.

Si j'interroge Jaeger sur Gen maintenant, je ne suis pas sûre de pouvoir distinguer la vérité du mensonge. C'est un sujet à aborder la tête froide, sobre, sans attirance physique incontrôlable.

– C'est sans doute mieux, oui.

Chapitre Quinze

Ce matin, j'ai l'impression d'avoir frappé mon crâne une bonne centaine de fois contre un rocher pointu, mais j'ai réussi à endiguer la gerbe grâce à des olives vertes et du pain grillé. Gen, cependant, s'en tire moins bien. Elle vomit ses tripes dans la salle de bains.

– Ça va là-dedans ?

Comme elle ne répond pas, j'entrouvre la porte pour vérifier qu'elle va bien. Elle étreint la cuvette, la joue collée sur le rebord. J'ouvre en grand.

– Tu n'as pas l'air bien. Tu veux que je t'emmène aux urgences ?

– Non, dit-elle sans bouger. J'ai juste besoin de rester un moment au-dessus des toilettes.

Je prends deux gants de toilette dans le placard et je les imbibe d'eau froide. Je lui en applique un sur la nuque.

Gen gémit.

– Ça fait du bien.

– Tiens, dis-je en lui tendant l'autre.

Son bras balaie l'air aléatoirement. Je lui attrape les doigts et les dirige vers le gant.

Je veille sur Gen toute la journée. Elle mange un peu dans la soirée, mais se sent encore barbouillée.

La réalité de ce qui aurait pu se passer hier soir avec Drake si Jaeger n'était pas intervenu me frappe de plein fouet à la tombée de la nuit. Je ne ferai plus jamais une telle connerie. Et ce qui s'est passé après, avec Jaeger ? Je n'ai clairement pas réfléchi. J'ai *ressenti* des choses et j'ai laissé mes sens diriger mes actions. S'il y a une histoire entre Gen et Jaeger, *je* pourrais être l'autre femme cette fois. Gen ne fait déjà plus confiance aux hommes depuis que le C-O-N s'est foutu d'elle. Le niveau de trahison ici serait bien pire.

Je ne lui ai pas parlé de Drake, car cela impliquerait d'expliquer la présence de Jaeger chez nous. Gen va se coucher tôt et je décide de remettre cette conversation à plus tard. Je dois découvrir ce qui se passe réellement entre elle et Jaeger. Elle ne dit rien, mais je n'arrive pas à me débarrasser de l'impression qu'elle me cache des choses.

———

Le lendemain, Gen est partie à mon réveil. Elle a laissé un mot disant qu'elle avait des courses à faire. Je lui envoie un texto pour lui dire de ne pas s'inquiéter. Puis je demande à un des croupiers de passer me chercher pour aller au casino. Je ne veux pas reporter la discussion au sujet de Jaeger, mais quelques heures de plus ou de moins ne changeront pas grand-chose.

Je m'approche du pressing du Blue et je donne mon ticket à la femme derrière le comptoir pour récupérer mon uniforme.

– Désolée, ma belle, me dit l'employée. Le patron veut que tu ailles voir le directeur. Ascenseur du hall, deuxième étage. Quelqu'un te guidera jusqu'à son bureau.

C'est curieux. Je n'ai eu d'échanges qu'avec le responsable des croupiers et le chef de table qui forme les nouveaux arrivants. Je ne suis jamais montée à l'étage des gros bonnets, ceux qui observent le Casino Real World grâce à des caméras de sécurité furtives.

Je fais un signe de tête à l'employée et je monte en petite foulée les escaliers menant au lobby et aux ascenseurs.

Rien à voir entre le deuxième étage du bâtiment et le reste du casino. Un open space sillonné de postes de travail occupe une grande partie de l'étage, dont le look institutionnel et austère tranche avec la déco haut de gamme des salles de jeu et des espaces clients, mais c'est plus seyant que la peinture jaunâtre et les casiers métalliques du sous-sol réservé au personnel. Les bureaux s'alignent sur trois côtés de l'étage, avec une double porte massive indiquant Sécurité qui trône au milieu d'un mur entier.

– Je suis Cali Morgan, dis-je à la réceptionniste. L'employée du pressing m'a dit de venir ici.

La jeune femme pianote de ses ongles rouge vif, qui disparaissent brièvement quand elle coince derrière son oreille ses cheveux mi-longs violet-rouge, teinte qui ne peut en aucun cas provenir de la nature. Les ongles réapparaissent et arrachent un post-it du bureau.

– Par ici.

Je suis la réceptionniste dans le couloir. Son maquillage et sa coiffure sont très glamour, mais sa jupe et son chemisier sobres lui confèrent une apparence respectable. Je fais la supposition gratuite qu'elle a dû travailler à l'étage du casino avant d'atterrir ici.

Nous passons la zone de sécurité et arrivons dans un autre couloir bordé de bureaux plus espacés les uns des autres. Elle toque à une porte ornée d'une plaque métallique indiquant Robert Middleton, Salle de jeu, et nous entrons.

Dans le bureau, un homme dans la cinquantaine aux cheveux blond cendré avec une fossette au menton finit de taper une phrase sur le clavier de son ordinateur.

– Merci.

Elle sort et referme la porte.

J'ai un sentiment de malaise.

Qu'ai-je pu faire de mal ou de bien pour atterrir ici ? Je ne suis pas la croupière la plus expérimentée, mais personne ne s'est plaint jusqu'à présent. Je n'ai pas mal compté, ce qui n'est pas le cas de tous les nouveaux croupiers. Si une erreur de comptage ou de mélange des cartes était un motif de licenciement, la moitié des croupiers embauchés pour l'été auraient été congédiés.

Robert Middleton se lève à moitié et m'indique un siège.

– Vous devez être Calista. Asseyez-vous, je vous en prie.

On ne m'appelle jamais par mon prénom complet, mais je ne le corrige pas. Quelque chose dans sa voix me dit que l'heure est grave.

Il se rassied dans son fauteuil confortable en cuir, dos à la baie vitrée donnant sur les montagnes et le lac. Le sang pulse dans mes veines, ma gorge palpite. Cet homme est l'un des grands patrons. Pourquoi m'aurait-il convoqué ici ?

Robert Middleton, en appui sur les avant-bras, joint les mains. Il a tombé la veste, et porte une chemise blanche et une cravate rayée couleur taupe au nœud si serré que son cou plisse au-dessus du col.

– Je vais aller droit au but. Nous allons devoir nous séparer de nous.

Ma mâchoire se décroche, mes yeux s'arrondissent. *Quoi ?*

Bon, j'avoue que j'ai imaginé ce scénario, vu l'étage où je suis, mais je ne pensais pas que c'était possible. De toute ma vie, je n'ai jamais eu une note en dessous de A-, ni jamais été virée d'un stage ou d'un boulot.

– Je ne comprends pas, finis-je par dire.

– C'est très simple. Vous avez été embauchée pour un emploi saisonnier. Une période d'essai de trois mois s'applique pour tous les employés. Si, à un moment donné au cours de ces trois mois, nous estimons que la collaboration n'est pas satisfaisante, le casino peut mettre fin au contrat sans motif. Il a été porté à mon attention que votre conduite ne correspond pas à notre culture et que vous feriez mieux de vous adresser à un autre employeur.

Son expression ne trahit rien, un vrai visage de poker.

– À quelle conduite faites-vous allusion ? Je ne cherche pas à polémiquer, mais je ne comprends pas ce que j'ai fait qui justifie une rupture de contrat.

– Je préfère ne pas entrer dans les détails, et rien ne m'y oblige. Votre licenciement prend effet immédiatement.

Il se lève et fait le tour de son bureau en me montrant la porte de la main.

Une bouffée d'après-rasage épicé me chavire l'estomac.

– Veuillez retourner à la réception. On vous y remettra les formulaires de licenciement à remplir.

Mes jambes tremblent comme des folles. Robert Middleton me tend la main. Je la fixe un moment, puis je sors de mon hébétude et la serre. Sa poignée de main est ferme et définitive.

– Bonne chance, Mlle Morgan.

Cela ne peut pas m'arriver. Comment est-ce possible ?

Ma gorge s'assèche et les larmes me brûlent les yeux, mais je rejoins la réception et la fille aux cheveux violets.

Quand j'ai fini de remplir les papiers, je monte dans l'ascenseur escortée par un garde de la sécurité – comme une foutue criminelle. La réceptionniste a prétendu que ces mesures de sécurité sont habituelles, mais je ne me suis jamais sentie aussi humiliée.

Le garde me fait traverser le casino et passe devant Gen qui sert des boissons dans le lounge. Elle ne me voit pas, mais Mason m'aperçoit du bar. Il me jette un regard interrogateur.

Je suis trop mal. Je déglutis et continue de marcher, morte de honte. Ils m'ont dit de ne parler à personne, et la dernière chose dont j'ai envie, c'est bien de les informer de ma situation.

Quand le vigile me laisse sur le parking, les larmes que j'ai retenues ruissellent sur mes joues. Je me dirige en traînant les pieds, paumée et choquée, vers les rangées de voitures, cherchant celle de Gen, puis je m'arrête.

Merde.

Gen a les clés et la réceptionniste m'a dit que je ne pouvais pas revenir avant demain, quand l'annonce de mon licenciement sera officialisée.

Je marche jusqu'au bord du parking, qui surplombe les champs de véhicules en contrebas, et j'appuie mon front sur la barre de métal froide. Que vais-je faire ? J'avais besoin de ce travail pour l'école de droit. Mes revenus de l'été étaient censés ne couvrir qu'une petite partie des coûts de la première année, mais quand même. Je vais devoir demander d'autres prêts, que je mettrai ma vie à rembourser. Même bien payée, je serai l'esclave de mes dettes.

Les opportunités comme la faculté de droit de Harvard ne se présentent pas tous les jours. Je devrais être heureuse. Et pourtant ce n'est pas le cas. Ce n'est pas un rêve, c'est un fardeau.

Chapitre Seize

Je suis assise sur le transat dans le jardin, mon endroit préféré, et je fixe les arbres depuis une demi-heure. Je n'ai pas pris la peine de poser mon sac à main. L'effort me semble démesuré. Je n'arrive pas à me faire à l'idée que je viens de me faire virer. C'est absurde.

Une vibration me chatouille les côtes à l'endroit du sac. Je plonge la main et sors mon téléphone.

– Allô ?

– Cali, tu vas bien ? demande Gen, affolée, d'une voix aiguë. Mason dit que tu as quitté le casino escortée par un garde de la sécurité.

– Ouaip, je m'étrangle.

Le déluge de larmes a cessé, mais ma voix n'a pas retrouvé toute son assurance.

– Qu'est-ce qui s'est passé ? Tu es où ?

– À la maison. J'ai pris un Uber.

J'avale une goulée d'air et je me frotte le nez, qui doit être rouge après toutes ces larmes.

– J'ai été virée.

– *Quoi ?* Pourquoi ?

J'allais dire *j'en sais rien* quand le souvenir de l'autre nuit me traverse l'esprit. Non. Il n'aurait pas osé… il aurait osé ? Drake était furieux quand il est parti. Assez énervé pour se venger ?

– Je-je ne sais pas.

– C'est absurde, Cali. Tu ne peux pas te faire virer. Tu n'as rien fait de mal.

Je passe en revue les événements de ma dernière soirée de travail, puis l'heure passée au club. Ai-je fait une chose interdite au personnel ? Le casino offre des bons pour une consommation gratuite aux employés à la fin de chaque semaine ouvrée, utilisables dans les bars du Blue. La direction n'a aucun problème à voir le personnel boire et jouer dans l'établissement en dehors des heures de travail. Ils seraient probablement contents si nous dépensions tout notre salaire sur place.

J'ai bu et dansé, ce qui n'est pas répréhensible. L'erreur, en revanche, était de me faire raccompagner par Drake, un cadre du Blue, et que Jaeger le frappe.

Est-ce que Drake s'en prendrait à moi ? De cette façon ? La fierté masculine pousse les hommes à faire des choses pas cool. Je ne connais pas assez Drake pour affirmer qu'il ne m'aurait pas fait virer. Il s'est révélé être un connard, peut-être même pire. Bon sang.

Et je ne peux encore rien dire à Gen, car je ne lui ai pas parlé de Drake ni de Jaeger et de leur altercation. Ça fait trop de choses à lui annoncer au téléphone alors qu'elle travaille. Je préfère lui dire de vive voix de toute façon.

– Soi-disant qu'il y a une période d'essai de trois mois. Le casino n'a pas besoin de justifier mon renvoi. Le directeur des jeux a dit…

– Tu as parlé à un ponte *à l'étage* ? Ils ne s'occupent pas des saisonniers.

– Ben si, ce type m'a convoquée. Il a dit que je ne correspondais pas à la culture du casino.

– Tu plaisantes ? T'es une surdouée, une future diplômée de Harvard. Sans parler de ta beauté et de ta classe. Qu'est-ce qu'ils cherchent ? Des zonards hirsutes et grossiers ?

Hum, théorie intéressante. Certains employés correspondent à la description.

– Non, je ne pense pas, mais je doute de découvrir la vérité. Ils ne sont pas obligés de me donner la raison.

– C'est bizarre… et injuste, soupire-t-elle. Oublie le Blue, Cali. Qui a besoin d'eux ? Tu as un brillant avenir devant toi.

Je pince les lèvres et respire par le nez, la gorge serrée.

– Tout à fait.

Avoir ce job alors que je me pose tant de questions sur Harvard était une solution tampon. Et je ne l'ai plus maintenant.

Gen retourne travailler, et me promet de rentrer directement après son service. Lui parler a eu pour effet positif de me tirer de mon état catatonique sur le patio.

Je n'ai passé que trente minutes au casino, mais mes fringues et mes cheveux sont imprégnés de fumée de cigarette. Je veux éliminer toute trace de cet endroit. Je sors du placard mon vieux jogging préféré, un t-shirt, et je prends une douche.

Mes cheveux humides gouttant dans mon dos, je zappe les chaînes du câble à la recherche d'une émission de télé-réalité glauque qui me donnera l'impression d'avoir une vie normale.

Mon téléphone vibre. C'est un SMS de Jaeger.

Jaeger: *Tu as mangé ?*
Cali : *Non. Comment tu as eu mon numéro ?*

Jaeger: *Par Gen. Tu aimes les burritos ?*

Oh, bon sang. Gen sait qu'il m'envoie un texto. Sûrement, si elle lui a donné mon numéro.

Il me surprend dans un moment de grande vulnérabilité. Je ne peux pas refuser. J'ai envie de le voir. Il ne se passera rien, car Gen va rentrer, même si ce n'a pas été très dissuasif la dernière fois. Je chasse cette pensée.

Cali : *Poulet, STP.*

Vingt minutes plus tard, on frappe à la porte. Mon pouls s'accélère. C'est sûrement Jaeger, mais je vérifie quand même par la fenêtre. J'ai eu trop de surprises, et avec mes soupçons sur Drake, tout est possible.

Le pick-up argenté de Jaeger scintille à la lumière du porche. J'ouvre la porte. Il se tient sur le seuil en jean avec un sweater gris, un sac en papier kraft à la main.

– Salut.

Il mate mon jogging et sourit.

Après son texto, j'ai roulé la taille pour qu'il ne pendouille pas sous mes fesses et j'ai mis un soutif, mais sinon, je ne ressemble à rien.

– Entre.

Il pose le sac sur le comptoir.

– Les verres ?

– Derrière toi.

Je lui montre le bon placard, puis je prends deux assiettes et les pose sur la table dans le coin-repas.

Jaeger me rejoint avec un verre et deux bouteilles de Dos Equis. Il m'en verse une, et boit la sienne directement à la bouteille.

Je bois une grande gorgée, et la gazéification pique mon nez hypersensible. Il n'est plus rouge vif, mais il est encore bouché par ma crise de larmes. Néanmoins la Dos Equis a un petit goût de paradis.

– Ahhh, j'en avais besoin.

Jaeger sourit et sort quatre burritos au poulet emballés dans du papier blanc. Il en place trois dans son assiette et un dans la mienne. Aucun de nous ne perd de temps avant de piocher dans sa bouffe.

– Alors, dis-je entre deux bouchées, je suppose que Gen t'a raconté ce qui s'est passé ?

Il hoche la tête.

– Mason t'a vue te faire escorter jusqu'à la porte. J'ai parlé à Gen.

Mes joues chauffent. Toute cette soirée n'a été qu'un énorme coup de pied au cul. Je suis certaine de n'avoir rien fait qui justifie mon licenciement, mais c'est quand même embarrassant, comme de voir ma carte de crédit refusée à la caisse parce que quelqu'un a volé mon numéro de carte. C'est moi qu'on montre du doigt.

– Est-ce qu'elle t'a demandé de veiller sur moi ?

Il lève les yeux.

– Non. Je suis venu de moi-même.

– Et qu'est-ce qu'elle en a pensé ?

Il me fixe un instant, perplexe.

– Je ne lui ai pas posé la question.

Il n'a pas l'air de se sentir coupable, il se contente d'exposer les faits. Je mords une bouchée de mon délicieux burrito en matant discrètement sa belle gueule et ses épaules larges. Je peux dire à la sauce qu'il a acheté les burritos dans ma *taquería* préférée.

– Eh bien, merci. Ça me fait plaisir que tu sois venu.

Jaeger s'arrête de mâcher. Il m'observe pendant quelques instants, puis il boit de la bière et avale sa bouchée.

– Qu'est-ce que tu vas faire maintenant ? Chercher un job dans un autre casino ?

– J'ai eu la place grâce à un des contacts de ma mère. Elle nous a parlé des jobs d'été et a glissé un mot gentil sur moi. La saison est bien entamée. Je doute qu'il reste des postes à pourvoir, dis-je en posant mon burrito à moitié entamé, puis je m'essuie la bouche. Je suis censée partir bientôt pour Harvard. J'ai économisé assez d'argent pour finir l'été. Ma mère habite à Carson City. Je pourrais toujours passer du temps avec elle. Elle m'a demandé de venir la voir.

Jaeger finit son burrito et mord dans un taco en tambourinant des doigts sur la table.

– Alors, t'as du temps à tuer ?

Je ne sais pas pourquoi il a l'air ravi. Se faire virer n'a rien de réjouissant.

– Je suppose.

Il louche sur mon burrito à moitié mangé.

– Fini ? Prête pour le dessert ?

– T'as apporté le dessert ?

– Évidemment.

Il avale son dernier taco et nous faisons la vaisselle. Je range les couverts dos tourné à lui quand j'entends des bruissements venant du sac en papier magique de Jaeger. Je me retourne pour voir ce qu'il fabrique.

Il pose un bocal sur le comptoir.

– Tu m'as apporté des olives vertes ?

Il glisse le bocal vers moi, et je reste sans voix pendant un instant.

Je lève les yeux, il sourit.

– Comment tu as su ?

– Je suis observateur.

Il doit voir le point d'interrogation sur mon visage, car il ajoute :

– Tu les gobais comme des raisins au bar du casino, le premier soir.

C'est la chose la plus gentille qu'un garçon ait jamais faite pour moi. J'ai envie de l'enlacer, le jeter sur mon lit et lui grimper dessus. J'agrippe le comptoir et ralentis ma respiration.

– Merci.

Jaeger ouvre le bocal qui fait pop. Il pioche une olive et lève la main vers ma bouche. J'écarte les lèvres, il la glisse à l'intérieur. Ma langue effleure ses doigts au passage.

Il fixe ma bouche pendant que je mâche.

– Encore ? demande-t-il avec désinvolture.

Je hoche la tête.

– Et toi ? T'as un dessert ? Je pioche une autre beauté verte.

Il se racle la gorge.

– Te regarder manger, c'est mon dessert, dit-il avec un sourire effronté.

Je suis dans la panade. Comment suis-je censée rester loin de lui quand il est si adorable ? Ma petite culotte fond rien qu'en le regardant, et en plus il est drôle, gentil et m'offre des olives vertes. Je suis totalement désarmée.

– J'ai apporté autre chose pour moi. Ça t'ennuie si on va dans le jardin ?

Un changement de décor sera le bienvenu. Dehors – loin de la chambre – encore mieux.

Quand Jaeger me demande de porter le sac en papier dehors pendant qu'il va chercher quelque chose dans son pick-up, je ne m'attends pas à ce qu'il revienne avec un mini barbecue style hibachi.

C'est quoi ce bordel ?

– Tu ne peux pas avoir faim après ton dîner gargantuesque. T'as mangé la moitié d'une vache dans les tacos de *carne asada.*

Il rigole et installe le barbecue sur le ciment. Il sort un briquet et une fourchette à fondue de sa poche arrière.

Ce mec a du matos.

Il allume les charbons à l'intérieur de l'hibachi, attend qu'ils chauffent, puis il sort un sachet de chamallows du sac en papier. Je comprends ce qu'il va faire maintenant et j'aime bien sa façon de penser.

Je m'allonge sur ma chaise longue et j'attends que Jaeger fasse rôtir une guimauve. Il fait partie de la catégorie « brun doré partout », alors que je plante généralement ma pique dans le feu et carbonise la guimauve.

Lorsque Jaeger juge que la guimauve est grillée à la perfection, j'ai la bouche pleine de salive. Il retire lentement la boule dorée de la pique et la place sur un carré de chocolat entre deux biscuits Graham.

Il se comporte en parfait gentleman depuis que je le connais. Il ne va pas manger ce délicieux biscuit sans m'en proposer une bouchée…

Avec une lenteur délibérée, il porte le dessert à sa bouche…

Il me regarde, sourcils levés, comme s'il savait que je vais l'attaquer pour lui piquer.

– Tu en veux, Cali ?

Il me taquine. Je viens de passer l'une des pires semaines de ma vie et il me cherche.

Je ramasse une pomme de pin et je la jette sur sa poitrine. Il l'esquive facilement et rit.

– Mais fais-moi goûter, bon sang ! m'exclamé-je.

Il secoue la tête.

– Autoritaire.

– Effectivement. Que ça te serve de leçon.

Un sourire canaille passe sur ses lèvres. J'ai les paumes moites en devinant ses pensées coquines. Au lieu de me tendre le biscuit à la guimauve et au chocolat, il se penche vers moi et le lève jusqu'à ma bouche.

Je le regarde en plissant les yeux. Un sourire me retrousse les lèvres.

– Tu aimes me donner la becquée.

Il fixe ma bouche et hoche la tête.

– Mm-hmm.

Ça a un petit côté coquin. Ça me plaît. J'entre dans son jeu. Je lèche le chocolat qui dégouline sur son index, en prenant tout mon temps. Le visage de Jaeger se crispe et il inspire à fond, sans quitter des yeux la langue que je promène sur son doigt long et épais. Je croque un morceau de biscuit et me lèche les lèvres.

– Mmmh, c'est bon.

Sa bouche s'entrouvre légèrement.

– Tu as du…

Il pointe du doigt le côté de ma bouche.

Je lèche exprès l'autre côté.

Il me regarde dans les yeux.

– Tu me cherches ?

Je hoche la tête lentement.

Jaeger soupire et pose le biscuit sur le sac en papier.

– Je n'aime pas qu'on me cherche.

Son visage est dépourvu d'émotion, et pendant un instant, je pense qu'il est sérieux.

Avant que je comprenne ce qui se passe, Jaeger bascule le dossier de la chaise longue jusqu'à ce que je sois à plat sur le dos, et il me grimpe dessus, me clouant les bras au-dessus de la tête.

Je pousse un petit cri. Il me tient les poignets d'une main, lèche le chocolat au coin de ma bouche, et me chatouille les côtes de l'autre main.

– Arrête !

Je libère une main qu'il serre à peine, et j'attrape ses doigts chatouilleurs et les entrecroise avec les miens.

– Quoi ? Tu n'aimes pas la punition réservée aux vilaines filles qui me cherchent ?

Je souris, parce que malgré mes malheurs, je m'amuse. Je m'amuse toujours avec lui.

– Ce n'est pas une punition.

Il sourit comme un gosse.

– Non, sans doute pas. Je suis un passionné, pas un bagarreur.

Son regard s'intensifie, il se penche en avant et m'embrasse doucement. Il a le goût du chocolat et d'un autre truc délicieux que j'associe à lui. Le baiser tendre évolue et se transforme en un baiser passionné et enflammé. J'enroule les bras autour de son dos, et il pèse davantage sur mon corps.

J'aime la façon dont il me tient, ses baisers délibérés, pas bâclés et précipités dans l'idée de passer vite fait aux choses sérieuses.

Jaeger insère son bassin entre mes jambes et ma respiration s'affole, mes cuisses s'assouplissent autour de sa taille. Il gémit dans ma bouche et se presse de plus belle…

Le transat s'effondre – du moins, au pied – et nos jambes heurtent le sol.

Il éclate de rire.

– *Merde.* Tu vas bien ?

Il ne fait aucun mouvement pour se relever et j'en suis bien contente. J'aime bien cette position.

J'estime les dégâts. Les pieds au bout de la chaise longue sont pliés en deux.

– Merde, comment je vais expliquer ça à Gen ?

Je le serre plus fort pour qu'il sache que je serai très fâchée s'il essaie de se lever maintenant.

Il m'embrasse au coin de la bouche et promène sa main sur mes côtes et mon ventre.

– Fais-moi porter le chapeau. Dis-lui que je me suis assis dessus, murmure-t-il.

Sa langue trouve l'entrée ma bouche et ses mains explorent mon corps de haut en bas pendant la demi-heure suivant l'effondrement partiel de la chaise longue – jusqu'à ce que des bruits caractéristiques nous parviennent depuis l'avant de la maison.

La culpabilité m'envahit, et je le repousse gentiment.

– Gen est rentrée, je chuchote. On devrait se relever.

J'ai recommencé. Comment ai-je pu le refaire ? Je dois à tout prix m'assurer qu'il n'y a rien entre Gen et Jaeger. Je ne pense pas qu'il y ait quelque chose, mais je dois en être sûre.

Jaeger gémit et m'embrasse sur la bouche avant de se lever.

– Qu'est-ce qui se passe entre Gen et toi ? lui demandé-je.

La réponse de Gen ne m'a pas rassurée la seule fois où je lui ai demandé, et Jaeger est là maintenant, sans phéromones protectrices pour m'embrouiller le cerveau comme après l'assaut de Drake. Mon esprit est un peu étourdi par tous ces baisers, mais j'ai besoin de savoir.

Il range son mini barbecue, la tête penchée sur le côté d'un air embêté.

– Qu'est-ce que tu veux dire ?

– Je veux dire, est-ce que vous êtes… euh… eh bien, ensemble ?

Jaeger se fige.

– *Quoi ?* Pourquoi tu penses ça ?

– Tu l'as emmenée déjeuner l'autre jour. Je me demandais… Je veux dire, elle prétend que non, mais je dois en être sûre.

Il regarde au loin comme s'il réfléchissait, puis il secoue lentement la tête.

— Je voulais avoir son avis sur un truc sur lequel je travaille. Ce n'est pas… Non, Cali, je ne sors pas avec Gen. J'arrive pas à croire que tu as pensé ça après…

Il lève la main vers moi, puis la rabaisse.

— Je ne ferais jamais ça. Je ne suis pas comme ça.

Je le crois, mais je ne peux pas dire que je le connais bien.

— Tu es *comment*, alors ?

Il reste silencieux un moment, pendant qu'il repose le couvercle du hibachi.

— Je ne vais pas te mentir, pendant un temps, j'ai enchaîné les conquêtes, mais c'était il y a longtemps. Il se passait des choses – des choses qu'il fallait que j'apprenne à gérer. De toute évidence, sans grand succès, mais je m'en suis remis, et je ne suis plus celui que j'étais. Ce n'était pas vraiment moi.

Il me regarde droit dans les yeux.

— Mais même alors, je n'aurais jamais couché avec une fille pour draguer ensuite sa meilleure amie.

Il se frotte la mâchoire.

— Je n'ai jamais non plus, euh… *fréquenté* plusieurs filles en même temps. Trop compliqué.

Donc il n'a jamais sauté deux filles différentes le même jour, mais il n'y avait probablement pas beaucoup de latence entre les deux. Je peux m'en arranger. Il était jeune à l'époque. C'est salaud, mais je n'en attends pas moins d'un mec de vingt ans qui était assez sexy pour se taper qui il voulait. Du moment qu'il n'est plus comme ça.

Je ne suis pas vierge, mais je suis fidèle, et malgré ce que Jaeger pourrait penser de moi après avoir vu Drake me ramener au chalet, je ne suis pas une délurée. J'embrasse, c'est sûr, mais je ne couche pas. Le sexe, je le réserve aux relations sérieuses. C'est ma seule et unique règle, si on peut l'appeler comme ça.

Gen ouvre la porte moustiquaire.

– Tu es là ! Salut Jaeger. Je ne savais pas que tu passais.

Elle mate la chaise longue aux pieds tordus sur laquelle je suis assise.

– Tu as trop mangé ce soir, Cali ?

– La ferme !

Je lui lance une pomme de pin à la tête, mais elle est plus loin que Jaeger tout à l'heure et mon geste manque de précision. Gen n'a aucun mal à l'esquiver, car la pomme de pin atterrit loin d'elle. D'accord, je lance tellement mal qu'elle atterrit dans le pays voisin.

Jaeger secoue la tête et se redresse, en tenant l'hibachi brûlant par les poignées, le sac en papier calé sous le bras.

– Il va falloir travailler ton lancer.

– Je croyais que tu avais dit que je ne devais plus jamais rien lancer.

– Et tu m'as écouté ?

Merde. Un point pour lui.

Jaeger repart vers le portail.

– À plus, Gen. Cali, on se voit demain ?

Demain ?

– À 11 heures demain matin, crie-t-il de l'allée.

Je le crois pour Gen, alors s'il ne sort pas avec elle, il se passe quoi ? Il y a quelque chose que Gen ne me dit pas.

Chapitre Dix-Sept

Le lendemain matin, Gen éructe un « putain de merde ! » après avoir renversé un millier de Cheerios sur le carrelage de la cuisine.

Quelques-uns roulent hors de la cuisine et je les renvoie à l'intérieur du bout du pied.

— T'as intérêt à tout ramasser.

Elle louche sur le comptoir, les paupières mi-closes, une mèche de cheveux collée sur la joue.

— Pourquoi t'es debout ? T'es au chômage. Tu n'es pas censée dormir jusqu'à deux ou trois heures de l'aprèm ou chercher du boulot ?

Je l'ai mérité.

— Touché. Jaeger m'a dit d'être prête à onze heures, tu te souviens ?

Elle grommelle une réponse. Quelque chose à propos d'une colocataire bruyante et d'un réveil trop matinal.

Oups, j'ai dû faire un peu de bruit dans mon empressement à me préparer pour mon rendez-vous.

La machine à café déverse un torrent délicieux dans la cafetière. Le café n'est pas tout à fait prêt, mais…

tant pis. Mieux vaut agir vite quand Gen est grincheuse.

Je m'empare de la cafetière – elle s'arrête automatiquement de filtrer quand on l'enlève – et lui verse une tasse.

– Tiens.

Elle avale une gorgée, la balayette à la main.

– *Ahhh, gracias.*

Mon téléphone sonne. J'attrape mon sac à main sur le comptoir et le vide de son contenu jusqu'à ce que je trouve mon portable, tout au fond.

– Salut, sœurette.

– Tyler ?

C'est bizarre. Il doit être rentré à Boulder, mais en général je n'ai pas de ses nouvelles pendant plusieurs semaines après qu'on se soit vus.

– Qu'est-ce que tu fais ?

– Oh, pas grand-chose, dit-il.

– Qu'est-ce que ça veut dire ?

– Ben, euh… je traîne encore chez maman.

Tyler lui rend visite en été, mais jamais plus de deux semaines.

– T'as perdu ton boulot ? demandai-je en panique.

Génial. Génial, putain. Les deux enfants Morgan ne peuvent pas foutre en l'air leur avenir en même temps. Ça détruirait maman.

– Calmos. Je n'ai pas perdu mon boulot. J'ai juste besoin de faire un break loin de Boulder.

Tyler adore Boulder.

– Okaaay. Quels sont tes projets ?

– Eh bien, je pensais revenir te voir. Je m'emmerde à Carson. La maison de maman est sympa, mais c'est trop calme par ici. Il n'y a rien à faire. Mon pote dans les Keys veut me montrer de nouvelles pistes cyclables. Je pourrais crécher chez lui, mais il a une copine, et… tu piges.

– Vous seriez à l'étroit.

– C'est ça; alors, qu'est-ce que tu en penses ? Je peux camper sur la mezzanine ? Je ne te gênerai pas. C'est une promesse.

– Reste autant que tu veux. Inutile de te rendre invisible. J'aime bien ta compagnie, mais ne le répète à personne.

Ça le fait rire.

– Ton secret est bien gardé avec moi. Mais tu pourrais déchanter si je vois des mecs te tourner autour. Je suis toujours ton grand-frère.

Et le pote de Jaeger. Ça pourrait se compliquer. Que penserait Tyler s'il nous voyait fricoter ?

– J'ai vingt et un ans, Tyler. Tu peux ôter ta casquette de grand frère protecteur. Je ne suis plus vierge.

Il pousse un gros soupir.

– Je vais faire comme si je n'avais rien entendu. Et tu peux dire à Gen que je la surveille aussi. Tous les mecs qui entreront dans la maison devront passer au crible du détecteur Tyler.

– Ça peut être amusant.

– Je savais que tu serais d'accord.

———

JAEGER PASSE me prendre à onze heures pile, et il vient avec des cadeaux.

– Comment tu sais que j'aime le café au lait ?

Il sourit depuis le siège conducteur.

– Les olives vertes, je l'ai déduit. Le café au lait, c'est un coup de chance.

– Tu as bon goût.

Cette fois, je mesure tout l'effet de son regard.

– Oui, je sais.

Mon visage s'échauffe et je regarde par la fenêtre pour masquer mes joues rouges. Être blond vénitien ne m'exempte pas des caractéristiques des rousses. Mais au moins, j'ai échappé aux taches de rousseur.

– Alors, où va-t-on ? On a dépassé Stateline. Donc on ne va pas en ville.

– Je t'emmène chez moi. J'aimerais te montrer mon travail.

Nous en avons un peu parlé hier soir, mais voir, en vrai, c'est toujours mieux. J'ai une bonne idée de ce qu'il fait – j'ai vu les sculptures sur bois des artisans locaux au bord la Route 89 toute ma vie –, mais s'il veut me montrer ses babioles, je suis partante.

Quelques minutes plus tard, Jaeger tourne dans une longue allée en graviers bordée des deux côtés de grands pins majestueux. Elle débouche sur une clairière où se trouve une maison à côté d'un bâtiment carré au toit en pente. Derrière les deux bâtisses, on devine le lac au travers de la forêt de conifères. Quiconque possède une telle propriété aurait coupé les arbres et dégagé la vue sur le lac, mais le propriétaire actuel a visiblement voulu préserver la nature sauvage.

C'est une belle maison. Vraiment belle. Je me doutais que Jaeger ne vivait plus chez ses parents, mais je pensais qu'il louait un appartement comme Mason. Combien gagne un type qui taille des ours et des totems ?

Jaeger descend du pick-up et en fait le tour, et ferme ensuite la portière passager derrière moi.

– Je te montre l'intérieur d'abord. J'ai préparé un déjeuner.

Il se dirige vers la maison.

Qu'est-ce qui nous arrive ? Café au lait, olives vertes, repas à domicile… il me sort le grand jeu.

Est-ce qu'il me fait *la cour* ?

Mes souvenirs des premiers rituels de séduction sont flous. Éric n'a pas fait beaucoup d'efforts dans ce domaine. Gen et Jaeger ayant tous les deux démenti la moindre histoire entre eux, ce n'est plus un obstacle. Jaeger est un ami de Tyler, qui va sûrement me pourrir pour ça, mais je peux gérer mon frère. Éric et moi, c'est du passé, et je me suis remise de notre rupture. Bref, je devrais me jeter sur Jaeger avec mon insouciance habituelle, mais quelque chose me retient encore.

Je ne veux pas que Jaeger soit un bouche-trou, sincèrement, et ça m'inquiète un peu, mais moins qu'avant. Jaeger est différent. Nous sommes différents. Si je le laisse faire, je pense que notre histoire a des chances de déboucher sur une relation sérieuse. Mais je suis un peu paumée en ce moment. Je ne sais pas quoi décider au sujet de Harvard, et je ne veux pas non plus gâcher ma relation naissante avec Jaeger. Parce qu'elle me plaît. Beaucoup.

Il monte une volée de marches jusqu'à une petite véranda avec des rondins en guise de poutres de soutien et une grande cheminée en pierre qui fait aussi barbecue. Les baies vitrées donnent sur le lac. Il déverrouille la porte et nous entrons dans la maison.

Je ne m'attendais pas du tout à ça.

L'extérieur est spectaculaire, mais n'importe qui peut louer une maison impressionnante vue de dehors. L'intérieur, et ce qu'on en fait, c'est une autre histoire, notamment lorsque c'est un homme qui y vit.

Il n'y a pas le moindre soupçon de style chic bohème chez Jaeger, même pas une tenture ethnique au mur. Un canapé moderne couleur sable, et a l'air confortable fait face au foyer, et une énorme télé a pris place près de la cheminée. Les œuvres d'art présentes sont authentiques, colorées, masculines, conformes au décor. Il y a une table à manger, sur tréteaux comme dans la maison des parents de Jaeger, mais celle-ci est sculptée avec style.

Jaeger passe devant l'îlot de cuisine et ouvre un frigo en acier inoxydable.

– Tu veux boire un truc ?

J'ai la bouche sèche, mais pas parce que j'ai soif. C'est nerveux. Qui est ce mec avec une maison magnifique, qui me fait la cour comme on ne me l'a jamais faite ? Suis-je prête pour lui ?

Il est tout ce que j'ignorais vouloir.

Je pensais avoir presque trop confiance en moi, et c'est comme ça que j'ai fini avec Éric. Nous nous sommes engagés dans une relation sérieuse parce que j'ai insisté et décidé qu'il en serait ainsi. J'étais major de ma promo et destinée à une grande carrière. Un garçon a des doutes ? Vous le charmez pour qu'il n'en ait plus. J'ai fait en sorte qu'il soit facile pour Éric d'être avec moi. Je ne lui ai pas reproché de sortir avec ses amis. Je n'ai pas exigé qu'il me présente à sa famille. Il n'avait pas besoin de faire d'efforts pour nous. J'en faisais pour deux.

Mais cette histoire avec Jaeger est différente. Nous sommes sur un pied d'égalité au niveau émotionnel et intellectuel, et ça me rend nerveuse. Qu'ai-je à offrir ? Je n'ai pas de boulot, un avenir incertain… c'était tout rose quand je pensais avoir une longueur d'avance sur le plan professionnel, mais je commence à m'interroger sur son business de totems en bois.

– De l'eau, merci.

Jaeger me donne un verre et sort du frigo un saladier en céramique bleue contenant une salade verte avec des fraises coupées en tranches sur le dessus. Une assiette de viande crue rejoint la salade sur le comptoir.

Il allume une grille sur la plaque de cuisson et y étale des tranches de viande.

– Mets-toi à l'aise, dit-il par-dessus son épaule. J'en ai pour dix minutes. Je te ferai visiter une fois qu'on aura mangé.

Je jette un coup d'œil à son intérieur impeccable. À côté, Gen et moi vivons dans un taudis.

– Ça t'ennuie si je sors ? J'aimerais aller voir le lac. Et avaler une bouffée d'air.

Jaeger me regarde d'un air approbateur.

– C'est pour ça que j'ai choisi cet endroit. Pour la vue.

Il sourit et s'essuie les mains sur un torchon, les épaules tendues.

Serait-il nerveux lui aussi ?

– Je viendrai te chercher quand ce sera prêt, ajoute-t-il.

Je marche jusqu'au bout du jardin ; l'odeur familière des pins m'emplit les poumons et m'apaise. Je passe devant l'atelier, curieuse de regarder à l'intérieur – très curieuse –, mais je me retiens.

Une balancelle en rondins avec des coussins moelleux fait face au lac, sur la rive rocheuse. Je m'y assieds en tailleur et joins les mains devant moi.

C'est facile d'être avec Jaeger. Je n'ai pas besoin de stratégie pour qu'il ait envie de passer du temps avec moi. Il fait en sorte qu'on se voie. Dans ma vie, je n'ai jamais rien obtenu sans effort. Les études étaient plus faciles pour moi que pour la plupart des gens, mais j'y ai quand même consacré du temps et de l'énergie. Ce truc avec Jaeger coule de source, et ça me fout une sacrée trouille.

J'ignore combien de temps s'est écoulé quand la balancelle bouge toute seule. Je lève les yeux et je vois Jaeger se glisser à côté de moi et poser la main sur ma cheville. Nous contemplons le lac en silence. Je n'ai jamais ressenti ce genre de paix et de sérénité avec quelqu'un d'autre.

Il se penche, le menton au-dessus de mon épaule, le nez effleurant mon lobe d'oreille.

– Qu'est-ce que t'en penses ?

Je suppose qu'il parle de la vue et non de sa main sur ma jambe, très perturbante.

– J'adore.

Il se déplace et me hisse sur ses genoux, m'entourant de ses bras protecteurs.

– Je veux que tu sois heureuse ici.

Je me crispe. C'est trop beau. Il est trop beau. Je n'ai rien à offrir.

Il fronce les sourcils, semblant lire mes pensées. Il m'embrasse sur la joue, puis sur la bouche en me caressant les bras de manière rassurante. Je m'abandonne contre lui, mon corps se détend. Des frissons me parcourent quand il approfondit le baiser. J'enroule les bras autour de son cou et je passe les doigts dans ses cheveux courts et doux.

Jaeger rompt le baiser le premier, mais il ne s'écarte pas, il me serre contre lui. Le pouls de sa gorge bat contre mes lèvres.

– On ferait mieux de rentrer ou je vais avoir envie de rester ici un moment. Ça gâcherait notre déjeuner.

Il me lève le menton et dépose un petit baiser sur mes lèvres.

– À suivre… dit-il d'un air entendu, puis il m'emmène vers la maison en me tenant la main.

La salade est délicieuse. Le mec sait sérieusement cuisiner, alors que je fais le chiffre d'affaires du rayon des plats surgelés au supermarché. Nous finissons notre assiette avec un verre de vin rouge, et il me fait visiter la maison.

J'ai déjà vu la pièce principale, qui comprend le coin salle à manger, cuisine et salon. Au fond du couloir, la suite parentale donne sur le lac, tandis qu'à l'autre bout de la maison se trouvent une deuxième chambre et un grand bureau avec un canapé, un flipper et un autre écran plat géant. Autrement dit, son antre.

Cette pièce typiquement masculine est plus conforme à ce que j'attendais de la maison d'un mec de vingt-quatre ans. Des médailles et divers trophées sont exposés en vrac dans une vitrine, avec d'autres objets masculins comme des balles de baseball signées – et un caleçon portant une trace de rouge à lèvres.

– Joli caleçon.

– Oh… ouaaaais… Ça date.

– C'est le tien, je suppose ?

Il hoche la tête, un sourire penaud sur les lèvres.

– Mais c'est le rouge à lèvres de quelqu'un d'autre, j'espère ?

Jaeger m'attrape la main et me plaque contre son torse.

– D'une des nombreuses célébrités qui sont passées en ville.

Je sourcille, imaginant des vacancières en quête d'un coup d'un soir qui repèrent Jaeger. Personne ne laisserait passer une telle occase.

Il m'embrasse sur la bouche, mais je me raidis et pince les lèvres.

– Je ne suis pas fier de certains de mes choix passés, mais c'est derrière moi maintenant, dit-il.

Quels choix ? Qu'est-ce qu'il veut dire ? Ce rencard devient sérieux, comme s'il essayait de me dire quelque chose.

– Viens, je vais te montrer mon atelier de menuiserie.

Jaeger me fait sortir par une porte à l'arrière, marcher sur des dalles de pierre, et pénétrer dans un immense local rempli de machines avec une sorte de canalisation qui jaillit d'une table centrale. Il y a un canapé en cuir qui a l'air confortable contre un mur, et deux portes à l'arrière du bâtiment.

Il me les montre du doigt.

– Là, c'est les toilettes, et là, un local de séchage avec des ventilateurs.

Dans le coin de l'atelier, il y a une treille arrondie en bois sculpté de deux mètres cinquante.

– C'est très joli.

C'est plus grand que tout ce sur quoi je l'imaginais travailler, et bien plus beau.

– Une arche de mariage que je réalise pour la fille d'un client.

Il pose doucement la main sur la courbure du bas de mon dos, et me guide en avant.

– Je fais de l'ébénisterie et d'autres travaux, mais mon gagne-pain, c'est par là-bas.

Des étagères en gradin sur plusieurs niveaux de la moitié inférieure d'un des murs sont chargées de dizaines de gravures sur bois carrées et rectangulaires, de toutes tailles. À côté, un présentoir mural drapé d'un rideau carré de velours noir est accroché au mur. Jaeger prend l'une des plus petites gravures, d'environ soixante centimètres sur soixante, et la pose sur l'étagère.

Je la regarde longuement sans rien dire, car j'ai la gorge serrée et je ne suis pas sûre des mots qui vont sortir. J'ai vu des œuvres d'art dans les musées et chez les artisans locaux – il y a une palanquée de boutiques en ville. Mais je n'ai jamais rien vu d'aussi beau que la gravure qui se trouve devant moi.

À première vue, trois biches paissent dans des positions variées, comme si l'artiste les avait prises en photo. Un examen plus minutieux révèle que le grain du bois fait partie du dessin, que seule la biche est gravée, non son environnement. L'eau-forte n'est ni cucul ni ringarde. C'est magnifique. Élégant. La nature a sculpté la nature, et je n'arrive pas à en détacher les yeux.

– Alors ? Qu'en penses-tu ?

– Je… waouh. Ce n'est pas du tout ce que j'avais imaginé. C'est vraiment de l'art.

C'est nul comme commentaire, mais c'est la vérité, je suis désolée de l'admettre.

Il rigole et replace l'œuvre dans son logement.

– Tu imaginais quoi ?

– Que tu sculptais des totems que tu vendais au bord de la route.

Il secoue la tête.

– Cali, si peu de foi en moi ?

– Comment j'étais censée savoir que tu faisais ça ? dis-je en balayant les œuvres d'un geste de la main. Je ne connais personne qui a ce genre de talent.

Il me soulève et m'embrasse sur la bouche.

– Tu penses que j'ai du talent ?

Mes orteils flottent à soixante centimètres du sol. Je serais idiote de le contredire avec lui dans une position aussi vulnérable. Je tords la bouche.

– Tu sais que t'as du talent.

Il rit à nouveau et m'effleure des lèvres la peau sensible du cou.

– J'aime l'entendre de ta bouche.

La sienne, tout contre mon cou, m'envoie un frisson dans les bras. Je le regarde dans les yeux.

– Ton travail est magnifique, Jaeger.

Une heure plus tard, après m'avoir montré d'autres œuvres en me tenant la main et en me volant des baisers, il me dépose au cottage avec un dernier baiser brûlant sur le pas de la porte et la promesse d'une surprise demain.

J'entre dans notre location, un immense cagibi vétuste, encore tout étourdie. Une illustration concrète de l'expression *perdre la tête*. Je lévite, et sans Jaeger pour me retenir, je pourrais m'envoler. Qu'est devenue ma substance ?

Je suis toujours en train de planer quand Tyler

arrive, quelques secondes plus tard. Il laisse tomber bruyamment son sac marin au même endroit que la dernière fois, au beau milieu du passage, et il regarde par la fenêtre.

— Qu'est-ce que tu fiches avec Jaeg ?

Je m'enfonce dans le canapé.

— On traîne ensemble.

Sa bouche forme un O et ses yeux se rétrécissent.

— Qu'entends-tu par traîner ?

— Sortir, se voir… tu sais, ces rituels entre homme et femme.

Tyler s'approche. Et voilà, je vais avoir droit au discours jamais-avec-mes-potes.

— Cali, je comprends que tu traverses une période difficile. Je sais ce que tu ressens.

Ah bon ? Il ignore que j'ai perdu mon boulot. Il doit faire référence à la rupture, mais que sait Tyler des ruptures ? Il n'a pas eu de petite amie depuis le lycée.

— C'est pourquoi, ajoute-t-il, je ne veux pas que tu fréquentes Jaeger. C'est un mec bien. Il ne mérite pas de jouer les bouche-trous. Il a eu son lot de saloperies venant des femmes dans le passé.

Je le fixe, abasourdie. Encore cette allusion au passé de Jaeger, qu'il prétend derrière lui, mais je commence à avoir l'impression qu'il en porte les cicatrices.

— T'es en train de dire que *Jaeger* doit se méfier de *moi* ? Quid du Détecteur Tyler pour surveiller les mecs qui approcheraient ton innocente petite sœur ? Et pour info, je *suis* une gentille fille.

Tyler se pose à côté de moi sur le canapé et le poids de son corps massif me fait rebondir sur le coussin.

— Je sais, mais comme j'ai dit, t'es (il agite la main) à l'ouest, en ce moment. Perturbée.

Je secoue la tête, exaspérée.

– Merci, Tyler. J'ai besoin que mon frère m'engueule quand je vais mal.

Il me touche l'épaule.

– Je ne t'engueule pas. Seulement je connais Jaeg. Je sais les galères qu'il a eues. Les Jeux olympiques étaient à quelques mois quand il a eu son accident. Pas des années, des mois, Cali. Le ski était sa vie et il a tout perdu. Et puis il a dû faire face à… enfin bref, tout ça l'a bousillé.

Tyler se frotte la bouche et secoue la tête.

– J'ai vu comment il te regardait chez ses parents. C'est un gars sérieux et il t'aime bien. Si tu ne prends ça au sérieux, alors ne le fais pas.

La dernière chose que je souhaite, c'est de faire souffrir Jaeger. Et ça semble impossible. Il a l'air assez solitaire, et il ne manque pas de sollicitations féminines à en croire la séduisante cliente qui le tripotait l'autre soir. Mais je comprends ce que dit mon frère. Je suis un peu à côté de la plaque en ce moment, en chute libre, pour ainsi dire. Bref, je ne sais pas où va ma vie et je suis complètement paumée.

Mais si je renonce à Jaeger, je serais encore plus mal. Je suis heureuse de traîner avec lui, sans parler du fait que ses baisers me transforment en chiffe molle. Quand j'ai cru l'avoir perdu au profit de Gen, ç'a été horrible. Je ne veux plus jamais revivre ça.

– Pourquoi tu es vraiment en ville, Tyler ?

Il se lève et fouille dans son sac, ses mouvements sont raides et saccadés.

– J'ai eu une histoire similaire avec une fille. Pas envie d'en parler.

Mon grand-frère a eu le cœur brisé ? C'est une première.

J'appuie ma tête contre le dossier en grimaçant. J'ai le ventre noué.

— Tu peux rester ici autant que tu veux.

Je jette un œil à Tyler, qui me fixe.

— Où est le problème ? T'es malade ? demande-t-il.

Je bascule la tête d'un côté puis de l'autre, et fixe le plafond.

— Je suis une ratée, Tyler. Je ne l'ai pas encore dit à maman ni à toi, mais j'ai perdu mon boulot.

Il hausse un sourcil, je chasse sa question du revers de la main.

— Trop long à expliquer.

Il s'assied à côté de moi.

— Tu n'es pas une ratée. T'es presque aussi intelligente que moi, ce qui fait de toi l'une des personnes les plus brillantes au monde.

La confiance est une affaire de famille.

Par rapport à Jaeger et à ce qu'il a accompli après ses malheurs, je suis une ratée. En ce moment, je n'ai à offrir que des emmerdes.

Avant de partir de chez lui, Jaeger m'a dit qu'il avait acheté la maison et l'atelier avec l'argent qu'il avait gagné. Cet endroit magnifique et la propriété lui appartiennent. Il est riche – et moi qui pensais qu'il vendait ses trucs au bord de la route. Je pensais, avec mon diplôme universitaire, être supérieure à lui, mais ce n'est pas le cas.

Je ne peux pas rester indéfiniment au lac Tahoe. Ma mère aurait une crise cardiaque, je n'arriverais jamais à rien si je me contente de l'un des innombrables emplois non qualifiés disponibles.

Si j'obtenais mon diplôme de droit à Harvard, ça serait formidable. Je ne serais plus une ratée sans avenir. J'aurais quelque chose à apporter dans une relation amoureuse. Éric m'a jetée alors que j'avais un boulot, un avenir. Comment une relation avec quelqu'un comme Jaeger pourrait-elle survivre à ma nullité ?

Je ne suis rien sans ce diplôme de droit.

Chapitre Dix-Huit

L e lendemain, je fais la lessive et j'attends un appel ou un texto de Jaeger. Oui, je suis à ce point pathétique. Je reste assise à attendre l'appel d'un mec. Gen déjeune tôt avec Nessa, et Tyler est allé chez son copain. Ne pas avoir de voiture est une plaie maintenant que Gen et moi n'avons plus le même emploi du temps.

Je plie des vêtements sur le lit en jetant un coup d'œil en direction de mon téléphone toutes les deux minutes. Soudain il sonne, ou plutôt carillonne, et je me jette sur le lit dans une sorte de roulé-boulé et le ramasse sur la table de nuit.

J'inspire à fond et j'expire lentement. Il n'a pas besoin de savoir que je viens de piquer un sprint pour répondre à l'appel.

– Allô ? dis-je d'une voix posée.

– Salut Cali.

C'est quoi ce bordel ?

– *Éric ?*

– Surprise ?

– Ouais. Si on veut.

– Je voulais prendre de tes nouvelles. Voir comment tu vas.

Il a l'air heureux, ce qui est assez agaçant. Il a le droit d'être heureux, mais il n'a pas besoin de me coller son bonheur sous le nez après la façon dont il m'a traité.

– Je vais bien, Éric. Tout va bien.

– Génial. Tout va bien ici aussi. Je finis les cours à la fin du mois et je viens d'accepter un job dans une start-up de la Silicon Valley. Une tonne d'avantages sociaux, les vacances, le poste. Des voyages aussi. C'est une super opportunité. Une boîte en pleine croissance.

Mon loser d'ex a une vie et il appelle pour se vanter ?

– Tant mieux pour toi, Éric, dis-je d'un ton qui se veut sincère.

– Quand est-ce que tu pars pour Harvard ? demande-t-il gaiement.

Je me frotte le front du poing.

– Euh, ben, je ne sais pas trop. Je crois que je vais y aller. Je devrais partir. Je dois le faire si je veux avoir une vie.

– Comment ça, tu crois ?

– Eh bien… j'envisage de ne pas y aller. Je ne suis pas sûre que ce soit ma voie.

– T'es dingue ?

Sa voix termine dans les aigus.

– Tu plaisantes, non ?

C'est quoi ce bordel ? Éric ne s'est jamais intéressé à mes projets. Jusqu'à ce qu'il me largue en prétextant que nos avenirs étaient trop différents pour continuer.

– J'envisage de repousser d'un an, ou d'essayer autre chose.

J'ignore ce que serait cette autre chose, mais avec Éric qui me juge, je ne veux pas passer pour une perdante finie et avouer que je n'ai aucun projet.

– Selon toute probabilité, je finirai par aller en école de droit.

– Ah, eh bien, bonne chance alors, dit-il d'un ton tout sauf sincère. Bon, je te laisse. Je dois réviser mes exams et chercher un appart sur la péninsule. Je vais vivre en coloc avec des potes. Ça va être sensass.

Il vient vraiment d'utiliser le mot *sensass* ?

Éric s'est repris en main, alors je dois le féliciter. Mon ex et moi avons échangé nos vies. C'est super. Formidable.

– D'accord, eh bien, félicitations pour ton nouveau job.

– Merci. On se verra un de ces quatre.

Ah ouais ? J'en doute. Je raccroche et balance le téléphone sur le lit en enfouissant mon visage dans le matelas.

La vengeance est une *chienne*.

———

Jaeger fourre dans son sac à dos les sandwichs et boissons qu'il a achetés au magasin de la marina. Il a appelé peu après Éric et me surprend en m'invitant à une randonnée au lac Fallen Leaf.

Nous descendons les marches menant à la plage et longeons le rivage jusqu'au point de départ du sentier.

– Mon ex a appelé ce matin, dis-je de but en blanc.

Son regard dévie vers moi, il ralentit l'allure.

– Pour me dire combien sa vie était géniale, j'ajoute.

Je me laisse glisser sur la surface escarpée d'un gros rocher. Ce que j'ai à dire n'est pas directement lié à Éric, mais je dois le dire avant d'aller plus loin.

Je fixe l'eau.

– Je ne veux pas aller à Harvard, Jaeger. Ni même dans une fac moins chère. Je ne veux pas du tout étudier le droit.

Il s'assied sur une pierre plate à côté de moi, ce qui

place ses épaules à quelques centimètres des miennes pour une fois.

Je me tourne et le regarde.

– Je pourrais ne pas être celle que tu croyais que je serais quand on a commencé à se voir.

Silence. Il me regarde avec une expression impassible qui ne trahit rien.

– À quoi penses-tu ? je lui demande.

Il enlève le sac à dos et le pose sur le sol.

– Je pense que tu es celle que je croyais que tu serais quand je t'ai revue, et que tu devrais faire ce qui te rend heureuse. Tu es une fille talentueuse et intelligente. Tu peux réussir tout ce que tu entreprends.

Je m'étouffe.

– Talentueuse ? Je n'ai pas de talent. Je suis une bonne élève. Intelligente, oui, même si c'est discutable en ce moment. Quelqu'un d'intelligent ne renoncerait pas à faire son droit à Harvard.

Il contemple le lac.

– T'es une artiste, aussi. Ne te mets pas dans une case, Cali. Et ton ex… (il secoue la tête.) Un crétin. Tant mieux pour moi. Il sourit.

Jaeger écarte les pieds et pose les avant-bras sur ses genoux.

– Je me fiche que tu entres à Harvard. Je ne savais même pas ce que tu faisais avant… bref, peu importe. Ce n'est pas ce qui m'a impressionné chez toi, même si ton intelligence est sexy. Le coin de sa bouche s'incurve, la légère barbe ombrant sa mâchoire a des reflets blonds dans la lumière.

Je souris. Ses mots sont comme un édredon ; ils rassurent et réconfortent. Il me voit mieux que je ne me vois moi-même.

– Pourquoi tu dis que je suis une artiste ?

– À cause de tes dessins.

– Mes gribouillis ?

Il hoche la tête lentement

– Ils sont incroyables.

Il est fou ? On ne m'a jamais dit que mes gribouillis étaient bons ; je ne les montre à personne, cela dit. Gen les aime bien, mais elle pense aussi que les romances de vampires sont de la littérature et chante du Dolly Parton. Ses goûts sont douteux. Elle n'est pas une référence fiable.

Jaeger ramasse une brindille au sol et la torsade entre ses doigts.

– Je pensais que le ski et les Jeux olympiques étaient toute ma vie. Que skier était la seule chose que je savais faire. Quand tout a capoté, j'ai cru que je n'avais plus rien. Mon genou était foutu à cause de multiples déchirures au fil du temps, et ma petite amie de longue date a rompu avec moi. Je me suis remis de cette rupture, mais… (il lève les yeux.) Je sais ce que c'est que de se faire larguer. Je comprends les doutes qui t'assaillent. Crois-moi quand je dis que ton ex est un crétin qui ne sait pas la chance qu'il avait.

Ces paroles sont plus faciles à croire quand elles concernent quelqu'un d'autre. Pourquoi une fille larguerait Jaeger me déconcerte. Je ne m'imagine pas le laisser filer. J'arrive à peine à détacher les yeux de lui.

– Ta petite amie, elle a rompu avec toi après ton accident ?

– On était ensemble au lycée et en première année de fac. Elle m'a quitté quand j'étais à l'hôpital.

Ma gorge se serre. C'est arrivé il y a longtemps, mais je suis en colère pour lui.

– C'est dégueulasse.

Il sourit.

– Ouais, mais elle n'était pas la personne que je croyais. J'aurais dû la quitter depuis longtemps.

Hum. Curieuse déclaration. Je veux en savoir plus, mais je ne le pousse pas à la confession.

– J'aurais aimé faire les choses autrement à cette époque. En fait, après avoir compris que je ne pourrais plus skier… tu te souviens que je t'ai parlé de ces années-là…

– Quand tu passais ton temps à coucher à tout va ?

Il sourit, son œil frise.

– Quand je passais mon temps à coucher à tout va. (Puis son visage se radoucit.) C'était une réaction débile et immature face au chaos de ma vie. En comparaison, tu as bien géré tes galères. Mieux que moi.

Je cueille une herbe folle devant moi.

– Je ne suis pas devenue une chaudasse.

Le coin de sa bouche s'incurve.

– Peut-être, mais ce n'est pas ce que je veux dire. T'es une véritable amie, Cali. Tu veilles sur Gen. J'ai vu votre complicité avec Tyler, votre lien. T'es une bosseuse, sinon tu n'aurais pas été acceptée à Harvard… et je me souviens de toi quand tu étais plus jeune. Tu as toujours été fougueuse, avec une douceur sous-jacente.

Il change d'appui, plante les pieds plus fermement dans le sol.

– Je flashais sur toi à l'époque, murmure-t-il timidement en fixant l'eau.

Je le regarde, bouche bée.

Au bout d'un moment, il me jette un coup d'œil et sourit en voyant mon expression stupéfaite.

– Ce n'est pas un truc que je m'avouais à moi-même à cette époque. J'étais jeune et con. Je pensais être amoureux de Kate – ou du moins avoir besoin d'elle. Je n'en suis plus si sûr maintenant.

Il secoue la tête.

– J'étais occupé, je m'entraînais non-stop. J'ai fermé les yeux sur des trucs alors que je n'aurais pas dû. Je n'ai pas écouté mon instinct. Plus je te connais, plus je réalise que tu es tout ce que je voulais et veux encore. Je sais que tu traverses une période compliquée, et crois-moi, j'essaie de te laisser de l'espace, mais c'est dur. Je veux être avec toi.

J'en ai le souffle coupé, la tête qui tourne. Je pensais qu'il m'aimait bien. Je me demandais jusqu'à quel point, avec ce jeu de la séduction. Je n'ai jamais imaginé qu'il s'intéressait à moi depuis le lycée – quand je craquais moi-même pour l'ado qu'était Jaeger.

– Qu'est-ce que tu es train de me dire ?

Il baisse les yeux, puis contemple le lac.

– Juste que je suis là. Je ne vais nulle part.

Il se retourne.

– Peu importe la direction que prend ta vie. T'as l'impression que tout merde en ce moment, mais tu t'en sortiras et je serai là.

Sa déclaration a beau me réconforter, je ne peux pas m'empêcher de me demander : pourquoi ? Ma vie est un désastre. Je ne supporte pas de ne pas savoir où je vais. J'ai besoin de savoir, sans quoi je n'aurais pas d'avenir avec Jaeger ni un autre.

Merde, je ressemble à un mec qui a besoin de sécurité financière avant de s'engager. Je n'ai pas été élevée comme ça. Ma mère nous a appris, à mon frère et à moi, à subvenir à nos besoins et à ne dépendre de personne. Je suis programmée comme ça, et je ne peux pas simplement faire autrement. Je dois comprendre ce que je fais avant de faire des promesses. Mais je ne veux pas perdre Jaeger en route.

Plus aucune discussion sérieuse sur l'avenir ou les sentiments amoureux ne surgit pendant le reste de la randonnée, à mon grand soulagement. J'ai besoin de temps pour réfléchir. Jaeger me prend la main alors que nous entrons dans une petite chapelle de montagne nichée en pleine nature, mais il ne m'embrasse pas. Ça ne m'empêche pas de baver chaque fois qu'il escalade un rocher près des cascades, son parfait postérieur moulé dans son short. Mon désir pour lui commence à devenir gênant.

Il me dépose à la maison après la randonnée, et me dépose un baiser sur la joue. C'est un geste amical et platonique, pas du tout en phase avec ses confessions. Il veut me laisser de l'espace ?

Jaeger a dit qu'il me soutiendra quelle que soit ma décision, mais la seule suite logique est de me préparer pour Cambridge. Le programme d'études est similaire et la scolarité moins chère, mais je serais débile de laisser passer Harvard. Faire ses études là-bas, voilà ce que ferait une jeune femme indépendante et intelligente. Je ne peux pas supporter cette petite chose fragile et brisée que je suis devenue.

Harvard est le seul endroit où aller pour redevenir moi-même.

Chapitre Dix-Neuf

Ça fait plus d'une heure que Jaeger m'a déposée et Gen n'est pas revenue de son déjeuner avec Nessa. Je regarde si elle m'a envoyé un message. N'en trouvant pas, j'ouvre un nouveau texto, mais je m'arrête d'écrire, car une voiture se gare dans l'allée.

Mes yeux jaillissent de leur orbite. Gen est assise côté passager dans une Jeep rouge, en conversation animée avec Lewis, le gars du barbecue sur la plage. Le petit copain de Mira.

Mais où est la voiture de Gen ?

Je n'arrive pas à croire qu'elle est avec ce mec. Encore un C-O-N. Est-ce qu'elle essaie intentionnellement de ruiner ses chances d'être heureuse ?

Je m'enfonce dans le canapé et me tords les mains. Je pensais qu'amener Gen au lac Tahoe était une bonne idée. Et voilà qu'elle se remet dans la même situation que celle qu'elle a fuie.

Gen entre, referme la porte et s'y adosse, les yeux fermés. Je bondis sur elle en mode attaque.

– Putain, Gen ! Qu'est-ce que tu fous avec ce mec ?

Je montre d'un doigt rageur la fenêtre et Lewis, la tête tournée, qui sort de l'allée en marche arrière.

Gen presse les doigts sur ses tempes.

— Il n'est pas si horrible, Cali. Détends-toi.

Elle lève les yeux.

— Ce n'est pas ce que tu crois.

— Tu recommences les mêmes conneries !

Ça me stresse de m'en prendre à ma meilleure amie, mais c'est plus fort que moi. L'angoisse de l'avenir – ce que je dois faire pour garder mon indépendance – me ronge les nerfs.

— Tu n'as rien appris la première fois ? Ouvre les yeux, Gen, ce type profite de toi !

Elle sert les poings le long des flancs.

— Ah oui, tu connais tellement bien les hommes ! Tu savais qu'Éric me draguait ? Il voulait coucher avec moi, Cali.

Ses mots me sonnent comme un uppercut.

— *Quoi ?*

— Je suis désolée. J'aurais dû te le dire plus tôt.

Son téléphone vibre. Elle le regarde, puis se précipite dans la chambre. Je reste dans l'embrasure de la porte, abasourdie. Elle enlève ses baskets – ses fringues sont mouillées ? – et sort une paire de sandales du placard, avec un haut et un bas propres.

— J'ai essayé de te le dire quand on était au lac Eagle, continue-t-elle, mais tu m'as affirmé que tout allait bien entre vous.

Elle s'assied et enfile ses sandales, puis fait une pause, les mains sur les cuisses.

— Après ta rupture avec Éric, je ne voulais pas tirer sur l'ambulance. Je ne voulais pas te faire plus de mal. J'ai flippé, puis le temps a passé.

Je suis gelée.

– De quoi tu parles ?

Gen enlève son t-shirt et enfile le nouveau haut par la tête, en passant ses bras dans les trous des manches. Elle se tourne vers moi.

– Tu te souviens quand j'ai conduit Éric au magasin pour acheter de la crème solaire le premier week-end où on était ici ?

J'opine.

– Il est arrivé dans mon dos et il m'a enlacé la taille. Puis il m'a embrassée dans le cou.

Ma tête s'avance comme celle d'un chien de chasse.

– Putain ! Pourquoi tu me dis ça seulement maintenant ?

– Je me remettais encore du C-O-N et je n'avais pas les idées claires. Ça m'a fait flipper. J'ai eu peur que tu te fasses des idées et croies que j'avais provoqué Éric. Tu ne sais pas ce que c'est.

– Tu plaisantes ? Tu es sérieusement en train de me dire que te faire draguer par tous les mecs est une plaie qui t'oblige à trahir *ta putain de meilleure amie* ?!

Le *putain* m'échappe, je n'y peux rien. J'ai tendance à en balancer quelques-uns quand je suis furieuse.

Elle secoue la tête, le regard contrit.

– Ce n'est pas ce qui s'est passé. Ce n'est pas ce que je dis.

– Qu'est-ce que tu es train de me dire ?

Gen ramasse son sac à main et le glisse en bandoulière. Ses joues sont joliment rosies par l'activité qu'elle faisait avec son nouveau copain infidèle, et son chemisier rose, son short et ses sandales épousent à merveille son corps long et gracile. Je la déteste un peu en ce moment.

Elle tripote la longue lanière du sac à main.

– Il m'a dit qu'il avait toujours été attiré par moi.

Elle évite mon regard et parle d'une voix fluette en remuant à peine les lèvres.

– Que votre couple battait de l'aile et qu'en gros, vous étiez plus amis qu'amants.

Je m'enfonce dans le matelas, la tête dans les mains. *L'ordure.* Je n'arrive pas à croire qu'il m'ait appelée et que je l'ai laissé me foutre les boules. Je me fiche de son nouveau boulot et de sa super vie. Ce mec est une merde.

Je lui lance un regard accusateur.

– Qu'est-ce que tu lui as dit ?

– Non ! J'ai dit non ! Je n'ai jamais voulu ça. Je me suis sentie… salie. Je n'aurais jamais…

C'est ce qui la préoccupait le jour de la randonnée lors de notre arrivée au lac Tahoe. Elle ne pensait pas à son C-O-N d'ex, mais au fait que mon salopard de mec lui avait fait des avances.

Elle passe devant moi et pose la main sur mon épaule.

– Cali, il faut qu'on parle, mais je dois y aller ou je vais être en retard au travail. Je suis désolée, d'accord ?

Je ne la regarde pas. Ne réponds pas. Gen soupire et sort de la chambre. La porte d'entrée se referme un instant plus tard, ponctuant la fin de ce moment surréel.

Quand Gen et moi sommes arrivées à Tahoe, elle était en vrac et j'étais son pilier. Maintenant, on est toutes les deux en vrac et un fossé nous sépare.

Qu'est-ce qui nous arrive ?

Comment puis-je mettre en doute la loyauté de Gen ? Elle m'a toujours soutenue. Ce n'est pas sa faute si Éric est un connard. Il l'a mise dans une position inconfortable. Qui sait ce que j'aurais fait à sa place ?

———

Plus les heures passent, plus je regrette de m'être fâchée contre Gen. J'ai réagi de façon excessive et j'ai défoulé ma peine sur elle. J'étais à cran et irascible avant même qu'elle ne franchisse la porte pour des raisons sans rapport avec elle. Elle aurait dû me dire pour Éric, mais n'importe qui aurait hésité. Qui a envie de dire à une amie que son mec la drague ?

Je pourrais attendre que Gen rentre à la maison pour lui parler, mais ça ne me semble pas suffisant. Je ne suis pas enthousiasmée à l'idée d'affronter les regards critiques de mes anciens collègues du Blue, mais je ne peux pas laisser notre brouille en l'état. Je vais tenter de voir Gen pendant sa pause et m'excuser d'avoir réagi de la sorte.

J'entre dans le salon quand Tyler franchit le seuil de la maison.

Il penche la tête pour me saluer, et enlève ses chaussures. Il lâche ses clés sur le comptoir de la cuisine, prend une bière dans le frigo, puis s'affale sur le canapé et met une émission de motocross. Il porte le même t-shirt qu'hier.

Quelque chose ne va pas, mais comme beaucoup de choses ne vont pas non plus dans ma vie, je décide que les problèmes de Tyler peuvent attendre.

– Tu me prêtes ta voiture ?

Il lève les yeux.

– Bien sûr; t'as un problème?

– Non, rien, j'ai juste besoin de parler d'un truc à Gen.

Tyler redresse les jambes, sort la clé de sa poche et me la lance.

– Tu reviens quand ?

– Dans une heure, Grand-mère.

Sa bouche se tord.

– Ne finis pas dans le décor.

Je roule des yeux. Le Land Cruiser de Tyler a au moins

trente ans. Si je me fous dans le décor, c'est parce que la direction est nase.

Je me gare dans le parking du Blue et j'entre dans le casino par la porte la plus proche du bar de Gen, en espérant éviter la sécurité. Mason me repère en premier, me sourit, puis jette un coup d'œil nerveux dans la salle. Je suis son regard – et je tombe sur Jaeger qui enlace Gen dans un coin du lounge bar.

Mes pieds s'arrêtent net et mon cœur chavire. Gen lui enserre la taille, il a une main derrière sa tête, et il la réconforte de la même manière qu'il l'a fait avec moi. J'essaie d'avaler ma salive, mais ma bouche est sèche.

Je ne sais plus ce qui est réel. Je pensais savoir… pensais avoir accusé Gen à tort. Mais là, je ne comprends plus rien.

Le mec qui est censé m'aimer comme aucun autre homme ne l'a fait enlace ma meilleure amie. Juste après qu'elle m'a dit que mon ex m'avait trahie en lui faisant des avances. Et puis, il y a cette distance entre Gen et moi…

Jaeger m'a certifié qu'il n'y avait rien entre eux, mais à les voir en ce moment, c'est difficile à croire.

Qu'est-ce que je fais ici ? Je dois me vider la tête, réfléchir calmement.

En me retournant prestement, je bouscule un homme, qui me ceinture immédiatement. Il utilise mon déséquilibre pour me traîner hors de la salle du casino par la taille, me tordant le bras dans le dos.

– Lâche-moi, Drake, je grogne tandis qu'il me tire vers une cage d'ascenseur.

– On doit avoir une petite discussion, ma jolie.

Sa voix est calme, mais sa prise me fait mal au bras, et aux côtes qu'il serre avec trop de force.

S'il essaie de me traîner dans les escaliers, je m'en fous, je hurle à pleins poumons.

Il s'arrête dans un coin tranquille à proximité des ascenseurs, sa poitrine me masquant la vue du casino.

– Je suis étonné de te voir, Cali. Je ne pensais pas que tu te pointerais ici après avoir été virée.

Son haleine empeste la vodka.

Il croise les bras et secoue la tête. Ses yeux me quittent brièvement le temps de jeter un coup d'œil derrière son épaule – en direction de Jaeger qui tient Gen dans ses bras protecteurs.

L'haleine alcoolisée de Drake et la vision de ma meilleure amie dans les bras de l'homme dont je suis amoureuse me fait remonter la bile dans la gorge. J'aplatis les mains contre le mur derrière moi et j'avale le goût acide dans ma bouche. Puis je réalise à quel point cela me fait paraître faible.

Je redresse les épaules.

– Qu'est-ce que tu veux ?

Drake me lance un regard cruel.

– Ton pote le géant ne pourra pas faire le même coup ici que l'autre soir.

Il tapote deux doigts sur ses tempes et les lève vers le plafond.

– Je suis les yeux du Blue. Un geste de travers, et je le fais expulser manu militari.

Il penche la tête.

– Je pourrais me laisser convaincre de dire un mot sympa pour toi. T'aider à récupérer ton poste. Avec la bonne motivation… susurre-t-il en me déshabillant des yeux.

Un frisson de dégoût me parcourt l'échine.

Je pince les lèvres et réprime un haut-le-cœur.

– Tu es immonde. Je devais être ivre morte pour te laisser me ramener chez moi. Laisse-moi tranquille, Drake.

Je le pousse pour passer, mais il m'agrippe le bras et le serre jusqu'à ce que mes doigts s'engourdissent.

– N'oublie pas qui est le patron ici, postillonne-t-il en me secouant comme un prunier. Montre-moi un peu de respect.

J'écarquille les yeux face à son ton menaçant. Je ne suis pas une employée. Je suis vulnérable. C'est le monde de Drake, sa parole contre la mienne. Ce qu'il fait est mal, quelles que soient les circonstances, mais comment puis-je savoir qu'il ne m'a pas traînée au seul endroit où personne ne peut nous voir ? Ou qu'il ne trafiquera pas les images de vidéosurveillance ?

– J'ai compris. Laisse-moi partir.

Il relâche son emprise et affiche un sourire charmeur.

– Mon offre tient toujours.

Je ne réponds pas de peur de lâcher une réplique cinglante et aggraver la situation. Je me dirige vers la sortie en jetant un coup d'œil derrière moi pour m'assurer qu'il ne me suit pas.

Une fois dans le parking, je cours jusqu'à la voiture de mon frère et verrouille les portes à peine à l'intérieur. J'avais la poitrine compressée à force de retenir ma respiration, et le serrement s'apaise quand je souffle enfin, mais remplacé par une douleur aiguë quand les images de Gen et Jaeger reviennent au galop. Ça aurait pu être une étreinte innocente – il la réconfortait, c'est tout –, mais après ce que Gen m'a dit cet après-midi, toutes mes certitudes s'effondrent.

J'enfonce le crâne dans l'appui-tête. Je pensais que retourner au lac Tahoe m'aiderait à surmonter mes réticences à poursuivre mes études supérieures. Mais c'est horrible ici.

Je dois me casser. Loin de tout ça.

———

Je claque la porte du chalet derrière moi, mais le regard de mon frère reste rivé sur la télévision. Il n'a pas bougé du canapé ni changé de position. La seule différence avec tout à l'heure, c'est qu'il regarde une émission sur le surf au lieu du motocross.

– Tyler, il faut que je parte.

– D'accord, dit-il sans lever les yeux. Je n'ai pas prévu de sortir, prends la voiture.

– Non. Je veux dire que je dois partir d'ici. Je vais aller voir maman. Elle m'a demandé de venir.

Tyler lève le nez.

– Euh, d'accord. Tu veux y aller quand ?

Je ferme les yeux un bref instant et j'inspire.

– Maintenant ?

– Maintenant. Du genre tout de suite ? Dans la minute ?

Je hoche la tête.

Tyler éteint le poste et pose la télécommande sur le bras du canapé.

– Qu'est-ce qu'il y a, Cali ? Qu'est-ce qui se passe ?

– Plein de choses. T'as jamais eu envie de te barrer, c'est tout ?

Il regarde dans le vide.

–Ouais.

– C'est un moment comme ça. Je ne peux pas rester ici une minute de plus.

Il claque les paumes sur ses genoux et se lève.

– Très bien. Prends tes affaires. On appellera maman en route.

Les larmes me montent aux yeux. J'ai un frère génial. Tyler sait que quelque chose ne va pas, mais il n'insiste pas pour avoir une explication. Il me laisse respirer.

Si je pleure, il va me poser des questions. Je cligne des yeux et ravale mes larmes. Puis je fais mon sac.

Une heure plus tard, nous nous garons devant la maison de plain-pied de maman à Carson City. Il fait sombre et il n'y a pas grand-chose à voir, mais le quartier semble calme et sûr.

Ma mère ouvre la porte, puis pousse le cadre métallique de la moustiquaire. Elle met un pied sur le perron en ciment et ferme son peignoir en coton.

– Personne n'est malade ou mourant ?

– On va bien, maman, dis-je en remontant l'allée.

– Tant mieux, alors. Tyler, montre la chambre d'amis à ta sœur. Tu dormiras sur le canapé.

– Le canapé ? proteste-t-il. Maman, la semaine dernière, j'occupais la chambre d'amis. Et maintenant, je suis relégué sur le canapé ?

– Tu préférerais dormir par terre ? Non ? Alors, arrête de râler et aide ta sœur à porter ses bagages.

Tyler balance mon sac sur l'épaule et disparaît dans la maison.

Maman m'attrape la main avant que je le suive.

– On parlera demain de ce qui ne va pas.

Elle sait d'instinct quand je suis mal. Elle me connaît et elle est intuitive. J'ai tellement besoin d'elle en ce moment. Plus que je veux bien l'admettre.

Chapitre Vingt

Le petit ranch de ma mère a une moquette bleue et des comptoirs en carreaux bruns, mais il est à elle. Je vois, à sa façon de virevolter dans la cuisine le lendemain matin, qu'elle l'adore. Elle prépare ses fameux œufs brouillés au fromage pendant que Tyler fait la grasse matinée. Dès qu'il entend des bruits de casserole en cuisine, il se traîne jusqu'à la chambre d'amis et, je suppose, se glisse dans le lit que je viens de quitter.

Ma mère pose une tasse de café et des toasts devant moi, puis elle fait glisser les œufs brouillés de la poêle dans mon assiette.

– Très bien, Calista. Raconte.

Je ne sais pas si c'est sa voix, le fait qu'elle utilise mon vrai prénom, ou le souvenir apaisant de son parfum, mais je fonds en larmes qui dévalent la pente de mon nez jusqu'au menton.

Elle fait le tour de la table, me pousse les fesses pour s'asseoir sur ma chaise et me prend dans ses bras.

– Chut. Ça ne peut pas être si terrible que ça, ma chérie.

– C'est moche.

Il m'arrive tellement de merdes en même temps que je ne sais pas par où commencer. Autant balancer tout de suite ma bombe. Je n'ai pas arrêté de changer d'avis, mais mon instinct n'a pas varié d'un pouce. J'inspire à fond et je lève les yeux.

– Je ne veux pas aller à la faculté de droit.

Maman se raidit, puis elle me frotte le bras. Du haut en bas. Du haut en bas.

– Tu me détestes ?

Elle recule.

– Pourquoi je te détesterais ?

– Parce que je gâche mon potentiel ?

Elle secoue la tête.

– Cali, tu as toujours exploité à fond ton potentiel. Tu n'as jamais échoué à atteindre les objectifs que tu te fixes.

– Éric m'a larguée.

Autant tout lui sortir d'un coup, même le plus humiliant.

Elle pouffe.

– Je ne l'ai jamais aimé.

Je la dévisage.

– C'est vrai ? Tu n'as jamais rien dit.

– Je voulais que tu t'en rendes compte par toi-même. Une mère ne dit pas à sa fille de ne pas fréquenter un garçon. C'est le meilleur moyen de la pousser dans ses bras, sourit-elle en me faisant un clin d'œil. Je parle par expérience. Au moins, ton père m'a donné Tyler et toi. Et il t'a aussi donné un brillant cerveau. Dieu merci, tu as hérité de mon pragmatisme.

– Maman, tu es intelligente.

Elle sourit.

– Oui, ma chérie.

Je roule des yeux. C'est une dispute courante. Je déteste

quand ma mère se rabaisse. Elle a eu une vie difficile. Elle mérite plus que ce qu'elle a reçu. Et elle ne mérite sûrement pas d'avoir une fille qui foire sa vie.

Elle prend le siège à côté de moi, laissant mes fesses réinvestir le centre de la chaise.

— Qu'est-ce que tu vas faire ? Tu veux rester quelque temps ici ? J'ai parlé à Connie. Elle m'a dit que tu avais perdu ton poste de croupière.

Je crache ma gorgée de café dans la tasse et me pince les narines. Une partie du liquide m'est monté dans le nez.

— Elle te l'a dit ? glapis-je. Et tu ne m'as pas appelée ?

— Je me suis dit que j'allais bientôt avoir de tes nouvelles.

Incroyable, ma mère n'est pas en train de me faire la leçon.

Elle me lance un regard noir.

— Ne t'avais-je pas prévenue, ajoute-t-elle en me lançant un regard de reproche, que cet endroit est un lieu de débauche ?

Ah, voilà le sermon que j'attendais, tout va bien. Je suis seulement surprise qu'elle ne m'accuse pas d'avoir pris une mauvaise décision au sujet de la fac de droit. J'aurais aimé qu'elle ait cette attitude laxiste quand j'avais seize ans. Elle aurait blâmé Tommy Parson de s'être faufilé par la fenêtre au lieu de me punir pour l'avoir *laissé faire*.

— Maman, j'ai travaillé au casino. Tu as travaillé là-bas. Tous les employés n'ont pas des mœurs dissolues.

— Il y a des exceptions, c'est vrai, dit-elle en dégageant une mèche rousse de mes yeux. Pour résumé, tu as perdu ton travail, ton petit ami, et tu ne veux pas aller dans l'école de droit qui t'a fait rêver et étudier sans relâche toute ta scolarité. Autre chose ?

— Merde, maman. T'as besoin de le formuler comme ça ?

– Ton langage, ma fille, me gronde-t-elle, ce qui est carrément hypocrite, car c'est d'elle que je tiens ma grossièreté.

Je fronce les sourcils.

– J'ai une dernière chose à ajouter à la liste. Je n'en suis pas sûre, mais… je crois qu'il se passe un truc avec Gen.

Elle se recule dans sa chaise comme si elle était presbyte.

– Elle va bien ?

– Je ne sais pas. Elle me cache des choses. Je viens de découvrir qu'Éric l'a draguée quand on était ensemble. Gen était dans un sale état à l'époque, alors je comprends qu'elle n'ait rien dit avant aujourd'hui. Elle prétend qu'elle avait peur que je pense qu'elle l'avait provoqué. Je lui avais dit que tout allait bien entre Éric et moi alors que c'était faux.

Maman prend une bouchée des œufs brouillés qui refroidissent dans son assiette et je l'imite. Personne ne fait des œufs au fromage comme ma mère. C'est le plat réconfortant par excellence. J'en fourre un morceau dans ma bouche.

– Cali, j'ai l'impression qu'elle s'est retrouvée piégée par la situation et ne voulait pas perdre ton amitié.

J'avale une nouvelle bouchée de divin fromage. Ma mère boit une gorgée de café, puis repose sa tasse, attendant que je continue.

– … elle était avec Jaeger, et il la serrait dans ses bas, et maman, ça m'a rendue malade, dis-je tout à trac.

– Jaeger ? Le garçon qui était l'ami de ton frè…

– Oui, oui.

Je me fourre une autre plâtrée d'œufs dans la bouche.

– Uh-huh. D'accord. Alors tu sors avec Jaeg maintenant.

– Non, maman ! Il ne s'agit pas de ma vie amoureuse.

Elle pousse son assiette en direction de l'évier.

– Tu es sûre ? J'ai l'impression qu'il s'agit de ça, pourtant.

– Il s'agit de *confiance*. Je ne sais plus à qui faire confiance. Gen m'a dit qu'elle ne voyait pas Jaeger, même s'ils sont sortis ensemble, puis je la surprends dans ses bras après avoir appris qu'elle m'a menti à propos d'Éric.

– Et tu ne te fais pas confiance pour ton avenir. Je crois que j'ai compris.

Elle lave la vaisselle dans l'évier – il n'y a pas de lave-vaisselle dans sa nouvelle maison.

Elle pose mon toast sur une serviette et me vole mon assiette vide.

– Et Jaeg. Tu lui fais confiance ?

Je tamponne de l'index la serviette pour ramasser les miettes du toast, puis je me lèche le doigt.

– J'ai envie de lui faire confiance, mais j'ai paniqué en les voyant ensemble. C'est en partie pour ça que je suis venue ici.

C'est la principale raison – ça, et le fait que Drake m'a foutu une peur bleue, mais je ne le dis pas à ma mère. Elle voudrait savoir ce qui se passe avec Jaeger. Notre histoire est récente et fragile. Je ne suis pas encore prête à en parler. Et si je lui raconte le chapitre sur Drake, elle va appeler toutes ses connaissances au casino pour le faire descendre en flèche, ce qui ne serait pas si mal. Mais je n'ai pas besoin que ma mère mène mes combats à ma place.

– Je devrais parler à Jaeger de ce que j'ai vu, mais je sens que j'ai besoin de m'éloigner quelque temps. Prendre du recul, tu vois ?

En plus de dorloter Gen, c'est un artiste accompli qui gagne plein d'argent alors que je viens de perdre mon boulot de merde au casino. Si je renonce à la fac de droit, je peux ajouter à la liste l'abandon de mes études supérieures.

Ma mère lève les yeux au ciel.

– Oh, tout de suite les grands mots. Tu ne peux pas abandonner des études que tu n'as pas commencées. Trouve ta voie et ne te soucie pas de ce que les autres pensent. Ton frère et moi te soutiendrons dans ta décision. On préfère te voir faire ce que tu aimes plutôt qu'une chose que tu détestes. As-tu la moindre idée de la difficulté à supporter une vie qui te rend malheureuse ?

– Maman !

– C'est la vérité. Tu es une véritable passionnée, ma chérie.

Mon visage s'enflamme. Pas du tout envie d'entendre ma mère parler de passion et de moi dans la même phrase.

– Tu peux être passionnément furieuse ou passionnément épanouie par quelque chose qui te rend heureuse. C'est toi qui choisis.

L'une de mes plus grandes inquiétudes était que ma mère soit déçue que je n'aille pas à Harvard ou dans une autre école de droit, mais elle est étonnamment cool à ce sujet. Je devrais être soulagée. Et c'est le cas. Seulement, je ne veux pas me retrouver sans rien.

J'ai des objectifs de vie, et la réussite professionnelle est l'un d'eux. Quel est l'intérêt de ne pas faire d'études supérieures si ça me met dans une situation indésirable ? Car je sais avec certitude que je ne veux pas être croupière toute ma vie.

———

L'APRÈS-MIDI, Tyler et moi nous étendons sur des chaises longues en aluminium dans le jardin pendant que ma mère s'occupe du barbecue. C'est le protocole normal dans la famille. Ma mère cuisine et Tyler et moi mangeons. Aucun de nous ne sait faire cuire un œuf (d'accord, on sait, mais on n'aime pas le faire). Je trouve hyper sexy que Jaeger cuisine, le fait que je sorte avec lui tient de l'auto-préservation. Avantages en nature mis à part, je tiens à lui et je veux croire que j'ai mal interprété la scène. Vu ma méfiance envers Gen à ce moment-là, c'est fort probable, mais je n'ai pas envie d'y réfléchir maintenant. La peur est une garce capricieuse.

Je plonge ma chips dans la sauce et je la charge au maximum pour énerver mon frère. Il fronce les sourcils, et verse rapidement un peu plus de sauce dans le bol.

– Si tu manges tout, t'iras en racheter au magasin, dit-il.

Dans le mille. Un point pour Cali.

Je mate la chips dans ma main.

– Tyler, tu crois que je suis une artiste ?

Il mâche son sandwich de chips fourrées à la sauce piquante.

– Bien sûr. Tu dessines bien.

– Je gribouille…

Si je ne dessine pas, je deviens grincheuse. Les gribouillis sont ma thérapie, mais je n'ai jamais songé à en faire mon métier jusqu'à ce que Jaeger me dise que j'ai du talent. Les artistes sont pauvres, n'est-ce pas ? Enfin, sauf Jaeger. Il semble réussir. Et même si ce n'est pas le cas, il aime ce qu'il fait. Et ça compte pour beaucoup, je commence à le réaliser.

Du coup, je me demande… et si je suivais des cours d'art, pourrais-je en faire quelque chose ? Je pourrais travailler au black pour me payer mes cours.

Ce n'est pas une mauvaise idée.

Ma mère tourne les brochettes de poulet sur son barbecue rouillé. Elle porte un t-shirt à col en V et un short turquoise. Ses jambes pâles ont l'air sacrément toniques pour une femme de quarante-huit ans. Elle coince une mèche de cheveux roux derrière son oreille.

— As-tu réfléchi à ce que tu veux faire, Cali ?

Nous avons parlé de Tahoe et des boulots possibles toute la journée. Après le réveil de Tyler, je lui ai fait part de mes réserves au sujet de Harvard. Il a haussé les épaules et m'a dit de faire ce que je voulais ; aucune aide de son côté.

— Ça me fait plaisir que tu sois là, mais tu vas devoir prendre une décision rapidement, explique maman. Tu peux rester chez moi, mais je doute que Carson City ait plus à offrir que le lac Tahoe. Que désires-tu vraiment au fond de toi ?

Elle accroche la pince à barbecue à la poignée du grill et s'installe sur la chaise à côté de moi. Elle me tourne les épaules pour que je sois dos à elle, et elle entreprend de me tresser les cheveux. C'est notre rituel tacite. Maman prétend que ça la détend, mais ça m'endort carrément.

— Je n'irai pas à la fac de droit, maman.

Voilà, je l'ai dit. C'est officiel. C'était probablement officiel au moment où je lui ai dit que je ne voulais pas y aller, mais là, c'est définitif. Je ne sais pas pourquoi je prends cette grande décision maintenant, avec une vie amoureuse précaire, et mon gagne-pain et mon amitié avec Gen partis en sucette, mais j'y crois dur comme fer : ça va s'arranger.

Les mains de maman s'immobilisent et je regarde par-dessus mon épaule.

— Tu es déçue ? Tu as dit que tu ne le serais pas.

Elle secoue la tête et se rapproche.

— Non, je ne suis pas déçue. Retourne-toi.

J'obéis et elle recommence sa tresse.

— Tyler n'est pas le médecin que j'imaginais le jour où,

en sixième, il est rentré à la maison et a cité par cœur le nom de tous les os du corps humain, mais il enseigne la biologie et vit dans un endroit qui le rend heureux.

Tyler remue sur son siège et je me demande bien ce qu'il nous cache. Sa longue visite n'est pas innocente non plus.

– Je veux la même chose pour toi, ma chérie. Crois-moi quand je dis que travailler toute ta vie dans un casino ne te rendra pas heureuse.

Du coin de l'œil, je vois ses épaules se lever et s'abaisser.

– Est-ce que l'idée que tu restes au lac Tahoe me panique un peu ? Oui. C'est un très bel endroit, mais la chute peut y être brutale. Les gens viennent chercher du rêve et ils se retrouvent fauchés, drogués et porteurs d'une MST.

Je fais la moue.

– C'est dégoûtant, maman.

– C'est la réalité.

Je pense à Drake et à d'autres personnes avec qui j'ai travaillé. Elle a complètement raison. Les casinos attirent des gens en quête d'argent facile, qui ne sont pas tous honnêtes et dignes de confiance.

– Tu es capable de tellement plus, mais si tu ne veux pas aller à Harvard, alors n'y va pas.

Ma mère passe le bout de la tresse sur mon épaule et se lève.

– Je ne veux pas que tu te sentes seule dans ta vie. Tant que j'aurai de l'air dans les poumons, je serai là pour toi.

Elle se penche et m'embrasse sur le front. Son parfum et la douceur de ses lèvres sont un baume sur mes nerfs à vif.

Chapitre Vingt-Et-Un

Je passe les deux jours suivants attablée au comptoir de la cuisine de ma mère, sur mon portable, à chercher des cours d'art et de dessin à Tahoe. Plus je m'imagine faire carrière dans l'art, plus ça me semble être ma voie. Jaeger a planté une petite graine dans ma tête lors de notre randonnée au lac Fallen Leaf, et en y repensant, Gen m'a encouragée une fois ou deux à continuer le dessin, mais je ne l'ai jamais prise au sérieux. Je n'étais pas prête.

Je le suis maintenant.

Dès que j'ai abattu les murs de l'étroit corridor traçant la route de mon avenir, mon horizon s'est élargi. Des possibilités inexploitées, sans doute là depuis toujours, ne demandant qu'à être explorées. Il n'y a pas de meilleur moment pour se lancer dans l'inconnu que lorsqu'on n'a rien à perdre.

J'ai envoyé un texto à Gen en arrivant chez ma mère pour lui dire que je serais absente quelques jours, mais je n'ai pas contacté Jaeger, si ce n'est pour lui dire que je n'étais pas en ville. Il a appelé plusieurs fois et laissé trois messages. Je n'ai répondu à aucun. J'ai besoin d'y voir plus clair sur ma vie avant de lui parler. Je ne veux surtout pas le perdre, mais la priorité est de mettre de l'ordre dans mes idées.

Quand Tyler et moi retournons au lac Tahoe, j'ai récolté des pages d'informations sur les cours d'arts plastiques, et pris des renseignements par téléphone auprès de quelques artistes locaux. Je ne sais absolument rien de ce qu'il faut pour gagner sa vie dans ce domaine. J'espère que le fait de parler à d'autres artistes m'aidera, et je voulais le faire indépendamment de Jaeger, même si c'est aussi un artiste. Ce changement de carrière n'a rien à voir avec lui. Il m'en a donné l'idée, mais cela doit venir de moi, quoi qu'il arrive entre nous.

Je dessine comme une folle, et maintenant que je suis plongée dedans, je regrette de ne pas avoir envisagé une carrière artistique plus tôt. Ça me fout la trouille, bien sûr. L'art n'exige pas l'excellence académique, ce sur quoi je suis toujours appuyée pour réussir. L'art fait appel à la créativité et à l'imagination. Une carrière dans ce domaine est un acte de foi qui peut me rendre vraiment heureuse – ou me faire trébucher et tomber. Mais comme j'ai déjà eu un bon aperçu du caniveau, grâce à mon ex et au Blue Casino, que peut-il m'arriver de plus dégradant ?

Depuis que mon frère et moi sommes revenus, il y a quelques jours, Gen et moi avons été très occupées. Nous n'avons pas discuté de notre dispute, et je ne lui ai pas demandé pourquoi elle était dans les bras de Jaeger au casino. Le fait qu'elle m'ait caché aussi longtemps l'histoire avec Éric me fait hésiter. C'est une raison de plus pour parler à ma meilleure amie, car nous n'avons jamais eu de problèmes de confiance auparavant et nous devons repartir du bon pied.

Mais d'abord… ça fait presque une semaine que je me

suis enfuie du casino, et j'ai enfin trouvé le courage de rendre visite à Jaeger.

Je ne suis allée qu'une seule fois chez lui, et mon souvenir des lieux est un peu flou. Je tourne deux fois dans une mauvaise voie avant de trouver, au troisième essai, le chemin menant à sa maison. J'aurais pu l'appeler, mais je l'ai évité pendant une semaine et je préfère lui expliquer la situation de vive voix.

J'ai de la chance, son pick-up est garé dans l'allée.

Mon cœur s'affole, mes mains tremblent. D'habitude, je suis douée pour les confrontations, mais je redoute d'affronter Jaeger. Maintenant que j'ai eu le temps de prendre du recul par rapport à la situation, il y a de fortes chances que j'aie mal interprété la scène avec Gen au casino, mais il y a aussi une chance que j'aie raison. Et cette éventualité me met les nerfs en pelote. Car je tiens réellement à Jaeger et j'ai envie de poursuivre notre relation naissante.

Je gare le vieux Land Cruiser de Tyler à côté du pick-up et je sors. J'avale une bouffée d'air, chargée du parfum des pins et de la terre, pour me calmer. L'après-midi touche à sa fin et le soleil bas projette des ombres dans la cour. Un rayon de lumière frappe la balancelle où Jaeger m'a embrassée, ce qui accroît à la fois ma nervosité et mon espoir que tout ira bien.

Mon cœur bat la chamade quand je monte les marches de la maison en petite foulée et frappe à la porte. Je tire mes cheveux en arrière et les torsade dans la nuque pour me dégager le visage.

Après un long moment, je frappe à nouveau et jette un coup d'œil à son pick-up dans l'allée pour m'assurer que je n'ai pas rêvé.

Personne ne répondant, je m'avance discrètement sur la terrasse et je regarde par la fenêtre. Le salon est sombre et désert.

Est-il parti à pied quelque part ?

Quand je suis descendue du Land Cruiser, mes oreilles bourdonnaient du bruit du tacot de Tyler, mais maintenant, je capte le chant des oiseaux et des insectes – et un ronronnement en provenance de l'atelier. Il travaille ?

Je contourne la maison et traverse les pavés. Le bruit d'une machine qui brasse l'air augmente.

Je ne suis pas surprise que personne ne réponde quand je frappe à la porte de l'atelier, avec le boucan que fait la machine. Je tourne la poignée et je m'avance lentement.

Jaeger me tourne le dos. Il porte un jean et un t-shirt uni lâche à la taille, mais qui épouse parfaitement les muscles du dos et des bras. Il travaille sur une sorte de machine à coudre géante avec une scie à la place de l'aiguille. Concentré à mort, il manœuvre de ses mains gantées une planche de bois.

Je ressens soudain l'envie irrépressible de courir vers lui et d'enrouler mes bras autour de son dos. Je veux le sentir, le toucher, l'étreindre. Mais je ne sais pas où nous en sommes ni ce dont j'ai été témoin au casino. En plus, je n'ai pas envie qu'il se coupe un doigt. Lui sauter dessus alors qu'il utilise une scie n'est probablement pas la meilleure idée du monde.

Jaeger éteint la machine, s'accroupit pour régler quelque chose sous la table et brosse les copeaux de bois dans ses cheveux. Ils tombent comme de la neige, et je me demande si c'est pour cette raison qu'il a les cheveux courts.

L'atelier sent le bois brûlé et un léger soupçon de l'après-rasage de Jaeger. Je respire à fond ; il se fige. Il relève ses lunettes de protection transparentes sur son front et se retourne.

– Salut, dis-je.

Inexpressif, il ne bouge pas pendant un moment, apparemment étonné de me voir ici. Il enlève lentement ses gants et les range dans sa poche arrière, puis ses pupilles se dilatent.

Je fais quelques pas vers lui.

– Excuse-moi de ne pas t'avoir appelé. Je… j'avais besoin de…

Je m'interromps, car il me déshabille littéralement des yeux, avec respect et admiration. Son regard s'attarde sur ma bouche, un regard brûlant de désir qui me contracte le ventre.

Comment fait-il cela ? D'un seul regard, il me donne envie de lui sauter dessus et de l'embrasser partout. Bon, d'accord, j'en ai envie depuis que je suis entrée dans l'atelier, mais sa façon de m'observer exacerbe le désir.

Il se frotte le front et s'appuie sur la table.

– J'avais besoin de réfléchir, conclus-je en croisant les bras pour éviter que le tambourinement de mon cœur me transperce la poitrine.

Il suit le mouvement, les yeux alignés sur mes seins, et prend tranquillement son temps pour les remonter vers mon visage. Vilain, vilain garçon qui me fait penser à des choses cochonnes. D'accord, c'est vrai, j'y pensais déjà.

Reste concentrée !

– Je n'étais pas sûre de pouvoir te faire confiance.

Il secoue la tête, perplexe.

– Quoi ?

Mon Dieu, le grondement de cette voix rauque. *Concentre-toi !*

– Je t'ai vu avec Gen, dis-je précipitamment. Au casino. Tu la serrais dans tes bras.

Jaeger fronce les sourcils et baisse les yeux, comme s'il réfléchissait.

– Quand ?

— Il y a une semaine. Je suis passée la voir au bar et tu étais là. Vous étiez dans les bras d'un de l'autre.

— Cali, je n'ai aucune idée de… attends, tu veux dire après que cette enflure l'ait touchée ?

Hein ? Quelqu'un a touché Gen ? Du genre, tripoté ?

J'ignore de quoi parle Jaeger, et c'est triste. Prochaine mission : me poser avec Gen et comprendre ce qui se passe.

— De quoi tu parles ?

— Un collègue du casino l'a pelotée… je ne sais pas. C'est à elle que tu dois demander des détails. C'est arrivé quand je passais voir Mason. Elle était choquée. Je lui ai parlé et je l'ai réconfortée par un câlin.

— C'est tout ?

Jaeger pousse un long soupir.

— C'est pour ça que tu m'évitais ? Tu penses encore qu'il y a une histoire entre Gen et moi ?

Je cligne des yeux plusieurs fois. Pourquoi est-ce que ça semble ringard et débile quand il le dit ? Ça me paraissait très logique il y a une semaine.

— Ce n'est pas très grave. C'est des choses qui arrivent. Gen et moi, on traverse une crise de confiance.

— Mais tu peux *me* faire confiance.

La colère et la déception percent dans sa voix.

Il a raison. Je n'ai aucune raison de douter de sa parole.

— Je suis désolée. Ça m'a bouleversée de… te voir avec une autre. Et mon amie en plus ?

Jaeger traverse la pièce et je recule d'un pas. Je ne pense pas qu'il me ferait du mal, mais mon instinct me dicte de m'écarter du chemin d'un géant déterminé. Il s'arrête brusquement et me saisit par les hanches, me tirant vers lui. Mes mains s'ancrent à ses bras pour garder l'équilibre, et parce qu'il est sexy et que ses biceps m'appellent.

Si le moment n'était pas si inapproprié, je collerais le nez sur sa poitrine pour respirer son odeur.

– La seule femme qui m'intéresse, c'est toi, dit-il en me poussant en arrière, mettant sa main en coussin derrière ma tête avant qu'elle ne heurte le mur. J'ai été assez clair sur mes intentions envers toi.

Il glisse les mains derrière mes cuisses, les soulève et m'enroule les jambes autour de sa taille.

Je lui agrippe les épaules et il me plaque contre le mur, nous stabilisant.

– Je commence à comprendre, dis-je d'une voix aussi calme que possible.

En réalité, mon cœur galope comme un cheval sauvage, et je tremble comme une vierge sur le point de se faire déflorer.

Il effleure mon cou du bout du nez, me chatouillant la peau.

– T'es sûre ? Tu veux que je sois plus clair ?

Sa main se déplace de ma cuisse jusque sur ma fesse et la malaxe.

Je laisse échapper un soupir.

– Ça ne peut pas faire de mal, je murmure d'un filet de voix.

Jaeger m'embrasse le cou et plonge la langue dans le creux de ma gorge. Sa barbe mal rasée me râpe la peau alors qu'il déplace sa bouche vers mes lèvres.

– J'ai envie de toi, dit-il avant de me prendre la bouche dans un baiser passionné et brûlant.

Je gémis et l'embrasse de tout mon soûl – tout ce désir contenu qui enfle en moi depuis notre rencontre.

Ses bras se resserrent autour de moi, sa poitrine montant et descendant plus rapidement. Il frotte sa longue et dure érection juste à l'endroit où j'en ai envie, et une vague de plaisir me crucifie.

Oh bon sang. Oui. Encore.

Prenant appui sur ses épaules, je réitère le mouvement, mais ça ne me suffit pas. Je ne peux pas le toucher partout en étant plaquée au mur, et j'en veux plus.

– Allons ailleurs, je lui susurre entre deux baisers.

Je me trémousse pour le convaincre, les hormones me privant momentanément de la parole.

Il comprend l'allusion, car il enroule un bras dans mon dos tandis que l'autre passe sous mes fesses pour sécuriser la prise, et il m'éloigne du mur.

Je l'embrasse, le lèche et le distrais du mieux que je peux. Il avance à l'aveuglette à cause de moi, mais je manque sacrément de patience. Je saisis le dos de son t-shirt et le tire vers le haut, mais ce fichu truc coince au niveau des bras.

Il a besoin de ses bras pour me porter – un constat évident si plus d'un dixième de mon cerveau fonctionnait.

– Enlève, je marmonne.

Où m'emmène-t-il ? Tout près j'espère, pas dans la maison. La distance est longue comme un terrain de foot. Une de ces jolies tables en bois ferait…

Soudain, je me sens tomber, ne me tenant qu'à son t-shirt, puis atterrir sur des coussins moelleux.

Je tapote la surface sous moi. Le canapé en cuir élimé. Excellent.

Jaeger me rejoint. *Maintenant, on peut faire des trucs.*

Je gémis mon approbation du nouveau lieu d'ébats et lui enlève son t-shirt par la tête, puis mes mains courent sur ses épaules carrées et ses pectoraux, jusqu'aux sillons de ses abdos. Je caresse d'un doigt la ceinture de son jean ample, le passe entre le tissu et son ventre. Sa main s'immobilise sur ma poitrine en phase d'exploration et il laisse échapper un long soupir. Ses yeux verts scintillent.

J'aplatis la main, doigts pointés vers le bas, et je la glisse dans son caleçon. Le dos de ma main effleure son longue membre durci et mon ventre palpite.

Il appuie son front contre le mien.

— Cali, gronde-t-il d'une voix grave, sur le ton de l'avertissement.

J'écarte les doigts sur son bas-ventre et les descends dans les poils de son aine, en tirant sur la peau et en appuyant aux endroits que je sais sensibles, car je ressens la même chose.

Ses bras se tendent et tremblent un peu à côté de ma tête. Il retient son souffle.

— Voilà, dit-il. Nous sommes ensemble. D'accord ? Plus de problèmes de confiance.

J'opine et lui lèche tranquillement la lèvre inférieure du bout de la langue.

Mon haut passe au-dessus de ma tête et la seconde d'après, mon pantalon descend sur mes chevilles. En deux secondes chrono, je me retrouve nue avec Jaeger entre mes cuisses, et il aspire mon mamelon dans sa bouche. Je gémis et verrouille les jambes dans son dos, me frottant contre ses abdominaux. Si je n'étais pas enivrée par les hormones, ça pourrait sembler un peu rapide, impudent (même pour moi), mais c'est Jaeger et je me moque de la décence.

Je le veux.

Il tend la main et me flatte la croupe avant de glisser un doigt en moi. Un doigt épais et viril qui entame des va-et-vient ; une fois sur trois, il se recourbe et appuie sur l'endroit le plus sensible au monde.

Je le veux. Tout de suite.

Je passe les mains sous ses bras et je le tire vers le haut, mais c'est comme essayer de soulever un semi-remorque. Il enroule la langue autour de mon téton une dernière fois, retire son doigt après deux ou trois dernières caresses sur le point qui me fait haleter, et remonte les mains sur mon corps, envoyant des messages coquins à tous mes nerfs.

Mince ! Il a encore son pantalon.

Je déboutonne la braguette et baisse le jean avec mes pieds. Jaeger le vire d'un coup de talon et s'installe entre mes jambes, en m'embrassant.

Mes genoux s'ouvrent de chaque côté alors que son membre épais frappe à ma porte. Je pousse ses fesses vers moi. Il est énorme et soyeux, et je le veux en moi.

Il rompt le baiser.

– Pilule ? me chuchote-t-il à l'oreille.

– Oui. As-tu été…

– Testé il y a un an. La dernière fois que j'ai couché avec une fille.

Oooh ? Hein, quoi ?

Il s'enfonce de quelques centimètres et je perds totalement le fil de mes pensées. Une nouvelle pénétration en douceur m'étire les chairs.

Il lève la tête et me regarde dans les yeux en balançant lentement le bassin, s'enfonçant plus loin à chaque coup de reins. Mes jambes faiblissent et tremblent de plaisir. Nos respirations se mélangent et je m'accroche à lui, mes bras, tels de fins bracelets, enlaçant ce corps puissant qui tangue au-dessus de moi.

Je halète bruyamment quand le premier spasme me secoue. Le regard de Jaeger devient vitreux et flou, comme s'il sentait mon orgasme se développer et lui procurer le même plaisir. Un autre spasme me plonge dans un état d'extase absolue.

À un moment donné, alors que la vague de plaisir continue de me frapper, je sens Jaeger accélérer le rythme. Il penche la tête vers mon cou qu'il embrasse, et gémit près de mon oreille, un son si sexy et profond qu'une nouvelle onde de plaisir me secoue. Encore quelques coups de reins vigoureux, puis il ralentit, pantelant, le corps secoué par des répliques sismiques.

Il glisse une main sous mes épaules et me cale la tête dans sa paume, sous son menton, tandis que sa respiration se calme. Il m'enlace d'un bras et me tire contre lui, basculant sur le flanc en me gardant plaquée contre son torse.

Je reste allongée, à écouter son cœur battre sous mon oreille, et un grand sentiment de paix s'empare de moi.

Ce n'était pas du sexe, c'était… je ne sais pas. Ou peut-être que je sais et ne veux pas y penser.

Mes paupières s'alourdissent et le sommeil m'emporte.

Chapitre Vingt-Deux

Je me réveille dans un lit, au pied duquel une fenêtre donne vue sur le lac. Une douce lumière baigne la crête des montagnes. Des draps soyeux glissent sous mes paumes. *Qu'est-ce que… ?*

Je suis dans la chambre de Jaeger ? La dernière chose dont je me souviens est le canapé de son atelier.

Mes joues s'enflamment. Ce canapé va entrer dans l'Histoire. Ou du moins, il restera dans mon histoire. C'était ouf, juste *ouf*. D'accord, je n'ai pas une vaste expérience, mais j'aime à penser que je me suis appliquée avec les quelques amants que j'ai eus. Aucun d'entre eux ne m'a procuré d'orgasme lors de nos rapports sexuels. Mais je repenserai à cette découverte capitale plus tard.

Comment suis-je arrivée ici ?

Je jette un coup d'œil dans la chambre. Elle est cosy, avec une commode de style Mission et des draps unis, mais luxueux à en juger au toucher. Je ne me souviens pas de m'être habillée ni d'avoir marché. Techniquement, je constate en glissant mes jambes nues sur le drap soyeux que je n'ai pas de vêtements. M'a-t-il mis KO en me faisant l'amour ? Que s'est-il passé ?

Oh Seigneur. Je m'assieds et remonte le drap bleu clair sur ma poitrine. Pourquoi j'appelle *faire l'amour* notre rapport sexuel ? Éric et moi n'avons jamais utilisé cette expression. Je coince le drap entre mes jambes et derrière mon dos, comme pour me protéger.

Jaeger sort de la salle de bain, une serviette bleu foncé nouée autour de la taille, des gouttes d'eau sur les épaules. Ma mâchoire se décroche, ma respiration s'accélère. La vapeur de la douche et les effluves de son après-rasage flottent vers moi. Ce type est un aphrodisiaque ambulant.

Il sourcille en me voyant cramponnée aux draps.

– Bonjour. Tout va bien ?

– Oui, mais… comment on est arrivés là ? demandé-je en balayant la chambre des yeux. Je suis sûre que j'étais sobre en arrivant cet après-midi, alors…

– *Hier* après-midi.

Merde, c'est le matin ?

Je secoue la tête.

– Je n'ai pas pu perdre connaissance.

Il sourit.

– Tu étais épuisée. Je t'ai portée dans le lit.

Le souvenir de l'orgasme le plus incroyable de ma vie flotte dans mon esprit. C'est lui qui m'a fait ça. Il m'a vidée de toute mon énergie et d'un petit morceau de mon âme.

– Et je ne me suis pas réveillée ?

Il fait non de la tête, me regarde. Cette fois, le désir brille dans ses yeux.

– T'es encore fatiguée ?

Il pose la question avec précaution, comme pour se montrer sensible à mes besoins. Mais l'homme qui la pose est prêt à me sauter dessus, ce que confirme l'érection massive qui tend la serviette.

Elle est dangereuse, cette attirance. Je devrais être prudente.

Je hoche la tête négativement et il me rejoint en laissant sa serviette à côté du lit. La musculature, la virilité, la chaleur, l'allure et l'odeur de propre me saturent les sens et me font perdre la tête. Il m'arrache le drap et se glisse contre moi.

La chair de poule m'envahit. Mes mains deviennent moites. Je suis fébrile de le toucher et d'être touchée. J'ai envie de l'embrasser sur la bouche, les paupières, les tempes – l'emplacement de son cœur.

Je suis vraiment dans le pétrin.

———

– Mais où étais-tu, bon sang ? me tance mon frère quand je passe la porte, après m'être enfin arrachée des bras de Jaeger.

Ce n'était pas facile. L'homme est persuasif. Je pense sincèrement qu'il aurait pu me garder dans son lit toute la journée. Où sont passées les périodes de récupération ?

Gen nous observe depuis la cuisine. Elle est bien réveillée, l'œil vif, ce qui prouve à quel point il est tard dans l'après-midi.

– J'ai passé la nuit chez un ami.

Les yeux de Gen s'arrondissent brièvement. Le froncement de sourcils de mon frère s'accentue.

– Cali, quand tu découches, répond à ton foutu téléphone, râle-t-il.

– Hé, tout doux bijou. Tu loges chez moi. Je n'ai pas besoin de te tenir au courant. Et comment tu sais que j'ai dormi chez un mec ? J'aurais pu être avec un ami.

– Aucun de tes amis n'est en ville…

– Je m'en suis fait de nouveaux.

– … et tu rougis. Rougissement *post coïtal.*

Merde! Je pince les lèvres. Je fonce dans la chambre et ferme la porte, puis j'inspire à fond.

Je laisse à mon frère biologiste le soin de noter et définir techniquement la satisfaction sexuelle.

On frappe à la porte peu après.

– Cali ? Je peux entrer ? demande Gen.

Je remonte mes cheveux en chignon, ouvre la fenêtre et m'évente pour retrouver un semblant de dignité.

– Entre, lui réponds-je.

Elle referme la porte et s'assied sur le lit, les yeux baissés. Elle se tord nerveusement les mains.

– Je sais qu'on n'a pas beaucoup parlé. Je suis allée travailler et toi tu traverses une période difficile. J'ai l'impression de ne pas avoir été là pour toi.

Gen connaît tous les mecs que j'ai embrassés dans ma vie. Elle n'a jamais rien appris par hasard, et même si je préfère garder pour moi ma relation avec Jaeger, la tension entre nous est évidente.

Je m'assieds en face d'elle.

– C'est ce que je ressens… cette impression de ne pas avoir été là pour toi.

Elle sourit d'un air triste.

– Tu l'as été. Tu es mon pilier. J'ai pris mes distances parce que… eh bien, je voulais être forte aussi… C'est de ma faute…

– Mais tu es forte.

Elle secoue la tête.

– Non. Tu dis ce que tu penses, et tu sais te défendre. Je veux m'affirmer. Je ne veux plus avoir peur.

Gen est timide et moins franche que moi (tout le monde est moins direct que moi), mais je ne savais pas qu'elle avait peur.

– Qu'est-ce qui se passe ?

Elle prend ses coudes dans les mains et se recroqueville.

– Tu sais que je ne parle plus à ma mère ?

Je hoche la tête. Elle n'aborde le sujet de sa mère qu'à force d'insistance, et même alors, je n'obtiens rien de substantiel.

– Je ne blâmerai pas ma mère pour ma façon d'être et les choix que j'ai faits, mais certains de mes blocages sont dus à notre relation. C'est… spécial. Mais là n'est pas la question.

– En fait, j'ai décidé de ne plus avoir peur, dit-elle en coinçant une mèche derrière son oreille. J'ai eu une galère il y a quelques jours au Blue. Un des managers a glissé une main sous mon short et m'a touchée. Il aurait été plus loin si personne ne l'avait interrompu. J'ai peur d'en informer la direction du casino. J'ai peur que ce qui t'est arrivé, ton licenciement et tout, m'arrive aussi. Il y a des rumeurs…

J'agite les mains frénétiquement.

– Attends, attends, *quoi* ?

Jaeger m'a dit qu'un connard l'a tripotée. Il n'a pas précisé que c'était un manager ni ce qu'il lui a fait.

J'ai la tête qui valse, les pièces du puzzle s'assemblent.

– Qui t'a fait ça, Gen ?

– Un des jeunes cadres qui traînent dans le bar après le boulot. L'un d'eux m'a demandé de servir des clients dans son bureau. Il en a profité – et m'a mise dans une situation inconfortable.

– Dis-moi son nom.

– Drake Peterson.

Merde, merde.

– Je sais que je n'aurais pas dû y aller seule, mais je voulais le pourboire en plus…

Je secoue la tête.

– C'est ma faute.

J'aurais pu avertir Gen à propos de Drake si je lui avais raconté ce qu'il m'a fait.

— Drake m'a ramenée à la maison le soir où on est allées au club et il m'a fait du rentre-dedans. Jaeger s'est pointé et l'a convaincu de partir.

Il l'aurait défoncé s'il était resté.

La perplexité et l'inquiétude se lisent sur son visage.

— Je ne savais pas… mais ce n'est pas ta faute. C'est ce que j'essaie de te dire. Je me repose sur toi pour mener mes propres batailles, alors que je me retrouve dans ce genre de situation par ma seule faute. Je fais de moi une cible facile.

Elle fronce les sourcils et serre les poings.

— J'ai manqué de lucidité avec Drake. Et mon Dieu, Cali, *toi aussi.* Qu'est-ce qui t'as pris de le laisser te raccompagner ?

— Je n'ai pas réfléchi. Et Jaeger m'a déjà sermonnée à ce sujet.

Ses yeux s'étrécissent, elle scrute mon visage et mon cou — et remarque probablement le *rougissement post coïtal* décrit si savamment par mon frère.

— Tu étais avec Jaeger cette nuit ? demande-t-elle gentiment.

J'opine et elle me pousse le genou d'un geste taquin.

— La prochaine fois, envoie un texto. On était inquiets.

Son visage n'affiche aucune animosité, et c'est un soulagement. J'ai cru Jaeger, mais on ne sait jamais. Gen aurait pu cacher ses sentiments pour lui. Je l'ai bien fait.

Ne pas avoir donné signe de vie est nul. J'aurais appelé si je ne m'étais pas endormie direct après l'orgasme époustouflant.

— Alors, quelles sont les rumeurs dont tu parles ? je demande en forçant mon cerveau à occulter Jaeger pour revenir à notre conversation.

– Les collègues m'ont demandé pourquoi tu t'es fait virer.

Ah ouais, génial…

– Continue.

– La rumeur court qu'un des cadres en veut à certaines personnes.

– C'est à peu près ce qu'ils ont dit quand ils m'ont virée, mais de façon subtile. Le mal est fait, Gen. Je n'y retournerai pas.

– D'accord, mais… si c'est déjà arrivé…

– Par la faute de Drake ?

Elle se fige.

– Drake t'a fait virer ?

Je hausse les épaules.

– Je suppose. C'est arrivé juste après que je l'ai jeté. Et Jaeger, eh bien, Jaeger s'est assuré qu'il s'en souvienne.

Je soupçonnais déjà Drake d'être à l'origine de mon licenciement – en entendant ce qu'il a fait à Gen et la façon dont il m'a menacée quand je suis retournée au casino et que j'ai vu Jaeger avec Gen. Ça devait être juste après que Drake a mis la main dans sa culotte.

Il est immonde. Et il semble avoir une grande influence sur la direction. Ils m'ont virée sans raison valable, juste parce qu'il leur a demandé de le faire. Je me fiche de ce job parce que ma vie change, mais je m'inquiète pour Gen.

– Écoute, Gen, c'est une sale histoire. Peu importe que tu dénonces ou pas Drake, il pourrait y avoir des répercussions. Tu dois décider ce qui est le mieux pour toi. Même si j'aime croire le contraire, je n'ai pas toutes les réponses, je soupire en me massant les tempes. Pour l'instant, je ne suis pas sûre d'avoir la moindre réponse.

– Tu as raison.

Je la regarde parce que *aïe, ça pique.*

Elle voit mon expression.

– Non, pas ça. Tu es intelligente, Cali, et tu as en général de bonnes idées, mais je dois faire mes propres choix. Je peux y arriver. J'ai déjà décidé que mon travail était plus important que ma fierté.

– Tu restes ? Sans dire à personne ce qui s'est passé ?

Elle hoche la tête.

– Pour l'instant, oui. J'irai voir la direction si Drake ne lève ne serait-ce que le petit doigt sur moi, mais pas avant. Il t'a fait virer et je ne doute pas qu'il me fera virer aussi. J'ai besoin de ce boulot, tu comprends.

L'idée que Gen reste au Blue après ce que Drake nous a fait me fiche la trouille. Et s'il la touche encore, ou pire ? Elle ne devrait pas avoir à passer sous silence le harcèlement sexuel pour garder son emploi. C'est horrible.

Mais j'arrête de dire à Gen ce qu'elle doit faire. Elle est plus solide qu'elle le croit. Au moins, elle fait ce qui est bon pour elle et pas ce que les autres pensent qu'elle devrait faire. C'est plus que ce que je peux dire des choix professionnels que j'ai faits ces dernières années.

– Hé.

Elle fait le tour du lit et s'assied à côté de moi.

– Je suis contente qu'on se reparle.

Mes muscles se détendent.

Je me penche vers elle et pose la tête sur son épaule.

– Quand il m'arrive un truc, c'est encore pire si je ne peux pas t'en parler.

– Idem.

Chapitre Vingt-Trois

Dans le jardin, je mets la touche finale à mon esquisse. C'est une scène qui représente une barque sur la rive du lac avec le soleil levant en arrière-plan. L'eau, formée de cercles ondulés, semble presque animée quand je la regarde du coin de l'œil.

J'appelle mes dessins des *esquisses* plutôt que des *gribouillis* depuis que j'ai parlé à une artiste peintre hier. Elle m'a dit de concevoir mon travail comme un business. Apparemment, *gribouillis* n'est pas un terme professionnel. Reste à évaluer si je crois ou non que je m'épanouirais dans une carrière artistique.

Pour la première fois de ma vie, je doute de ma réussite. C'est flippant, mais étonnamment libérateur. Je ne fais pas de l'art par obligation, mais parce que j'aime dessiner et que ça me rend heureuse.

Hier soir, je me suis inscrite en ligne à un cours d'art de l'école publique, ainsi qu'à un cours de CAO. J'ai découvert au cours de mes surfs nocturnes sur le web que certains des motifs que je réalise pourraient être utilisés pour créer des tissus – qui l'eût cru ? Et il faut maîtriser la conception assistée par ordinateur pour les arts textiles.

Le patio en ciment est une étuve sous le soleil de fin de matinée. Il n'est que onze heures et je transpire déjà dans mon bas de pyjama et mon haut de bikini.

Mon téléphone vibre. Je l'exhume de sous ma cuisse, sur la chaise longue, où il a trouvé refuge. Mon sourire s'élargit jusqu'aux oreilles en voyant le nom qui s'affiche.

Jaeger: _On dîne ensemble ce soir ?_
Cali _: Bien sûr._
Jaeger: _Je t'emmène chez Tao. Sape-toi. Je passe te prendre à 17 h. J'ai un truc à te montrer._

Immédiatement, mon esprit s'égare en territoire érotique. Mais il ne peut pas prévoir ça et espérer que je sois présentable à table, si ? Tao est le meilleur restaurant de la ville.

Que dois-je mettre ? Je ramasse mon dessin et cavale pieds nus dans la maison. C'est calme pour une fois. Gen et Tyler sont partis tôt pour faire je ne sais quoi.

J'ai beau trifouiller les cintres dans ma penderie, je ne trouve rien d'approprié pour un restaurant chic. Il me reste quelques heures avant le rendez-vous avec Jaeger. Je vais faire un tour dans les boutiques locales et voir si je peux trouver un joli haut à prix raisonnable.

Mes économies s'amenuisent, mais je n'ai plus à me soucier de frais de scolarité annuels de cinquante mille dollars. J'ai besoin d'un emploi pour payer les dépenses de tous les jours et les cours d'arts plastiques, et j'ai bon espoir que ce sera facile grâce à mon expérience au Blue Casino.

En fin d'après-midi, j'enfile des escarpins, un pantalon noir et une blouse bleu clair à manches courtes avec un dos à croisillons que j'ai trouvé en solde dans ma boutique préférée. La couleur contraste avec mes cheveux et met en valeur mes yeux. Il est échancré, disons que le décolleté est respectable, mais j'ai un soutien-gorge push-up qui crée un effet affriolant. Ça me stresse un peu de dépenser de l'argent alors que je n'ai pas de travail, mais maintenant que j'ai un projet, je vais chercher un boulot sans attendre.

J'entre dans le salon où Gen et Tyler se disputent la télécommande.

– Tu ne paies pas de loyer ! conteste Gen. Tu n'as pas le contrôle de la télécommande !

– Pas question de regarder ta série à la con ! Autant faire de moi un eunuque sur-le-champ.

Gen lève un doigt, les yeux fermés.

– Primo, c'est grossier, et deuzio, William Pelt est un joueur de hockey. C'est un *athlète*. Tu adores le sport !

Tyler me regarde avec lassitude.

– Laisse-moi en dehors de ça, lui dis-je. Gen, s'il ne te laisse pas regarder, on le verra sur Netflix plus tard. William Pelt est canon. Pas autant que Jaeger, mais personne ne l'égale.

– Tyler, minaude Gen. Si tu me laisses regarder, je te fais du popcorn.

Sa main serpente et la chatouille sous le bras. Elle piaffe et il profite de l'effet de surprise pour s'emparer de la télécommande.

– Ma vieille, tu vas devoir m'offrir plus que du popcorn pour la récupérer.

Gen le fusille du regard en se frottant l'aisselle. Les chatouilles de Tyler font un mal de chien. Il s'enfonce dans le canapé.

– T'as l'âge mental d'un gosse de seize ans. Comment tes étudiants peuvent-ils te prendre au sérieux ?

– J'ai des compétences qui me rapportent des thunes, dit-il en zappant.

– Je retire ce que j'ai dit. T'as dix ans d'âge mental, car je n'ai pas entendu ce genre de nullité depuis la sixième.

Gen soupire d'impatience et consulte l'heure à la pendule du salon.

Un nouvel épisode doit bientôt commencer.

– Très bien, je te ferai une machine de linge. Tyler continue de zapper.

– Deux machines ?

Son visage s'illumine et elle croise les bras.

– Je te brancherai avec une serveuse de cocktails du Blue.

Il arrête de changer de chaîne et la regarde, les yeux écarquillés. Je prends mon sac à main et vole un billet de vingt dollars dans le portefeuille de Tyler quand il ne regarde pas. Il ne voudrait pas que je sorte sans liquide. Je lui rends service en me servant moi-même.

– Continue, dit-il à Gen.

– Une des jolies serveuses.

Elle prend son air innocent de la gentille Geneviève, et elle sait y faire. Elle n'était pas aussi bonne élève que Tyler et moi, mais cette fille est une sacrée débrouillarde.

Les serveuses exceptionnellement belles du Blue sont bêtes comme leurs pieds – non pas que toutes les jolies filles soient nécessairement des débiles mentales. Gen est un exemple de beauté et d'intelligence, mais dans le cas des autres serveuses du Blue, le cliché reste vrai.

– Marché conclu, dit Tyler en lui tendant la télécommande.

Elle fait une petite danse de la victoire sur le canapé, agrémentée de rebonds et de poings brandis en l'air. Tyler mate ses seins avec un ravissement indiquant que la danse de la victoire valait à elle seule le sacrifice de la télécommande. Beurk.

On frappe à la porte. Mon cœur s'emballe.

– Bon, les enfants, j'y vais.

Je me précipite vers la porte. Je n'ai pas honte de Jaeger ni de notre relation. Je préfère juste ne pas affronter la discussion avec les « parents » sur le canapé.

Trop tard.

– Et tu rentres quand ? demande Tyler, sa dispute domestique oubliée.

Je tourne la tête ; il me scrute littéralement. Puis il voit mon décolleté et fronce les sourcils.

– Si j'ai de la chance, pas avant demain. Ciao !

Je les salue du petit doigt et j'ouvre la porte, puis je pousse un Jaeger perplexe sur le perron et referme. Je m'adosse à la porte.

– N'entre pas. C'est dangereux.

Il rit.

– D'accord.

Il me prend la main et se penche pour déposer un baiser sur mes lèvres. Des papillons s'envolent dans mon ventre à ce geste si délicat. Il plonge les yeux dans mon décolleté, semblant apprécier la vue sur mes seins. Il examine le reste de ma tenue, et sourit.

– Tu es magnifique.

Mission accomplie. Je savais que cette dépense en vaudrait la peine.

Jaeger porte une chemise verte de la couleur de ses iris. Il a l'air délicieux, et il sent bon aussi. Je lui enlace la taille et le serre.

– Tu m'as manqué.

Il plonge le nez dans mes cheveux et respire leur odeur.

– Pareil pour moi. Viens, dit-il en s'arrachant à l'étreinte. Je veux te montrer quelque chose.

Son visage affiche un mélange d'excitation et de timidité. Il est souvent réservé, mais je ne l'ai jamais vu nerveux.

Quelle est cette surprise ?

Jaeger nous conduit chez lui et mes idées lubriques initiales refont surface. Je les chasse immédiatement. Non pas que le sexe n'ait pas sa place dans la soirée, si j'ai mon mot à dire, mais Jaeger tambourine le volant comme s'il était nerveux. Il a autre chose en tête.

Il m'entraîne vers l'atelier, déverrouille la porte et me laisse passer la première. Le soleil n'est pas couché, mais il est bas dans le ciel, ce qui plonge la pièce dans une semi-pénombre. Il allume l'interrupteur.

– C'est un remake de l'autre jour ? je plaisante.

Il me regarde, les flammes du désir dansent dans ses yeux.

– Non, et tu ferais mieux de ne pas me mettre des idées en tête ou le dîner va passer à l'as.

Il pose ses grandes mains au bas de mon dos, réchauffant la peau sous le tissu, et me guide vers la pièce où il stocke ses œuvres achevées.

Il n'en reste que peu sur les étagères aujourd'hui, une bonne moitié des tablettes est partie. Il faudra que je lui demande comment il fait pour vendre ses œuvres. C'est bon à savoir pour mon propre business.

C'est étrange que nous nous soyons tous les deux tournés vers l'art le jour où notre vie toute tracée a pris un virage mortel. Je n'ai jamais songé à l'art et au dessin avant de revenir à Tahoe, mais depuis la maternelle, je dessine sur toutes les nappes, cahiers et feuilles de papier qui me tombent sous la main. Jaeger et moi sommes si différents en apparence. Il est introverti et je suis extravertie, mais la même passion coule dans nos veines. Sur bien des plans.

Jaeger s'éloigne pour prendre sur l'étagère une tablette d'environ un mètre sur un, recouverte d'un drap de protection. Il l'installe sur le chevalet mural et enlève le drap. Pendant un instant, je pense, waouh, ce rideau noir met joliment en valeur le bois, puis je me concentre sur le dessin.

Qu'est-ce que… ?

— *Jaeger?*

La gravure qui apparaît sous nos yeux, c'est la représentation abstraite que j'ai dessinée du lac.

— Gen nous a montré à Mason et moi le dessin que tu as fait sur une serviette durant une pause. Je lui ai demandé si je pouvais l'emprunter. J'ai vu aussi le croquis que tu as laissé sur le canapé quand je suis passé chercher Gen. Cali, tu as un talent fou.

Une lueur lubrique traverse ses yeux vert forêt.

— Je t'ai montré à quel point je te trouve *fabuleuse*. Mais ça, dit-il soudain grave en montrant la tablette, c'est ma façon de te montrer à quel point je trouve ton style artistique fabuleux.

Reproduit sur le bois, le dessin acquiert une dimension et une profondeur nouvelles ; les lignes extérieures convergent vers le centre, comme pour happer l'attention.

La quantité de réflexion et de travail qu'il a dû mettre en œuvre pour créer cette œuvre me fait halluciner. Je reste sans voix, ce qui est rare chez moi.

Il enfonce les mains dans les poches de son pantalon noir.

— Alors ? Qu'en penses-tu ?

— C'est incroyable. Ta gravure, j'entends.

— Ton dessin est incroyable.

Jaeger ne se contente pas de me dire que j'ai du talent. Il me dit qu'il m'aime bien, élevant le jeu de séduction — dont je viens juste de réaliser l'existence — d'un cran.

Soudain, des pièces du puzzle se mettent en place. Gen… la traitresse. Perfide et merveilleuse amie.

— Est-ce que ça un rapport avec ton escapade clandestine avec ma meilleure pote ?

Il sourit, amusé, et secoue la tête.

— Je voulais que Gen valide la première version. Je ne t'avais pas demandé l'autorisation d'utiliser ton dessin. Je l'ai fait venir pour vérifier le résultat et me dire si elle pensait que tu serais d'accord.

Je me sens conne tout à coup.

— Pardon d'avoir tiré des conclusions hâtives déplacées. Je vous dois des excuses à tous les deux.

Il s'approche et entrecroise nos doigts.

— C'est bon, Cali. Je veux juste que tu saches que tu peux me faire confiance.

La vérité, c'est que je lui fais totalement confiance. Jaeger est sincère et attentionné comme je l'ai rarement vu chez les hommes. Merde, même chez la plupart des femmes. C'est quelqu'un de bien.

— Je dois te dire autre chose. Je ne veux pas te mettre la pression, mais j'ai une cliente qui a commandé une œuvre. Elle cherche l'originalité. J'aimerais lui montrer tes dessins. Gen m'a laissé emprunter ceux que tu lui as donnés, mais je préfère que tu choisisses toi-même lesquels lui montrer.

— Oui, bien sûr, hésitai-je.

Je ne vois personne qui voudrait acheter une gravure d'une de mes esquisses. Mais bon, c'est ça le but. Créer des œuvres que les gens voudront dans leur maison et leur entreprise.

— Laisse-moi au moins reproduire sur du papier Canson ceux qui sont sur des serviettes de table et au dos des additions avant de lui montrer.

Ça le fait rire.

— Je ne pense pas que ça la dérange. Elle a un œil averti.

Il me tire vers lui jusqu'à ce que je rebondisse sur son torse dur.

Il enroule les bras autour de mon dos, ses longs membres me flanquant les hanches.

— Elle sait reconnaître ce qui est beau, ajoute-t-il.

Perchée sur mes escarpins, je suis plus grande et ma bouche est à la hauteur de sa mâchoire. Je me hisse sur la pointe des pieds et je lui embrasse les lèvres.

— Merci de me donner l'impression d'être unique. Et merci pour la gravure.

— Oh, cette gravure n'est pas pour toi, dit-il en souriant.

Ma tête s'incline en arrière et feint l'indignation.

— Comment ça, elle n'est pas pour moi ?

— Sa place est au-dessus de mon lit, mais tu pourras venir la voir autant que tu veux.

Ses mains se déplacent vers mes fesses, qu'il pétrit en même temps qu'il m'embrasse à pleine bouche.

———

Trente minutes plus tard, nous arrivons au Tao pour honorer notre réservation. Je crois avoir trouvé mon égal au rayon sport en chambre. Nous ne sommes pas allés jusque-là, cependant Jaeger était mûr pour le faire. Après moult baisers passionnés et chamailleries sur qui obtiendra la gravure (j'ai gagné, bien sûr), j'ai mis un frein aux préliminaires chauds bouillants. Pas cool d'arriver dans un restaurant chic avec le mascara qui coule et l'air de sortir du pieu. Surtout qu'on pourra reprendre plus tard ce qu'on a commencé.

J'ai hâte d'accrocher ma nouvelle œuvre. Cette petite beauté va aller à côté de la tapisserie orange et jaune du tournesol dans le chalet — c'est ainsi que Gen et moi appelons désormais le taudis où l'on vit. La rencontre du naturel moderne et de la broderie démodée.

– Une table pour deux, dit Jaeger au maître d'hôtel.

– Par ici, M. Lang. C'est un plaisir de vous avoir ce soir.

L'homme, vêtu d'un costume noir, sourit chaleureusement et ramasse deux cartes à la reliure en cuir, puis il nous montre la voie.

Jaeger est connu ici ? Il vient souvent ?

Avant que je pose la question, Jaeger me fait signe de suivre le maître d'hôtel, qui est déjà au milieu de la salle.

Nous passons devant d'élégantes tables dressées avec des nappes blanches. Des miroirs derrière le bar font paraître la salle deux fois plus grande et reflètent les fenêtres qui donnent sur le lac au fond. Des lustres géométriques en bois pendent au centre du haut plafond. Des panneaux de bois sont suspendus à gauche… leur style m'est familier.

Je lance un regard soupçonneux à Jaeger. Il regarde droit devant lui, puis fait le tour de notre table pour tirer ma chaise. Notre espace est privé, avec une vue magnifique sur le lac et les montagnes.

Menu en main, maître d'hôtel parti, je regarde à nouveau les fresques murales en bois. Ce sont des panneaux plus larges que ceux qui se trouvent dans l'atelier de Jaeger, mais je reconnais sa patte.

– Jaeger, c'est toi qui les as faits ?

Ses yeux s'envolent vers le mur, puis reviennent sur le menu, comme s'il était normal que ses œuvres ornent l'un des meilleurs restaurants de la ville.

– Le Tao est un client.

Putain de merde. Mon copain est célèbre. Enfin, pas célèbre, mais c'est un artiste important pour être exposé dans un endroit aussi chic.

Je prends sa main et j'entrecroise nos doigts tout en parcourant la carte. Je n'ai pas le droit de l'être, mais je suis fière de ce qu'il a accompli. J'ai dû prendre des décisions graves cet été et j'ai vécu des moments douloureux, mais je ne regrette pas le temps passé avec Jaeger. Ça fait partie des meilleurs moments de ma vie.

Il me presse les doigts et sourit.

– Les coquilles Saint-Jacques sont excellentes et le…

– Jaeger ?

Une voix féminine aiguë fait éclater notre bulle d'intimité.

La femme (environ mon âge, peut-être un peu plus) se plante derrière Jaeger, vêtue d'un jean et t-shirt. Je ne l'ai pas vue arriver. Il faut dire qu'en présence de Jaeger, je me coupe de tous les bruits parasites.

Elle jette un regard embarrassé aux clients sur sa droite, qui la fixent.

Jaeger fronce les sourcils. Il remue sur son siège et tourne la tête. Son visage, de profil, pâlit et il me lâche la main.

– Kate ?

– On peut parler ? dit-elle.

Elle lui sourit comme pour le désarmer, mais je sens pointer dessous un désespoir plaintif.

Une alarme se déclenche dans ma tête.

Non. Ne gâche pas ce moment. Qui que tu sois, repars. Ne m'enlève pas la meilleure chose qui me soit arrivée dans la vie.

Jaeger se tourne vers moi de nouveau, les yeux baissés. Il me regarde, l'air absent, puis sa bouche esquisse un semblant de sourire.

– Je reviens tout de suite, d'accord ?

Je hoche la tête avec raideur. Il me prend la main une dernière fois avant de se lever. Il suit la fille jusqu'à l'entrée du restaurant, où la sœur de Jaeger parle au maître d'hôtel.

Pourquoi Kerstin est-elle ici ?

Je bois mon verre d'eau et attends le retour de Jaeger.

Vingt minutes s'écoulent avant qu'il retraverse la salle jusqu'à notre table, en se frottant le front. Il me regarde, l'air sérieux.

— Désolé, dit-il, puis il déglutit et détourne le regard. Je dois te ramener chez toi. Il y a une urgence familiale.

— Tout va bien ?

Évidemment non, mais que dois-je dire sans avoir l'air d'être indiscrète ? Qui est cette femme ? Pourquoi me laisse-t-il choir pour elle ?

Je ramasse mon sac à main et me lève.

Jaeger m'accompagne dehors sans répondre à ma question. Il m'ouvre la portière et m'aide à monter dans son pick-up en s'appuyant contre le cadre de la cabine comme s'il en avait besoin pour se tenir.

— C'était Kate. Mon ex-petite amie. Elle s'est pointée chez mes parents, et ma sœur était là. Kerstin savait où je t'emmenais dîner ce soir.

— *Quelle* ex-petite amie ?

Peut-être qu'il y en a plusieurs et que celle-ci est une ex inoffensive qui se trouvait dans le même restaurant. *Ex et inoffensive* ne vont pas vraiment ensemble, mais ça peut arriver. Je suis en mode déni total.

— Cali, tu es la seule petite amie que j'ai eue en cinq ans. Kate est mon ex. *La fameuse* ex. Celle qui… Enfin bref, c'est la fille avec qui j'ai rompu juste après mon accident.

— Jaeger, qu'est-ce que cette fille t'a fait ? T'as l'air vraiment perturbé.

Évidemment que son ex allait se repointer après qu'il ait tourné la page. C'est la loi de Murphy. Mais il a tourné la page avec moi, et je suis sacrément heureuse avec lui. Je n'ai pas envie de réfléchir pour savoir exactement à quel point je suis heureuse, parce que si notre relation prend fin, cela me briserait sûrement.

— Elle n'a rien fait. Enfin, si. Elle a fait beaucoup de

choses à l'époque. Et pas seulement à moi. C'est juste qu'elle ne ment pas toujours.

Il a l'air secoué, ce qui ne lui ressemble pas du tout.

– Jaeger, que s'est-il passé ?

– Kate dit…

Il se redresse et se raidit, bien qu'il semble à deux doigts de s'effondrer.)

– Kate dit qu'elle a un enfant, une petite fille. Qu'elle est de moi. Elle veut qu'on forme une famille.

Chapitre Vingt-Quatre

Mon esprit se vide complètement, puis un torrent de faits et de questions, charriant son lot de jurons, cherche une brèche par où se déverser.

Comment est-ce possible ? Elle ne peut pas le reprendre. Je… il me *plaît*. Beaucoup. *Vraiment* beaucoup. Pourquoi a-t-elle attendu jusqu'à maintenant pour lui dire ? C'est absurde. Elle l'a largué et il a fait des allers-retours en rééducation pendant un an. Il dit qu'il ne l'a jamais revue… et qu'il ne l'aurait pas su si elle était enceinte.

Merde. Merde, putain.

Je ne me souviens pas du chemin du retour. Le trajet passe en un éclair, puis Jaeger me raccompagne à ma porte.

– Ne t'inquiète pas, Cali. Ça va aller. Laisse-moi juste découvrir ce qui se passe. Ce qui s'est réellement passé, car je n'ai pas confiance en elle. Après notre rupture, le bruit a couru qu'elle me trompait. Et puis, il y a toutes les conneries qu'elle a faites quand on était ensemble. Je vais découvrir la vérité, puis je t'appellerai, d'accord ? C'est juste que… je dois m'occuper de ça.

Je hoche la tête, et il me fait une bise sur la joue, puis retourne à son pick-up.

Ce n'est pas comme ça que j'imaginais la fin de la soirée. Comment un si beau moment peut-il prendre un tour si sordide ? Ai-je la poisse ?

Jaeger me regarde par la vitre avec une expression peinée avant d'allumer le contact et de sortir de l'allée.

J'avale le nœud qui se forme dans ma gorge et j'entre dans le chalet. Gen s'affaire en cuisine, Tyler est vautré sur le canapé.

Il se redresse.

– Qu'est-ce qui s'est passé ? Pourquoi tu rentres si tôt ?

Je m'affale sur le fauteuil relax bleu, les yeux dans le vide, tentant de digérer ce que je ne veux pas croire.

– L'ex de Jaeger a interrompu notre dîner, dis-je en agitant la main, sentant la panique me comprimer la poitrine. Elle a débarqué au restau, lui a dit qu'elle avait un enfant et qu'il était le père.

Les yeux de Tyler jaillissent de leur orbite.

– *Quoi ?*

Gen entre dans le salon, la main dans une manique. Elle ne cuisine pas, alors l'image est absurde. Tout comme cette soirée.

J'enfouis le visage dans mes mains et je ferme les yeux.

– Peut-on ne *pas* en parler ?

Au bout d'une seconde, je me rends compte qu'incliner la tête permet à la gravité d'attirer les larmes vers la sortie. Je relève le menton et je déglutis en clignant des yeux plusieurs fois.

Gen regarde Tyler, écarquillant les yeux d'un air perplexe.

Il a la bouche grande ouverte. Il voit son expression et

opine, puis il sort son téléphone et se met à taper fébrilement un texto.

— Laisse-le tranquille, Tyler. Il essaie de savoir ce qui se passe. Il n'en sait pas plus que nous.

Tyler continue de taper à la vitesse de l'éclair.

Je me lève et me dirige vers la salle de bain.

— Je vais me coucher.

Je me démaquille, puis je me traîne dans la chambre où j'accroche sur un cintre la jolie blouse qui m'a coûté un bras. Je m'allonge sur le matelas, mais je n'arrive pas à dormir. J'ai la poitrine oppressée.

Les chuchotements de Gen et Tyler arrivent jusqu'à moi. C'est là que la première larme roule sur ma joue.

Non. Je ne vais pas encore pleurer cet été pour un mec. C'est pathétique.

D'autres larmes jaillissent, atterrissant sur le col de mon pyjama en flanelle.

D'accord, je pleure ce soir, mais c'est tout. Plus après ce soir, à moins que… s'il vous plaît, faites qu'il n'y ait pas *d'à moins que*… s'il vous plaît, faites que ce soit un terrible coup monté et rien d'autre.

———

Deux jours après notre dîner interrompu, Jaeger n'a toujours pas appelé. Deux foutus jours !

Je suis en train de mourir. Les heures à fixer mon téléphone se sont transformées en heures à dessiner sous les arbres, à marcher sans but dans le quartier, jusqu'à ce que je me retrouve au bord du lac. Le côté positif, c'est que mes bras se musclent à force de jeter des pierres dans l'eau de façon cathartique.

Chaque fois que je prends le téléphone pour l'appeler, je me souviens qu'il m'a dit qu'il appellerait quand il aurait découvert la vérité. Il n'a jamais hésité à me contacter dans le passé. Je ne peux qu'en déduire qu'il discute toujours avec son ex. Ou bien se remet avec elle. Mais non, c'est la fille qui lui a chié dans les bottes – même Tyler le dit.

En théorie, je ne pense pas que Jaeger se remette avec Kate, mais sans nouvelles de lui… difficile de ne pas imaginer le pire. Je m'accroche en partie à l'espoir que toute cette histoire n'est qu'un gros bobard.

En attendant, j'ai parcouru les offres d'emploi à South Lake Tahoe, et j'ai posté des CV et des candidatures en ligne. La recherche d'emploi m'aide à me distraire.

Mes cours d'art commencent dans quelques jours. Si je travaille au moins trente heures comme serveuse ou croupière dans un autre casino, je peux financer mes dépenses de tous les jours, plus les cours à la fac. Les frais de scolarité ne sont pas astronomiques comme à Harvard et dans d'autres écoles. Avec de nouveaux cours, un nouvel emploi, en gros une nouvelle vie, je pourrais survivre au crash de mon cœur.

Peut-être.

Bon, d'accord, je n'en sais rien. Jaeger s'est glissé dans ma tête et maintenant j'ai tous ces sentiments que je n'ai jamais éprouvés avant. Ça va me briser le cœur s'il met fin à notre relation. Bizarrement, m'enfuir dans une école de droit loin, très loin serait plus facile que de rester dans le coin pour voir le mec dont je suis tombée amoureuse au bras d'une autre.

Amoureuse ? Ça suffit, assez d'introspection pour aujourd'hui.

Je rentre dans le chalet depuis le patio où j'ai dessiné pendant une heure. Le patio est devenu mon bureau et mon atelier d'artiste.

– Où est Gen ? demandé-je à mon frère assis à la table de cuisine, occuper à taper sur son ordinateur.

– Elle a dit qu'elle sortait.

– Elle t'a dit où elle allait ?

Notre conversation a permis de réduire la distance qui nous sépare, mais nous n'avons pas eu le temps de parler de tout. Ces dernières semaines, je pensais que Gen traînait avec Nessa, mais maintenant je me pose des questions.

Tyler s'arrête de taper et boit une gorgée de café dans le mug « Meilleure maman chat du monde ». Soit Tyler est moins pointilleux que Gen et moi sur le choix de son mug, soit il fait preuve d'ironie.

– Nan. Hé, qu'est-ce que tu penses de cette Nessa ? Elle est libre ?

Ok, tu parles d'une question impromptue !

J'ouvre le frigo et je sors les ingrédients pour me faire un sandwich. J'ai un entretien cet après-midi dans le casino en face du Blue. C'est un établissement plus petit, et je vais passer un entretien avec le directeur des jeux. Ça m'angoisse un peu, car le dernier que j'ai vu m'a virée, mais ce casino ne semble pas se la péter comme le Blue. Peut-être que parler directement à un directeur est un bon signe.

– Je ne sais pas si Nessa est libre. Qu'a donné le rencard que Gen t'a arrangé avec une serveuse du Blue ?

Tyler grimace.

– Putain, Cali, cette fille est une folle. Elle était bourrée et elle a grimpé sur mes genoux. *Au restaurant.* J'avais l'impression d'être une vierge qui défend sa vertu.

– T'as une vertu ?

– Je suppose que oui, répondit-il fièrement.

Je glousse, en inhalant par inadvertance un bout du pain que je mâchais. Je souffle par le nez jusqu'à ce qu'il ressorte.

– Doucement, Cali. Ne te tue pas. Ce n'était pas tordant à ce point.

– J'aurais aimé être là.

– Non, tu n'aurais pas aimé. Cette fille est un putain de piranha.

– Une mangeuse d'hommes ? T'es sérieux ?

– Elle a essayé de déboutonner ma braguette ! glapit-il.

La stupeur transparaît dans sa voix.

– T'es tellement canon, Tyler. Comment tu gères ?

– Ne te moque pas, Calzone. Tu ne le vois pas parce que t'es ma sœur, mais je suis un objet de désir.

Protester contre ce surnom ridicule l'inciterait à en augmenter la fréquence d'utilisation, alors je me mords la lèvre.

– Si c'est le cas, pourquoi t'as besoin qu'on te branche avec des nanas ?

Il hausse les épaules.

– Gen me l'a proposé et j'ai voulu essayer.

Il secoue lentement la tête.

– Plus jamais, Cali. Plus. Jamais.

Je ris et vais me changer dans ma chambre et me préparer pour mon entretien au casino. La présence de Tyler me remonte le moral. Quoi qu'il arrive, j'ai de la chance d'avoir mes amis et ma famille. J'aimerais juste que Jaeger appelle.

Chapitre Vingt-Cinq

aul Machin-Chose, le directeur des jeux du casino en face du Blue regarde ses notes, la bouche pincée.

– Ah oui… Cali.

Il tambourine des doigts sur le bureau et s'arrête quand il s'en rend compte.

– Mon assistante a appelé votre ancien employeur. Je m'excuse de vous avoir fait venir, mais il semble… eh bien, il semble qu'on ne puisse pas vous offrir de poste.

Quoi ? Une mouche pourrait se poser sur ma langue que je serais incapable de fermer la bouche. Avec mon expérience au Blue, je suis la candidate idéale au poste de croupière dans ce petit casino.

Il s'ensuit un long silence gênant pendant lequel je digère ses mots.

– Je suis désolée, mais je ne comprends pas.

L'entretien commence à peine. Je n'ai même pas eu le temps de répondre de travers à ses questions. Qu'est-ce qui se passe ?

Paul opine du chef, les mains jointes. Le tic nerveux de son œil n'augure rien de bon. Il n'est pas fait du même bois rigide que le directeur des jeux du Blue. Ce type ne peut pas cacher son malaise.

– Comme vous avez fait l'effort de venir, je vais vous expliquer. Les ressources humaines ont confirmé votre emploi au Blue, puis transféré l'appel à un directeur. Sans rentrer dans les détails, ce dernier a affirmé qu'il ne vous rembaucherait jamais. Je m'excuse pour le désagrément, mais c'est un motif suffisant pour écarter votre candidature.

– Mais… mais…

Avant de quitter le Blue, on m'a affirmé que mon départ n'aurait pas de conséquences fâcheuses, car il s'agissait d'une incompatibilité d'humeur – à condition que je présente ma démission. Ce que j'ai fait.

Paul se dresse et me tend la main.

– Je vous souhaite bonne chance, Mlle Morgan.

Mes jambes me relèvent, lentement et avec hésitation, comme si elles n'y croyaient pas elles-mêmes. Je serre la main de mon interlocuteur et lisse ma jupe marine d'une paume tremblante. Le visage brûlant, je passe devant l'hôtesse d'accueil au bout du couloir et j'appuie sur le bouton de l'ascenseur.

Comment vais-je trouver du boulot si le Blue ne me donne pas une bonne recommandation ? Mes autres expériences, un job chez un fleuriste et prof particulière, ne m'aideront pas à trouver un emploi de casino qui paie bien. J'ai eu le poste au Blue grâce à une amie de ma mère. J'ai besoin de la référence du Blue pour m'ouvrir des portes.

Le lendemain, deux autres casinos appellent pour annuler un entretien. Le troisième et dernier m'a posé quelques questions et a promis de me rappeler après avoir vérifié mes références. Je n'ai pas eu de nouvelles.

Un restaurant (désespérée, j'ai appelé l'ami d'un ami)

me fait la même réponse que le premier responsable des ressources humaines. Il a parlé à quelqu'un au Blue qui lui a déconseillé de m'embaucher.

Je n'ai fait aucune erreur au Blue. À part énerver Drake.

Est-ce qu'il m'a *blacklistée* ? Ce serait le comble.

Je n'ai pas de boulot, je n'ai plus d'argent et mon avenir est incertain. Ajoutez à cela le fait que je n'ai pas de nouvelles de mon petit ami depuis quatre jours, depuis que la maman de son bébé est revenue en ville… Bref, je suis mûre pour camper près du rayon des crèmes glacées.

J'ai craqué et appelé Jaeger cet après-midi. Je voulais attendre qu'il appelle, mais toujours sans nouvelles, je n'ai pas réussi à tenir plus longtemps. Il n'a pas répondu. J'ai laissé un message.

Est-ce que je me fais larguer ? Encore ?

Quatre jours. Quatre jours depuis que Kate a interrompu notre dîner chez Tao, et pas de nouvelles de Jaeger. Toute personne normale supposerait que c'est fini. J'aurais dû comprendre la leçon après Éric, mais je n'arrive pas à me faire à cette idée. Tout est différent avec Jaeger. Je soupçonnais fort que c'était fini avec Éric quand il ne me rappelait pas. Avec Jaeger, je ne *croirai* pas que c'est fini tant que je ne l'aurai pas entendu de sa bouche.

Je me suis inscrit à des cours, mais je n'ai pas les moyens de les payer. Je refuse de taper ma mère qui a passé des années à financer mes études. Je ne suis même pas sûre qu'elle puisse m'aider maintenant qu'elle a un prêt immobilier.

J'ai l'impression d'avoir touché le fond.

Je creuse un tunnel dans mon deuxième litre de glace vanille pécan, en me demandant, aussi fou que ça paraisse, si je ne devrais pas faire des études de droit finalement. Au moins, à Harvard, le prêt couvrira mes dépenses quotidiennes et mes frais de scolarité. Toute cette introspection pour revenir à mon point de départ ? Malheureuse, mais capable de survivre ? Il doit y avoir une autre solution.

Le verrou cliquette et la porte d'entrée s'ouvre. Gen entre. Il est plus d'une heure du matin et elle est vêtue d'un jean moulant et d'un débardeur moulant. Pendant ce temps, Tyler, lui, est sorti avec un pote.

Je lève un sourcil. Gen n'est pas seulement belle ce soir, elle est *sexy à mort*. Comme si elle essayait d'impressionner un beau mec.

Ma méfiance revient au galop. Comment ose-t-elle me cacher qu'elle voit quelqu'un ?

– T'étais où ? T'avais un rencard ?

Pendant un instant, elle a la tête d'une ado qui a fait le mur. Elle s'enfonce dans le canapé et louche sur ma glace.

– Tu en as mangé combien cette semaine ?

Je contemple le pot.

– *Cette* semaine ?

Elle lâche un rire nerveux.

– Cali…

– Cinq litres ?

Elle me tapote le ventre. Il est rempli de neige fondue sucrée.

– Je pense que tu devrais te calmer avec la glace. Il est temps d'avoir une discussion sérieuse.

C'est drôle. D'habitude, je lui remonte les bretelles au sujet des romans trash qu'elle dévore (par contre, je soutiens totalement la télé trash) et de ses mauvais goûts pour les mecs.

Mon Dieu, c'est le monde à l'envers.

Je la regarde d'un œil noir et je remplis ma cuillère, mais je n'arrive pas à la lever jusqu'à ma bouche. Je suis gavée. J'ai mangé tellement de glace ces derniers jours que je suis immunisée contre le manque de sucre, comme une junkie.

— Je n'ai pas besoin d'une discussion sérieuse. J'ai besoin d'un boulot. J'ai besoin d'une vie.

Ma voix se brise sur la dernière phrase.

— Je sais, ma chérie.

Elle passe un bras sur mon épaule.

— Tu as eu des déconvenues, mais il faut te reprendre.

— Comment ? gémis-je en me recroquevillant contre elle. (Être une perdante, ça craint.) Je ne sais pas quoi faire.

— Si, tu sais. T'es une artiste. Tu as pris tous ces cours de haut niveau à l'université parce que c'était facile pour toi et c'est ce que d'autres auraient fait s'ils avaient ton cerveau. Mais maintenant, tu dois réfléchir à ce que tu veux faire de ta vie.

Gen, élevée par sa mère, a traversé des épreuves durailles alors que j'ai eu une enfance relativement plaisante. Les finances étaient ric-rac, mais j'avais une vie de famille agréable. De son côté, elle en a bavé. C'est un miracle qu'elle soit sortie de l'enfance en étant normale. Elle est plus forte et philosophe qu'elle ne le croit.

— J'ai réfléchi à ce que je veux faire, mais ça ne marche pas. Je devrais faire Harvard, je marmonne. Il n'est pas trop tard. Je ne les ai pas prévenus que je n'y allais pas.

Gen me pince le menton et me lève la tête jusqu'à ce que nos regards se croisent.

— Ne gâche pas ta vie parce que tu as peur.

Elle m'a déjà parlé de ses peurs et de la façon dont elles l'ont paralysée. Elle parle par expérience.

Je pensais avoir tout compris, mais c'était artificiel, superficiel. J'aurais dû me concentrer sur ma propre vie et laisser Gen gérer la sienne. Elle se débrouille très bien sans que je m'en mêle.

Marre de m'apitoyer sur mon sort. J'écrase le haut du carton sur la glace et je le pose par terre.

Gen me regarde avec approbation. Elle tapote du pied, le menton appuyé sur son poing comme si elle pensait.

Elle est belle et elle a l'air sûre d'elle. Ma meilleure amie a changé ces deux derniers mois. Elle est toujours la même, mais plus confiante. Je ne doutais pas de moi, mais c'est parce qu'on me disait que j'étais fabuleuse, pas parce que je pensais l'être. Quand je sortirai de ce bourbier, je serai plus forte et plus en phase avec moi. J'aurai confiance en moi parce que je ferai ce qui me rend heureuse, pas ce qu'on attend de moi.

— Je mettrais ma main à couper que Drake est à l'origine de l'image déplorable que le Blue donne de toi. Tu auras du mal à trouver un boulot.

— Je le sais. Je suis arrivée à la même conclusion.

Gen plisse les yeux, le regard dans le vide. Elle dodeline de la tête comme si elle avait une conversation silencieuse avec elle-même.

— J'en ai parlé à Nessa. On va chercher. On te trouvera quelque chose.

Je ferme les yeux et pousse un gros soupir. Il est difficile d'imaginer qu'il existe un emploi qui n'exige pas de références et qui paie quand même assez pour couvrir mes dépenses quotidiennes. Mais ce n'est pas ma situation professionnelle désastreuse qui me fait le plus mal en ce moment.

Gen me presse la main en sondant mon regard.

— Je ne sais pas pourquoi il n'a pas appelé, Cali. Il doit gérer du lourd. Du très lourd. Tu as essayé d'en parler à ton frère ? Il sait peut-être quelque chose.

— Jaeger a disparu du paysage. Il ne décroche pas son téléphone. Il n'a pas répondu aux textos de Tyler.

— Donne-lui du temps. Quelques jours ce n'est pas long vu ce qu'il traverse. N'oublie pas, il fait partie des gentils.

— Je sais.

Mes yeux se gonflent de larmes. Je secoue la tête.

— Ça fait encore plus mal.

— Plus mal qu'Éric, dit-elle, comprenant sans que j'aie à le dire.

— Perdre Éric, ce n'était rien comparé à ça. Mon amour propre en a pris un coup et j'étais triste, mais là… c'est comme si on m'avait poignardé mille fois le cœur avec un pic à glace.

Je me roule en boule et pose la tête sur ses genoux.

Gen me caresse les cheveux pendant quelques secondes.

— Il n'y a qu'une chose à faire en pareille situation.

— Faire une demande de greffe du cœur ? marmonné-je.

Elle tend le bras, me donnant un coup sur le crâne au passage. La télévision s'allume, je lève les yeux. Elle fait défiler l'écran Netflix. Le chalet est vétuste, mais il est bien équipé niveau divertissements.

De toute évidence, le proprio est un homme.

Gen s'arrête sur sa série préférée.

— Reluquer le beau William pendant douze à quinze heures, jusqu'à ce que notre cerveau s'engourdisse.

Ce n'est pas une mauvaise solution. Gen et moi matons les abdos de William et ses rencards foireux pendant deux heures. Je finis par rire si fort que j'ai des crampes à la crème glacée.

La vie pourrait être pire. Mais j'aimerais que la roue se remette à tourner dans le bon sens pour moi.

Chapitre Vingt-Six

Après ma nuit marathon TV *William* avec Gen, Jaeger a enfin appelé. Évidemment, j'étais sous la douche et je l'ai raté. Je ne l'ai pas rappelé, car Gen m'a arrangé en douce un entretien pendant que nous regardions la télé. Elle a échangé des textos avec Nessa, et ce matin à mon réveil, il y avait un mot sur le frigo.

Sallee Construction, Centre d'affaires Pinecone Chalet. Entretien avec John Sallee à 14 h. Parle de Nessa et moi et ne sois pas en retard !

Je ne peux pas appeler Jaeger, car je dois passer cet entretien sans m'effondrer. C'est la meilleure piste que j'ai eue, et c'est apparemment un ami de Nessa, donc j'ai une chance de décrocher le poste. Quatre jours sans appeler ta copine, c'est trop long quand tu sais qu'elle attend de tes nouvelles. Je n'ai aucune idée de ce qu'il va me dire, mais j'imagine que ça ne va pas me réjouir.

Quelle ironie du sort… Au début de l'été, je pensais avoir un avenir tout tracé et j'étais déterminée à aider Gen. Or j'ai bien conscience aujourd'hui que les rôles se sont inversés.

J'aurais aimé cuisiner Gen sur cet entretien, mais elle est partie tôt – Gen, la fille qu'on ne doit jamais, au grand jamais réveiller avant dix heures du mat. Il se passe un truc, mais elle a esquivé habilement ma question sur son rencard d'hier soir, la bougresse.

J'ai réussi à lui soutirer par texto quelques détails sur l'entretien avant qu'elle ne me dise qu'elle n'avait plus de réseau. Nessa connaît le propriétaire de Sallee Construction, et Gen m'a dit d'apporter mes dessins. Elle n'a pas mentionné la nature du poste, mais je suppose qu'il a une dimension artistique.

Qu'est-ce que ça peut faire ? Je suis au bord du gouffre.

Je croise les doigts et je m'arrête devant le Centre d'affaires Pinecone Chalet à 13 h 45. Si ce travail ne marche pas, je ne sais pas ce que je vais faire. Je me suis menacée d'aller à Harvard, mais je ne le ferai pas. En fait, j'ai informé l'université ce matin que je n'irai pas. Si ce travail ne marche pas, j'en trouverai un autre. Il se peut que ce soit moins bien payé et que je doive reporter les cours d'art pendant un certain temps, mais ce sera le début d'une vie qui me convient mieux.

Mon optimisme revient dès que j'entre dans le bureau de Sallee Construction. La fille à l'accueil porte un jean délavé, un haut violet et ses cheveux blonds frisottés sont attachés avec un chouchou. Elle ne se la pète pas et elle est avenante, l'antithèse de la réceptionniste du Blue qui m'a remis le formulaire de licenciement. C'est forcément bon signe.

– Un instant, ma belle.

Elle tape sur son clavier de ses doigts agiles aux ongles courts et range une note dans une corbeille sur le côté de son bureau

– Voilà, dit-elle rayonnante. Que puis-je faire pour vous ?

– Je suis Cali Morgan. J'ai rendez-vous avec John Sallee. Je viens de la part de Geneviève Tierney et Nessa Villanueva.

– Il vous attend. À droite au fond. Puis la première porte sur votre gauche.

Elle sourit et retourne à son ordinateur.

La porte du bureau de John Sallee est ouverte. Il feuillette des documents sur son bureau. Je toque à la porte.

Il lève les yeux, hésite un instant, puis un grand sourire illumine son visage.

– Vous devez être Cali.

Il pousse la pile de documents sur le côté, je me demande bien pourquoi. Son bureau est jonché de papiers et de plans en rouleau, tout comme le reste de la pièce. Il faudrait une déchiqueteuse à papier pour faire de la place dans ce capharnaüm.

– Entrez.

Je prends un siège en face de John, en gardant le dos droit pour voir au-dessus de la montagne de bordel sur son bureau. Foutoir ou pas, il a un visage amical, la peau bronzée et des rides de rire profondes gravées par son sourire.

– J'ai entendu dire que vous aviez besoin d'un boulot.

Incroyable. Comme si j'étais une œuvre de charité.

– Oui, monsieur. C'est le cas.

– Et vous êtes une amie de Gen et Nessa ?

– Gen est ma meilleure amie. On est allés ensemble à l'université de Dawson. J'ai rencontré Nessa grâce à elle.

Je ne parle pas du casino. John peut le voir sur mon CV. Je ne lui cache pas que j'y ai travaillé, mais je ne vais pas non plus lui rappeler. Il recevrait les mêmes commentaires négatifs que les autres responsables du recrutement.

Il hoche la tête, en m'observant pensivement.

– Gen m'a expliqué que vous laissiez passer une opportunité d'étudier le droit à Harvard pour vous orienter vers une carrière artistique ?

Je croyais que John était un contact de Nessa ? Quand Gen lui aurait-elle parlé ?

Il siffle.

– Vous êtes sûre de vouloir faire ça ?

Mon menton se relève.

– J'ai réfléchi toute l'année à entreprendre une carrière différente.

La vérité, c'est que je me suis dit toute l'année que je n'avais pas envie de faire du droit. Je n'ai pas réalisé jusqu'à cet été à quel point je redoutais d'aller à Harvard. Au collège, le fait d'aimer débattre de tout me semblait une raison suffisante pour devenir avocate, mais ce n'est plus le cas. Il m'a juste fallu une éternité pour le comprendre. Oui, je suis bornée à ce point.

– Hum. Bien… dit-il en regardant une feuille de papier devant lui. Il est écrit ici que vous suivez des cours de CAO.

– Ils commencent ce soir.

– Et vous avez suivi des cours d'économie pointue à Dawson et maîtrisez les mathématiques.

– Euh, les mathématiques supérieures, oui.

S'il veut que je fasse des calculs savants, c'est bon. Mais s'il me demande de montrer ma gauche ou de faire une addition basique, mon cerveau risque d'imploser. La seule façon de m'en sortir au casino consistait à mémoriser les combinaisons de cartes.

– Bon, j'ai un architecte en interne qui me pousse à engager quelqu'un avec une expérience en CAO. Une fois que vous serez formée à la CAO, vous travaillerez exclusivement avec lui. Jusque-là, vous ferez des petites tâches pour l'archi et l'ingénieur. Un artiste est plus souvent utile qu'on ne le pense dans ce métier.

Il se cale au fond de son siège.

– Qu'en dites-vous, Cali ? Ça vous paraît correct ?

Il plaisante ?

– C'est parfait.

Il rit.

– Bien. On pourra vous demander de faire n'importe quoi, du café jusqu'au dessin d'une fondation, alors tenez-vous prête. Je vous verserai un salaire de base avec des avantages sociaux. Vous aurez une augmentation après votre diplôme de CAO.

John balance quelques chiffres et, de retour dans la voiture, je calcule vite fait sur mon iPhone que je peux survivre avec le salaire annoncé. Ce n'est pas autant que mes revenus de croupière, mais quand la paie augmentera avec ma qualification en CAO, je gagnerai assez pour vivre confortablement.

Plus important encore, c'est un vrai travail. Avec la sécurité sociale. Et je vais dessiner. J'ai envie d'embrasser Gen et Nessa.

L'entreprise a besoin de quelqu'un tout de suite, alors je commence après-demain. John a dit qu'il organiserait une réunion du personnel et fixerait des règles pour que ses collaborateurs ne me mettent pas sur tous les projets en même temps. Il est très impatient de m'avoir dans l'équipe et il ne m'a même pas demandé mes références. Mon lien avec Gen, les quelques croquis que j'ai apportés sur le conseil de Gen et mes relevés de notes de l'université lui ont suffi pour m'engager sur le champ.

Je suis si excitée que j'en tremble. Je me gare devant le chalet. Tyler est assis devant la dalle de ciment qui fait office de perron. Il a les jambes écartées, dans la terre. Il lève les yeux et le sourire béat qui ne m'a pas quitté de tout le trajet s'efface.

Quelque chose ne va pas. Ses yeux sont fixes et tendus, sa bouche est pincée. Je sors de la voiture et je cours vers lui.

– Qu'est-ce qui s'est passé ? Tu vas bien ?

Tyler ramasse une aiguille de pin et la casse entre ses doigts.

– J'ai parlé à un copain qui a croisé la sœur de Jaeger.

Mon cœur me martèle la poitrine.

Je me laisse choir à côté de lui, la poussière du sol sablonneux salit ma jupe bleu marine.

– Dis-moi.

Il plie les jambes et pose un bras sur son genou.

– L'ex de Jaeger a emménagé chez lui.

La douleur me frappe comme une balle, instantanée et aiguë.

Je déglutis et me relève en titubant, m'agrippe à la façade.

Tyler lève les yeux.

– Cali ?

J'ouvre la porte et je vais directement dans ma chambre, verrouille la porte derrière moi.

C'est fini. Je n'ai pas besoin d'entendre la vérité de Jaeger lui-même et de laisser une situation merdique s'éterniser comme avec Éric. Ça me tuerait. Si je ne suis pas déjà morte, car c'est l'impression que j'ai en ce moment.

Chapitre Vingt-Sept

Je reçois plusieurs appels et textos de Jaeger en rentrant de mon entretien d'embauche. J'efface son numéro de téléphone.

Pourquoi il ne m'a pas dit ce qui se passait ? Ne méritais-je pas de savoir qu'il se remettait avec son ex avant qu'elle emménage chez lui ? Qu'est-ce qui cloche chez les mecs ?

Les deux jours suivants, je m'occupe l'esprit avec mes cours et mon nouveau job, mais j'en bave. Ça fait tellement mal. Savoir Jaeger et Kate ensemble m'a carbonisé le cœur et laissé une cicatrice laide et épaisse à la place.

Mon premier jour de travail, j'ai rencontré tous les collaborateurs de Sallee Construction. Mon nouvel environnement de travail se compose d'une bande de types, la secrétaire dans la quarantaine et moi. On m'accorde beaucoup d'attention. Et je n'arrive pas à l'apprécier, car mon cœur ne ressent plus rien.

Les hommes plus âgés me traitent comme si j'étais leur fille, et les plus jeunes me matent quand ils pensent que je ne les vois pas. L'architecte et l'ingénieur en génie civil font partie de la vieille garde et ils me confient des tâches sur divers projets.

J'avais peur d'être en charge du café et des donuts jusqu'à ce que je maîtrise la CAO, mais ce n'est pas le cas. Bill, l'architecte, a vu mes dessins le premier jour et il m'a tout de suite demandé de réaliser une représentation artistique d'un centre commercial haut de gamme pour un projet au sud des casinos, avec un cahier des charges paysager. J'ai dû me renseigner sur la flore régionale, ce qui m'a donné des idées pour de nouvelles esquisses pendant mon temps libre.

Je prends un cours du matin et un cours du soir, et je vais au bureau entre les deux. Je n'ai pas encore trouvé comment me rendre à tous ces endroits sans voiture, mais entre Gen ou Tyler qui me déposent et le bus, j'y suis arrivée jusqu'à présent.

Presque tous les élèves du cours de dessin du matin sont des femmes, alors que ceux du cours du soir, la CAO, sont des hommes. J'ai parlé à quelques personnes des deux cours et je trouve que chaque groupe est très différent, mais dans les deux, il n'y a que des intellos. Je suis la plus grande geek de tous, car j'assiste aux deux cours. Ma geekitude balaie tout le spectre.

Le cours du soir est plus problématique niveau transport, car Gen bosse au casino et Tyler veut avoir une vie sociale. Je me suis renseignée le premier jour, et un des gars de ma classe veut bien faire du covoiturage. Il n'habite pas très loin du chalet et ça ne semble pas le déranger de venir me chercher et me déposer trois soirs par semaine.

C'est mercredi et Leo, le gars de la CAO, me ramène chez moi.

– T'as faim ? il me demande quand on rejoint sa voiture après les cours.

Leo est super gentil et je me suis demandé plusieurs fois

s'il ne cherchait pas plus qu'une copine de covoiturage. D'autant plus que je ne peux pas lui rendre la pareille sans bagnole.

– Non, je ferais mieux de rentrer. Je bosse sur un projet qui va me prendre plusieurs heures.

C'est en réalité une esquisse des cascades que Jaeger et moi avons escaladées au lac Fallen Leaf.

Me torturer avec un dessin qui ne fait que réveiller des souvenirs doux-amers est absurde. Effacer le numéro de Jaeger n'a pas effacé mes sentiments pour lui, et ils n'ont pas changé. Ils sont aussi coriaces que moi.

Il me regarde avec un sourire.

– Peut-être une autre fois.

Leo est mignon avec sa barbe d'une semaine et sa tignasse blonde. Il a des yeux noisette et il est grand, mais un peu maigre. Quand je suis avec lui, je ne ressens rien. Pas d'élan, pas d'étincelle. Entre mon boulot et mes cours, je suis entourée de célibataires disponibles, et je ne peux même pas en profiter. C'est comme si Jaeger avait siphonné mon réservoir de produits chimiques nécessaires à l'allumage d'une flamme.

Leo s'engage dans l'allée. Je me baisse pour ramasser mon sac à mes pieds, et enfonce un stylo qui dépasse de la poche latérale.

– Tu attends de la visite ? me demande Leo.

Je me redresse et mon cœur se met à palpiter bizarrement, car je le sens pulser dans ma gorge. Jaeger est planté devant la porte du chalet.

– Non, dis-je d'une voix chevrotante.

Leo regarde Jaeger et semble hésiter quand il découvre sa carrure.

– Tu veux que je reste avec toi ? Je pourrais…

– C'est bon. C'est un ami.

Étrangement je culpabilise de qualifier Jaeger d'ami,

comme si je le trahissais alors que ce n'est pas le cas. Je ne peux plus dire « petit ami » depuis que son ex vit chez lui. Pour ce que j'en sais, il est venu pour me rétrograder en personne au statut d'amie.

Leo opine.

— D'accord. Eh bien, bonne soirée. Je passe te prendre à la même heure vendredi ?

— Ce serait super. J'apprécie vraiment que tu me véhicules, Leo.

Il sourit.

Je descends et ferme la portière derrière moi, puis j'attends que Leo fasse marche arrière. Il me fait au revoir de la main avant de s'engager sur la route.

Je bouge au ralenti, les épaules, puis les pieds, puis les yeux des graviers vers la maison, et vers Jaeger, les mains enfoncées dans les poches de son jean. Il a les bras si longs qu'il est obligé de plier les coudes quand il met les mains dans les poches. Les muscles tendent les manches de son t-shirt, saillants et tendus. Il a la bouche pincée et tordue sur un côté, dans une expression inquiète et nerveuse.

Je m'approche de la porte d'entrée et lui passe devant.

Il me saisit la main, mais je la libère.

— Cali, s'il te plaît. Il faut qu'on parle.

— Tyler m'a dit que tu vis avec Kate.

Jaeger cligne des yeux, surpris, mais pas contrarié. Il pousse un gros soupir.

— Je voulais te le dire moi-même.

— C'est vraiment important, la manière dont je l'ai appris ? T'es passé à autre chose. De toute évidence.

Je déverrouille la porte et il me suit à l'intérieur. Il n'y a personne à la maison, et ça me rend furieuse. Je ne veux pas être seule avec lui.

Toutes ces réactions chimiques qui hibernaient en

présence d'autres mâles se sont enflammées à la seconde où j'ai vu Jaeger.

Je marche tout droit vers le jardin. Au moins, à l'air libre, je ne sens pas son parfum, ni sa présence si proche de moi.

– Je m'excuse d'avoir mis si longtemps à appeler. J'étais en retard sur une commande, et ensuite j'ai quitté la ville pendant quelques jours.

Il est parti en vacances ? Avec son ex ? Il pense que c'est une excuse acceptable pour expliquer pourquoi il a attendu des jours pour m'appeler ?

– Peu importe, Jaeger. Pourquoi t'es venu ici ?

Sa mâchoire se crispe.

– Pour te parler Cali, mais tu rends les choses difficiles.

– Difficiles ? *Je* rends les choses difficiles ? Tu veux savoir ce qui craint ? Découvrir que son petit ami a un enfant. Tu veux savoir ce qui est nul aussi ? Se faire plaquer pour une ex. Sors de chez moi, Jaeger !

Je suis hystérique. Toute ma douleur refoulée se déverse sur lui. Au moins, elle est dirigée vers la bonne cible.

– Je ne pars pas, dit-il calmement. Il faut qu'on parle. Tu ne compr…

– Quoi ?

Je lève les mains en l'air.

– Que c'est fini ? Oh, je l'ai pigé quand Tyler m'a dit que ton ex emménageait chez toi. Il n'y a pas d'erreur d'interprétation possible.

Son regard s'adoucit, se réchauffe.

– Cali, si je n'étais pas aussi contrarié, je t'embrasserais. Tu m'as manqué, tigresse.

Je louche.

– T'as perdu la tête ?

Il pousse un grand soupir, s'avance et me soulève dans ses bras comme une jeune mariée.

– Peut-être. Là, tout de suite, je me sens un peu fou.

Je regarde le sol que je ne foule plus.

– Pose-moi par terre, espèce de bûcheron mal dégrossi !

– Dac.

Il pivote et entre dans la maison.

– Non, attends !

Panique à bord. *Pas dans la maison !*

Quel abruti n'a pas fermé la porte de derrière ? Je gigote pour me libérer.

– Dehors, Jaeger. Pose-moi par terre dehors.

Il me regarde d'un air inquiet.

– T'es pas vraiment en colère, si ?

– Je vais te réduire les c…

– OK, compris. C'était juste pour m'en assurer.

Il me balance sur son épaule, cale ma croupe dans sa paume et ouvre la porte de la chambre.

– Pas ici ! On doit rester dans le salon. Je ne m'approche pas d'un lit avec…

J'atterris sur le dos comme un pantin désarticulé, le souffle court.

– Qu'est-ce. Que. Tu. Fais ?

– J'essaie d'obliger ma petite amie à m'écouter une minute.

Jaeger saute sur moi, en appuyant son poids sur ses bras de chaque côté de ma tête.

Ignorant mon froncement de sourcils, il me picore les lèvres avant que son regard ne soit distrait, planant au-dessus de moi comme s'il cherchait l'endroit où se poser.

– Kate manigance quelque chose, dit-il. Je ne peux pas encore le prouver. Je suis allé jusqu'à North Shore, où elle dit avoir vécu pendant quelques années.

Il parle comme si nous avions une conversation de couple normale, pas comme s'il avait fait le mort depuis une semaine, et ça me rend carrément furieuse contre lui.

Peut-être qu'il a *vraiment* perdu la tête.

– J'ai essayé de retrouver ses amis, un ancien patron – j'ai fait chou blanc. La dame à qui j'ai parlé à la Chambre du Commerce m'a assuré qu'il n'y a jamais eu d'entreprise du nom du dernier employeur que Kate m'a fourni. Il s'appuie sur un coude et dégage une mèche de mon front.

Je lui tape sur les doigts.

Ce n'est pas parce qu'il raconte que son voyage n'était pas des vacances avec son ex que cela justifie son absence.

Il fait un petit sourire en coin, puis une moue. Il joue avec le col de ma chemise maintenant.

– Kate m'a montré une photo de la petite.

Il laisse échapper une bouffée d'air.

Même son haleine a un bon parfum de menthe. Je me renfrogne.

– La gamine lui ressemble, mais… je ne sais pas. Je suis incapable de dire si elle me ressemble. Kerstin a vu la photo aussi et elle pense que c'est possible, mais je ne le vois pas. J'ai dit à Kate que je voulais faire un test de paternité. Elle s'est mise en colère, mais elle a fini par accepter… à condition qu'on vive ensemble.

Son regard glisse vers le mien, sonde mes yeux.

Et c'est bien ce qui fout la merde. Cette nana *vit* avec lui.

Ce n'est pas un méchant, c'est ce qui complique tout. Il serait plus facile de le détester s'il était égoïste et mauvais, mais il essaie de faire ce qui est bien. En plus, il est terriblement sexy, et je dois avouer que je suis contente qu'il soit là.

– Elle n'a pas d'argent et dit qu'on lui a enlevé sa fille parce qu'elle ne pouvait pas subvenir à ses besoins. La petite vit avec sa sœur et son beau-frère à Reno. Kate refuse de me donner leur numéro pour une raison que j'ignore, mais j'ai découvert leur adresse par un ami commun. Je m'y rends demain pour entendre la version de sa sœur. Je suis convaincu que Kate ne me dit pas tout.

J'ai beau être fâchée, je l'écoute, et la seule chose qui repasse en boucle, c'est qu'il m'a appelée sa *petite amie* au début de la discussion. Il le pensait. Dans son esprit, rien n'a changé.

— Pourquoi elle doit vivre chez toi ?

Il secoue la tête et je remarque soudain les pattes d'oie et les cernes qui marquent la peau tendre autour des yeux.

— Elle dit qu'elle n'a nulle part où aller. Si cette petite est ma fille, je ne peux pas faire ça, Cali. Je ne peux pas la laisser tomber. Et cela inclut Kate.

Je me tortille et le pousse de toutes mes forces.

— Laisse-moi me lever, Jaeger.

Il roule sur le côté.

— Tu veux bien m'écouter ?

Je m'assieds.

— Tu vis avec ton ex-petite amie, espèce de salaud !

— Ce n'est pas ce que tu crois ! Tu sais que je ne suis pas infidèle. Je te l'ai dit. Je suis avec toi maintenant. Je *veux* être avec toi. Je t'aime, Cali. Être séparé de toi me tue. La seule chose qui m'a permis de ne pas devenir fou cette semaine, c'est de savoir que j'allais te retrouver. Régler la situation pour qu'on puisse avancer ensemble.

Il m'aime… ?

— Si c'est vrai, pourquoi t'as attendu si longtemps pour m'appeler ?

— Je t'ai appelée et texté un milliard de fois.

Je lui lance un regard noir.

— J'aurais dû t'appeler le lendemain de notre dîner. Ce n'était pas intentionnel, maugrée-t-il. Kate est une emmerdeuse hors catégorie, tu n'imagines pas. Crois-moi quand je te dis que je suis à deux doigts de déménager. Je dors sur le canapé dans l'atelier et j'évite le plus possible d'être à la maison.

Il s'assied à côté de moi.

— Dès que je saurai qui est le père de la fillette, Kate dégage. Je paierai une pension alimentaire et tout ce qu'il faut si c'est ma fille. Cali, dit-il d'un air implorant, si c'est ma fille, je ne peux pas l'abandonner. Elle n'y est pour rien, tu comprends ?

Je pousse un gros soupir. Pourquoi faut-il qu'il soit un mec bien ?

Il se penche, m'effleure la mâchoire du bout du nez et m'embrasse sous l'oreille.

— S'il te plaît, ne sois pas en colère. T'as le droit d'être fâchée, mais s'il te plaît, ne me quitte pas pour ça. Je n'ai pas voulu être un petit ami absent. J'ai simplement dû gérer des problèmes que je n'ai jamais rencontrés avant. Je t'aime, Cali. Je t'aime.

Il m'embrasse et respire dans mon cou.

Oh, mon Dieu. Je veux être en colère contre lui, mais je ne peux pas ! Je le crois.

— Je t'aime aussi, mais je suis fâchée contre toi.

Il m'enlace et me tire vers lui.

— Ça ne va pas du tout, Jaeger. Tu as attendu trop longtemps pour me parler.

Il soupire.

— C'est vrai. Mais ce n'était pas intentionnel. Mon téléphone n'avait plus de batterie pendant le voyage à North Shore. J'étais pressé d'avoir des réponses et j'ai oublié le chargeur. Je n'ai pas pris la peine d'en acheter un autre, je voulais juste revenir au plus vite. Mes parents et ma sœur étaient à deux doigts de m'étrangler. Je suis désolé, bébé.

Il m'effleure les lèvres et ma bouche se radoucit.

Je ne peux pas rester en colère contre lui. Pas quand

son explication est si logique. Jaeger ne me ment pas. Son cœur est pur.

– Tu m'as manqué.

Mes mots sortent sur un ton de reproche.

– Et je t'aime, j'ajoute plus doucement.

Son regard me sonde les yeux, fouille, puis il écrase la bouche sur la mienne avant que je puisse dire autre chose. Je me noie et je brûle, une sensation de chaud-froid m'inonde le corps, de la poitrine aux orteils. Je m'accroche à lui de toutes mes forces et je l'embrasse jusqu'à ce que nous ayons tous les deux le souffle coupé. Jaeger enroule mes jambes autour de sa taille et je me colle contre lui.

Il gémit et m'embrasse passionnément.

– Je t'aime. Tu m'as manqué, soupire-t-il entre deux baisers.

Il lâche ma bouche, me picore le cou, la gorge, se penche en arrière et contemple ma poitrine.

Je m'appuie sur les coudes, hébétée.

– Quoi ?

– Est-ce que tu portes un Wonderbra ? Tes seins…

La chaleur me monte au visage.

– J'ai peut-être pris quelques kilos. Genre trois, j'avoue à regret. Je me suis gavée de crème glacée toute la semaine… environ un litre par soir.

Il arque un sourcil.

– Tu trouves vraiment que mes seins sont plus gros ?

Il me lance un regard qui signifie : *Voyons, fais-moi un peu confiance.*

– Les mecs peuvent voir ce genre de choses ?

Il baisse la tête, écarte mon décolleté, fait jaillir mes seins du soutien-gorge et marmonne un « oui » tout en m'embrassant et me léchant les mamelons.

Et, waouh, c'est trop bon… mais cette histoire de seins me turlupine. S'ils sont plus gros…

– Est-ce que tu me trouves grosse?

Jaeger gémit.

– Je déteste cette question.

Il passe les mains derrière mes fesses et me presse contre son érection. Je glisse sur les coudes et j'atterris sur le dos.

– Tu es incroyable, me souffle-t-il dans le cou. Tu sens tellement bon, tu es belle, fougueuse… Je t'ai convaincue de la force de mon désir pour toi ?

Je fais rouler mes hanches.

– Euh, oui. Rien n'a changé, dis-je en replaçant sa main sur ma poitrine.

Il sourit lubriquement et déboutonne mon short de sa main libre.

Nous profitons de l'absence de Gen et Tyler. Après une heure de nudité, je décide de ne pas jouer avec le feu plus longtemps.

– On ferait mieux de s'habiller.

Jaeger me regarde de sa position allongée, une jambe poilue jetée en travers des miennes. Il grommelle.

– Je ne veux pas rentrer chez moi.

– Ben, reste ici.

– C'est vrai ?

Il s'accoude, pose la tête dans sa main, et m'observe.

Merde, est-ce que je viens de demander à mon petit ami d'emménager ? Je voulais qu'il dorme ici cette nuit, mais je ne pense pas que c'est comme ça qu'il l'a pris. Je ne peux pas le laisser vivre ici sans consulter Gen d'abord. Et puis, où est-ce qu'on dormirait ?

– Peut-être pas de façon permanente. J'ai une colocataire, et on manque de place avec mon frère qui crèche ici. Mais tu peux dormir sur le canapé pendant quelques jours si tu ne veux vraiment pas vivre avec Kate.

Ma proposition est purement égoïste. Je ne veux surtout pas qu'il vive avec son ex.

— Tu es sûre ? Parce que si tu l'es, je te prends au mot. Je pensais retourner chez mes parents jusqu'à ce que la situation soit réglée, mais je préfère de loin être avec toi.

Il m'embrasse le téton.

— Jaeger ! On ne pourra pas batifoler avec mon frère et Gen à la maison.

— Je sais, tigresse.

Il sourit.

— Mais quand ils ne seront pas là, la nudité sera de mise.

Chapitre Vingt-Huit

— T'es sûr que tu ne veux pas que je t'accompagne ?

Je suis vautrée sur le canapé du salon, mes chevilles croisées posées sur les genoux de Jaeger. Il a dormi ici et nous sommes restés sages comme des images en présence de Gen et Tyler. Sans doute parce que nous avons comblé notre manque de sexe avant leur retour.

— T'as du travail, et il faut mieux que je me pointe seul chez la sœur de Kate.

Il se frotte le front et se passe la main dans les cheveux. Puis il soupire, ses rides au coin des yeux sont plus marquées que jamais. Il ne semble pas convaincu.

— T'as peur de rencontrer ta fille et tu ne veux pas compliquer les choses, dis-je, devinant ses pensées.

Il inspire de l'air par le nez et ferme les yeux.

— Si j'en ai une, oui. Mais je parierais n'importe quoi que je ne suis pas le père. En revanche, si c'est ma fille… j'assumerai mes responsabilités, mais Kate est une menteuse. Je n'ai pas compris pourquoi elle mentirait à ce sujet, mais je suis sûr qu'elle ment. On faisait attention… du moins, moi.

Je déteste imaginer Jaeger avec une autre fille.

– Je n'ai pas besoin de détails.

Il m'attire contre sa poitrine et me bécote le front.

– Je devrais être revenu quand tu rentreras du travail. On se voit tout à l'heure ?

J'opine et il m'embrasse les cheveux, puis il enroule les bras autour de ma taille et m'écrase les seins contre son torse.

J'adore ses câlins. Je pourrais rester dans ses bras toute la journée sans nourriture ni eau et me sustenter en respirant son odeur.

Et c'est à cela que je me raccroche tandis que je suis au boulot : le souvenir des câlins de Jaeger et le soulagement de m'être trompée sur son silence, Dieu merci. Enfin, Kate reste un problème, mais c'est moins dramatique que je le pensais. Tant que Jaeger et moi serons ensemble, tout ira bien.

Ça ne m'empêche pas de stresser. Si Jaeger a une fille, qu'est-ce que ça implique pour lui ? Pour nous ? J'aime bien les enfants, mais je n'ai jamais passé beaucoup de temps en leur compagnie.

Je ne pensais pas avoir besoin de cours pratiques sur les enfants avant d'avoir les miens – dans trèèèès longtemps. Et si Jaeger se rendait compte que je ne suis pas douée avec les petits ? Que se passerait-il ?

– Cali ?

Bill l'architecte m'arrache à ma poussée d'angoisse.

Je suis censée travailler sur un nouveau design pour les cartes de visite de la société, mais au lieu de cela, je suis dans la lune.

– Tu as le temps de faire une représentation artistique de la propriété de Lakeshore ? On pense que ça aidera à convaincre le conseil d'aménagement urbain.

– Ouais, bien sûr.

– Super, je t'envoie le chef de projet. C'est le fils de John. Tu l'as déjà rencontré ? Un gentil garçon.

Plusieurs des types qui passent au bureau sont des jeunes, mais ils sont la plupart du temps sur des chantiers. Sallee Construction est situé dans un bel immeuble de bureaux, mais l'espace est limité. La plupart des employés n'ont pas de bureau. Le mien se trouve dans la salle des photocopies. Ce n'est pas terrible, mais ça ne me dérange pas. Ça me laisse plus de temps pour discuter avec la secrétaire, une femme adorable qui vient souvent faire des photocopies pour John et les autres.

J'essaie de me rappeler si l'un des jeunes que j'ai rencontrés pourrait être le fils de John quand on frappe à ma porte.

Je termine soigneusement de tracer une ligne sur la maquette de la future carte de visite, et je me retourne. Mon cœur s'arrête tant la surprise est grande.

– *Toi ?*

Le mot fuse avant que je puisse l'arrêter, mais merde, c'est quoi ce binz ?

Lewis fronce les sourcils.

– La copine de Gen, dit-il comme pour confirmer l'évidence.

Après une pause, il semble se ressaisir et s'avance vers moi.

– J'ai travaillé sur le chantier ces derniers jours. Je n'avais pas tilté que t'étais la graphiste que mon père a engagée.

Lewis est le fils de M. Sallee ? Le lien avec Nessa s'explique. C'est par Nessa que Gen a rencontré Lewis.

Après une longue hésitation, au cours de laquelle j'essaie de digérer le fait que je travaille maintenant avec Lewis, je lui indique de la main la seule chaise de mon bureau.

Il s'assied, ressemblant à un adulte dans une chaise d'enfant, et absorbe la quantité limitée d'air dans la pièce. Lewis n'est pas aussi costaud que Jaeger, mais c'est un grand gaillard à la carrure d'athlète.

– Comment va Geneviève ?

Les poils de ma nuque se hérissent. Très peu de personnes savent que Gen est le diminutif de Geneviève – et ça me rend nerveuse que ce type le sache.

– Bien, réponds-je prudemment.

Lewis est grand, avec les cheveux noirs et la peau hâlée comme son père, bien que son visage ne porte pas de rides de rire – sans doute parce que ce type ne sourit jamais. Ajoutez à cela des pommettes hautes et un menton volontaire et puissant, et il n'y a rien à jeter. Mais il est hors de question que je jette ma meilleure amie dans les bras d'un mec infidèle, et la dernière fois que j'ai vérifié, Lewis avait une relation compliquée avec Mira.

Mais si j'ai appris quelque chose durant cet été, c'est que Gen n'a pas besoin de moi pour livrer ses batailles. Elle se défend très bien toute seule. Je devrais me taire.

Je relâche mes épaules et m'invite à me calmer.

Lewis sort deux dessins architecturaux réalisés par CAO d'une chemise cartonnée. Il m'explique l'esthétique générale de la construction de Lakeshore et me montre le plan paysager. Le bâtiment final sera un chalet suisse à plusieurs étages avec un plan moderne et des plantations écologiques.

Nous discutons des délais de réalisation.

– Je m'y mets tout de suite, lui dis-je.

Lewis se lève et se dirige vers la porte. Il jette un coup d'œil derrière lui pendant que je farfouille les crayons de couleur dans ma réserve de matériel de dessin. Sallee Construction pourrait utiliser un logiciel pour les représentations artistiques, mais les anciens rechignent à se former, et apparemment, je coûte moins cher et ça leur libère du temps à consacrer à d'autres tâches.

Il agrippe le cadre de la porte.

– Dis à Gen… dis-lui bonjour de ma part.

J'hésite, puis je me souviens que c'est le fils de mon patron et que je ne peux pas l'envoyer sur les roses.

– Entendu, dis-je avec raideur.

J'ai confiance en Gen, mais pas en ce type. Il est guindé et, plus important, il est déjà pris à ce que je sais.

Lewis sort, mais je l'entends parler dans la zone d'accueil, que je vois depuis mon bureau. Il parle d'un ton pincé à la secrétaire, mais elle lui dit quelque chose et son visage s'adoucit. Elle a cet effet magique sur les gens.

Pendant qu'ils discutent, la porte d'entrée s'ouvre et Mira débarque en robe courte d'été et sandales à plateforme. Je cerne mal cette fille. Elle est super possessive avec Lewis, qui semble être son principal centre d'intérêt. Ce que je peux dire d'elle sinon, c'est qu'elle est belle à couper le souffle, ce que Lewis ne semble même pas voir. Il la regarde comme il regarde ses potes, rien à voir avec la façon dont il regarde Gen.

Le corps de Lewis se raidit et il parle si bas à Mira que je ne peux pas entendre. Elle semble ignorer ses paroles et salue notre secrétaire comme si elles se connaissaient depuis des années. C'est probablement le cas.

Ensuite Lewis entraîne Mira à l'écart. Ils se querellent, elle hausse la voix, puis elle lui sourit sans chaleur, et se glisse subrepticement par la porte de sortie en faisant tinter les clochettes.

Lewis lève la tête, nos regards se croisent. Je me détourne rapidement, mais je le vois partir en trombe du coin de l'œil.

Une porte claque au bout du couloir, ponctuant mon affirmation précédente. Lewis n'est pas du tout célibataire.

Cette fois, je *devrais* avertir Gen.

———

LE SOIR, quand je rentre du travail, Gen se prépare pour son service au casino.

J'entre dans la salle de bain et je m'assieds sur le couvercle des toilettes.

— Lewis travaille chez Sallee Construction. C'est le fils du patron.

Gen pose la brosse à cheveux sur le comptoir et admire son reflet dans la glace.

Pas la réaction que j'attendais. Ça répond à la question de savoir si elle pense encore à lui ou pas.

— Il ne t'intéresse plus… ?

Elle soupire et sort de la pièce.

— Laisse tomber, Cali.

Je la poursuis dans le salon.

— Gen… j'étais nulle au début de l'été. Je ne comprenais pas vraiment ce que tu traversais, car je n'avais jamais été amoureuse. T'étais plus attachée à ton C-O-N que je ne l'ai jamais été à Éric. Je comprends maintenant. Et je ne veux pas te dicter ta conduite, parce que je n'ai pas autant d'expérience de l'amour que ce que je pensais, mais j'ai peur pour toi.

Gen, qui fouille dans son sac, lève les yeux et secoue la tête.

— Cali, il n'y a rien à craindre.

J'appuie une hanche contre le bras du canapé et je l'étudie.

— J'ai peur de t'avoir poussée à sortir avec des mecs avant que tu ne sois prête et maintenant tu replonges tête la première dans la même situation que celle qui t'a rendue malheureuse.

– Tu t'accordes trop de mérite. En fait, c'est moi qui choisis quand et avec qui je sors. Puis je te l'ai dit, la situation avec Lewis n'est pas la même que mes relations passées. Et je ne suis avec personne en ce moment, ajoute-t-elle en rentrant dans la chambre.

Elle prend un t-shirt dans le placard et s'affale sur le lit sans le mettre.

– Je ne peux pas lutter contre mon attirance pour certains mecs. C'est la nature.

Elle lève les yeux.

– Mais je n'ai pas l'intention de répéter le passé, si c'est ce qui t'inquiète. Et même si c'était le cas, ce ne serait pas ta faute.

Elle enfile le t-shirt imprimé par la tête.

– D'accord. Mais Mira est passée voir Lewis au bureau aujourd'hui. Si tu traînes avec lui, fais attention, c'est tout.

Gen fait une pause.

– Promis, dit-elle sans lever les yeux.

Elle met son jean noir et s'approche de moi en faisant le tour du lit.

– Tu n'as pas besoin de me protéger, Cali. Tout ira bien.

Merde, en ce moment, j'aurais bien besoin qu'on me protège. Chaque jour avec Jaeger est une leçon de gentillesse et de savoir-vivre. Je ne veux que son bien, même si ça implique de renoncer à lui. Si je ne suis pas la bonne compagne pour lui et sa fille, il lui faudra quelqu'un d'autre.

Éric m'a presque traitée de conne quand je lui ai dit que j'abandonnais le droit. Il ne m'a pas demandé une seule fois ce qui me rendait heureuse. Tout ce que Jaeger fait, c'est me rendre heureuse. Une différence profonde, et quelque chose que j'aimerais pouvoir lui rendre.

Jaeger m'envoie un texto peu après le départ de Gen.

Jaeger: *Voyage inutile. La sœur de Kate n'est jamais venue. Je suis resté trop longtemps à l'attendre. J'ai un projet à boucler à l'atelier… j'arriverai tard, ne m'attends pas. Tu me manques.*

Donc l'attente continue. Ne pas savoir ce qui se passe me rend folle. Je pourrais rester assise à me tourner les pouces, mais ce n'est pas vraiment mon style.

Je prends une douche rapide et je m'habille. Le pote de Tyler est passé le prendre, alors j'ai la voiture. Je vais rendre visite à Jaeger. Je le laisserai travailler. Je veux seulement m'assurer qu'il va bien et lui faire un câlin rapide après sa journée de merde. Et je ne veux pas attendre cette nuit pour le faire.

Chapitre Vingt-Neuf

Mon ventre se noue quand je me gare dans l'allée de Jaeger. Une Mercedes sportive noire est stationnée près de son pick-up. La voiture de Kate ?

Quand j'ai décidé de venir chez lui, j'ai oublié que je risquais de tomber sur elle. Peu importe que Jaeger ne s'intéresse pas à elle. L'idée d'une ex-petite amie chez lui attise mon instinct possessif.

Et pourquoi Kate conduit-elle une voiture de luxe si elle n'a pas de fric ? N'est-ce pas la raison pour laquelle elle squatte le chalet de Jaeger ?

Je respire à fond et je coince dans l'élastique les mèches qui se sont échappées de ma queue de cheval. Je vérifie dans le miroir du pare-soleil que je n'ai pas de rouge à lèvres sur les dents. Pas envie d'avoir l'air d'une plouc. Kate doit comprendre qu'elle ne va pas s'introduire dans le cœur de Jaeger comme elle l'a fait dans sa maison.

Quel genre de mère fout sa vie en l'air au point de perdre la garde de son enfant ? Et pourquoi Kate n'a pas dit à Jaeger qu'elle était enceinte ? Depuis que je le connais – ça fait un bail, vu son amitié avec mon frère –, c'est quelqu'un de gentil. Il serait resté avec elle si elle l'avait prévenu. Pourquoi le révéler maintenant ?

Cette nana n'est pas logique, et quand quelque chose n'est pas logique, il y a anguille sous roche. Mais je suis d'accord avec Jaeger : il doit découvrir la vérité avant de lui demander de partir. Si la petite est vraiment sa fille, Kate pourrait faire n'importe quoi. Vendre sa bagnole et quitter le pays avec la gamine, qui sait ? Jaeger joue la sécurité et je ne lui reproche pas.

L'atelier est silencieux aujourd'hui. Je toque à la porte du chalet en regardant le lac à travers les arbres pour rester calme. Je m'assure que Jaeger va bien, je lui fais un bisou et je rentre chez moi. Je ne ferai pas d'histoires avec Kate, même si j'aimerais lui dire ce que je pense.

Personne ne m'ouvre et la sonnette ne semble pas fonctionner. Je suis sûre qu'il est là. Son camion est dans l'allée.

Je tourne la poignée. La porte n'est pas fermée à clé.

Jaeger est mon copain, et il vit pratiquement chez moi en ce moment. J'ai le droit de jeter un coup d'œil à l'intérieur et lui faire savoir que je suis là.

J'entre, mais ce n'est pas la présence de Jaeger qui emplit la maison. Une voix féminine étouffée parvient de la chambre du fond. Ce n'est pas la chambre de Jaeger, *Dieu merci*. Ça doit être le bureau, son antre. Pas de Jaeger en vue. Il n'est pas dans le salon, et la porte de sa chambre est ouverte, lumières éteintes. Les deux autres chambres sont situées à l'autre bout du couloir.

Je devrais manifester ma présence, mais il y a quelque chose dans sa façon calme et professionnelle de parler au téléphone, comme si elle réalisait une transaction commerciale, qui me fait hésiter. Je m'avance sans faire l'effort d'étouffer mes pas. Ce n'est pas ma faute si mes Keds ne font pas de bruit.

Je m'arrête devant la porte entrouverte du bureau de

Jaeger. Et d'accord, oui, cette fois, on peut dire que j'écoute aux portes parce que j'ai l'impression qu'elle fait… *du shopping* ? Je jette un œil.

– Je vais prendre les escarpins à lanière en bleu et noir, dit Kate dans son portable en faisant défiler des articles sur l'ordinateur de Jaeger. Pointure 38. Et les Jennie à semelle compensée en rouge, même pointure.

Du shopping en ligne.

– Je veux la robe de plage cintrée (elle clique sur une autre page) et la robe patineuse en édition limitée. En bleu pâle, avec la veste de motard poids plume. (Pause.) C'est tout pour le moment. Vous pouvez les envoyer à cette adresse…

Elle se penche pour nouer la lanière de sa sandale et débite des coordonnées. Sa voix est légèrement étouffée et je ne saisis que les deux premiers chiffres.

Pas très utile. Elle se redresse.

– Non, ce n'est pas l'adresse de facturation. Attendez une seconde.

Elle tend la main et ramasse une enveloppe sur le bureau. Elle lit à haute voix l'adresse de Jaeger.

C'est quoi ce bordel ? Si elle utilise son adresse pour la facturation…

Kate tient entre le pouce et l'index une carte bancaire.

– Voici mon numéro de carte.

Elle énumère une suite de chiffres, la date d'expiration et le code de sécurité.

– La carte est au nom de Jaeger Lang. Mon mari et moi ne portons pas le même nom.

La pétasse !

J'en ai assez entendu. Je me racle la gorge bruyamment.

Kate tourne le regard dans ma direction. Je penche la tête. Ses yeux s'arrondissent une fraction de seconde, mais son expression reste stoïque. Elle met fin à son appel d'un joyeux « merci ». Pendant un moment, nous nous dévisageons en silence.

– Tu dois être Cali.

Bien, elle sait qui je suis.

Reste zen. Je me suis promis de ne pas causer d'ennuis à Jaeger.

– Qu'est-ce que t'étais en train de faire ?

Mouais, c'est une question moins diplomatique que je l'espérais.

Kate lève les jambes, dénudées jusqu'à la croupe dans un mini-short, et pose les pieds sur le coin du bureau de Jaeger. Son short est si court que sa fesse déborde. Elle est jolie avec ses cheveux châtain clair ondulés qui lui tombent sur l'épaule, mais l'énergie qu'elle dégage est aussi froide que le goujon que j'ai pêché au lac Tahoe.

– Jaeger m'a prévenue qu'il a une copine qui passe de temps en temps. Je suis Kate, la mère de sa fille.

Ma mâchoire se crispe. *Du calme, tu dois rester zen.*

– Pourquoi tu utilises la carte bleue de Jaeger ?

– Oh, je commandais deux trois trucs indispensables, dit-elle avec son plus beau sourire. Jaeger m'a dit de faire comme chez moi.

– Intéressant. J'aurais pensé que tu dépenserais moins d'argent en trucs indispensables et plus de temps à trouver un moyen de récupérer ta fille.

Ses sourcils forment un accent circonflexe.

– Oh, je m'en occupe, mais je ne peux pas faire grand-chose. Je déteste cette attente, mais l'audience au tribunal n'est pas avant un mois.

Un mois ! Putain, l'enfer !

– Le plus important pour Jaeger et moi à l'heure actuelle, c'est de créer un foyer plein d'amour pour notre fille.

Impossible. Il faut que ça s'arrête. Elle le manipule.

– Où est Jaeger ?

– Dans sa remise.

Atelier de menuiserie, connasse.

Je ne laisse pas Kate seule dans le bureau de Jaeger. Elle pourrait décider d'utiliser sa carte bleue pour acheter un jacuzzi ou une île déserte.

– Tu peux me montrer le chemin ? je lui demande gentiment. J'oublie toujours par quelle porte on y accède.

Kate se fend d'un sourire. Elle sait que je la baratine, mais elle pose ses longues jambes fuselées par terre et se pavane dans le salon, puis sort par la porte de derrière. Nous passons devant sa voiture bling-bling, et je remarque une deuxième bagnole de luxe dans l'allée, rouge celle-ci. Qui est là ?

Kate frappe à la porte de l'atelier et entre, n'ayant manifestement aucun problème pour débarquer dans son espace privé sans y être invitée. Ça me fout hors de moi jusqu'à ce que je voie Jaeger… avec une femme.

Il est assis sur le canapé, une brune magnifique entre les jambes, qui ne porte qu'un soutien-gorge et une mini-jupe noire. La femme que j'ai vue au Blue le soir où Drake m'a raccompagnée.

– *Jaeger !* glapit Kate d'un ton nasillard et aigu.

Bon, je veux bien être compréhensive – mon copain vit avec son ex –, mais là, ça va trop loin.

– Chéri, tu sembles avoir une femme ou deux de trop chez toi.

Jaeger lève la tête. Il affiche un air perplexe et affolé. Il n'a pas bougé au glapissement de Kate, comme s'il était habitué à l'envoyer paître, mais mon commentaire attire son attention.

– Cali ?

La femme qui se trouve devant lui recule, ne faisant

aucun geste pour se couvrir la poitrine. Elle porte un joli soutien-gorge noir avec des abdos parfaits. Remarquer ces détails insignifiants m'empêche de fuir la scène sous le coup de l'indignation. J'ai eu ma dose de conneries, mais j'aime Jaeger, et il a l'air choqué. Il est aussi surpris que moi, et je ne pense pas que c'est parce que je l'ai pris en flag.

Il se lève et marche vers moi. Il me prend la main et me tire vers la femme.

– Danielle, je te présente ma copine, Cali.

Kate ricane, le visage tordu par l'exaspération. Jaeger ne la présente pas.

Danielle ramasse son sac à main près du canapé et en sort négligemment un débardeur en soie. Elle l'enfile comme si elle s'habillait en public tous les jours.

– J'ai l'impression que je suis venue à un mauvais moment.

Elle s'éloigne en lui pressant le biceps.

Je suis tentée de lui mordre la main comme un animal enragé.

– Appelle-moi plus tard.

Mais je dois reconnaître que cette femme à du cran.

Jaeger regarde Danielle partir, puis moi. Ses yeux s'arrondissent.

– Quoi ? Elle m'a tendu un piège. Je n'avais aucune idée de ce qu'elle manigançait.

– Jaeger ! couine Kate.

Je l'avais oubliée celle-là, et je préfère continuer de faire abstraction d'elle.

– Comment tu peux faire ça ? Pense à notre fille !

– Kate, dit sèchement Jaeger. Laisse-moi un moment avec Cali.

Elle part en claquant la porte. Jaeger se dirige vers une

de ses tables de travail. Il jette des outils dans un tiroir et frappe du poing sur la planche.

— Putain de merde !

— Ouaip, c'est exactement ce que je pense, dis-je.

Il s'approche de moi, m'enlace les doigts.

— Viens. Barrons-nous d'ici. On va chez toi.

— Attends.

Je tire sur son bras pour l'arrêter. Nous irons chez moi pour discuter, car j'ai quelques questions à lui poser sur cette femme, mais d'abord…

— Tu ne peux pas laisser Kate seule chez toi. Quand je suis arrivée, elle faisait des achats en ligne avec ta carte bleue en faisant croire que tu es son *mari*.

— La pétasse, marmonne-t-il.

Jaeger ne jure qu'à bon escient. Il doit être vraiment furax.

Après avoir passé la journée à chercher la sœur de Kate à Reno, s'être fait piéger par la femme du Blue, puis avoir découvert que son ex l'arnaquait, je peux comprendre.

Nous marchons jusqu'à la maison et Jaeger ouvre violemment la porte de derrière, la rattrapant juste avant que je me la prenne en pleine poire. Il traverse le salon en direction du couloir. Un paquet de cookies à la main, Kate tourne autour de l'îlot de cuisine pour observer sa progression. Arrivé au bout du couloir, il sort une clé et verrouille la porte de son bureau.

La mâchoire de Kate se décroche. Elle la ferme et me fusille du regard.

Je suis Jaeger dans sa chambre. Il sort des vêtements de la commode et du dressing et les fourre dans un sac en toile qu'il a extirpé de sous le lit. Il fait du barouf dans la salle de bain avant de revenir avec une trousse de toilette en cuir qu'il jette dans le sac.

Il le balance sur son épaule et pose une main au bas de mon dos.

– Allons-y.

Jaeger s'arrête à la porte et se tourne vers Kate, qui tient un mug en nous regardant partir.

– Si tu refais un truc comme ça, Kate, je porte plainte, gamine ou pas.

Il m'entraîne vers ma voiture.

– Je te rejoins chez toi, dit-il.

J'ai des questions, mais j'ai l'impression que ce n'est pas le moment de les poser. Dans le rétroviseur, j'aperçois Jaeger dans sa voiture qui parle au téléphone alors que je m'éloigne dans l'allée.

Tyler n'est pas encore rentré quand j'arrive au chalet. Je me pose sur le canapé. Jaeger arrive quelques minutes plus tard. Il laisse tomber son sac près de la porte et se frotte la figure…

La porte s'ouvre violemment et lui heurte le dos.

La tête de Tyler apparaît.

– Pardon, mec. Je ne t'avais pas vu.

Jaeger s'avachit dans le fauteuil inclinable, les coudes sur les genoux, la tête baissée.

Tyler m'interroge du regard.

– Qu'est-ce qui se passe ?

Il est au courant du chantage à l'enfant. Je lui raconte la tentative ratée de Jaeger pour retrouver la sœur de Kate et ce que j'ai surpris dans l'atelier de menuiserie.

Je me suis calmée depuis le spectacle de la femme à demi nue entre ses jambes. Si Jaeger était n'importe quel autre mec, j'aurais des soupçons. Mais il était aussi stupéfié que moi.

Tyler retourne une chaise de la cuisine et s'assied à l'envers.

– Une meuf mature, hein ?

Jaeger lève les yeux.

– Je ne l'ai pas vue venir, dit-il le visage de marbre.

Je secoue la tête, incrédule.

– Comment ça ? Cette femme te draguait déjà au bar du Blue.

Il regarde autour de lui, comme s'il cherchait à quoi je fais allusion.

– Mais c'est une cliente. Je pensais qu'elle était amicale, c'est tout.

– Vieux, tu plaisantes ? intervient Tyler. Elle a viré son haut dans ta maison.

Jaeger fronce les sourcils.

– J'ai compris à ce moment-là, mec. Elle est *entrée* chez moi sans son haut. C'est devenu évident à ce moment. Mais je suis resté figé quand même. Elle a réussi à me faire reculer jusqu'à ce foutu canapé, grogne-t-il.

Tyler et moi nous regardons, et Tyler se marre. Si la situation n'était pas aussi rageante, ce serait poilant.

Jaeger jette un regard noir à mon frère.

– C'est pas drôle, mec. J'ai été attaqué par surprise.

– Ah les femmes matures, s'esclaffe Tyler. Ce sont toutes de vraies prédatrices.

– Tyler ! je m'exclame. Que sais-tu des femmes matures ?

Il lève les mains innocemment.

– Quoi ? Je suis dans la fleur de l'âge. Les femmes matures accourent vers les mâles virils comme moi.

Je ne viens pas d'entendre ça.

– Je crois que je viens de vomir un peu dans ma bouche.

Il hausse les épaules.

– T'as posé la question.

Jaeger geint, penche la tête en arrière et fixe le plafond.

Je m'assieds sur ses genoux.

– C'est pas grave, chéri. Il faudra juste que tu t'habitues à ce que les vieilles dames ne te regardent plus comme un gentil garçon. Elles veulent te mettre dans leur lit maintenant.

Il me lance un regard noir, je souris.

– C'était une cliente tellement gentille, reprend-il comme s'il n'avait rien entendu de ce que Tyler ou moi avons dit. Elle était sympa, mais, bon, c'est comme ça.

Il hausse les épaules.

– Oh, elle était sympa, c'est vrai, ironise Tyler. Elle t'aurait fait une bonne grosse pi…

– Tyler ! Tais-toi, abruti.

Je masse les épaules de Jaeger. Il dodeline de la tête, les paupières lourdes. Il est épuisé. Le show de Danielle a marqué les esprits, mais ce n'est pas le pire de nos problèmes.

– Qu'est-ce que tu vas faire pour Kate ?

Il expire bruyamment. Ses muscles se crispent à nouveau, mais ses yeux restent clos.

– J'ai appelé ma banque. Je leur ai expliqué la situation et leur ai demandé de faire opposition aux derniers achats. Mon père consulte un avocat. On doit confirmer la paternité avant de poser les principes de la garde et autre… Quoi qu'il en soit, Kate agit comme si on allait couler des jours heureux ensemble. Elle est tarée.

Il secoue la tête.

– Ça n'arrivera jamais. Elle doit avoir un autre plan si elle essaie de m'escroquer. Je dois me débarrasser d'elle.

– Tu crois qu'elle en veut à ton argent ?

Je n'ai pas été élevée pour dépendre financièrement d'un homme. Ma mère nous a appris à ne compter que sur nous. C'est en partie pour ça que j'ai des problèmes avec mon virage professionnel. Je suis comme un homme ; j'ai besoin de savoir que je peux être autonome financièrement pour me sentir bien.

— Oh, je ne doute pas qu'elle veuille mon argent, ma baraque, tout ce qu'elle pourra prendre. Si j'étais sûr que cet enfant n'est pas le mien, je la foutrais dehors tout de suite, mais… Mason et Adam se sont renseignés, même si Adam n'a servi à rien. Il est bouleversé par sa rupture avec Breanna.

— Ils ont rompu ? je l'interromps. Adam la traitait comme une merde. Pourquoi il est bouleversé ?

Jaeger hausse les épaules.

— C'est comme ça que tu vois Adam. Personne ne sait ce qui se passe dans sa tête. Mais quand il faut, c'est un mec bien.

— Revenons plutôt aux infos que tes amis ont trouvées sur Kate, s'impatiente Tyler. Qu'ont-ils découvert ?

— Mason dit qu'elle s'est enfuie avec un type de Reno après mon accident. Je faisais des allers-retours en rééducation et j'étais en vrac. Je n'ai pas gardé le contact avec mes potes ni entendu la nouvelle. Il paraît que ce type avec qui elle est depuis est un dealer et un drogué. Des trucs légers : beuh, acide. Il a commencé à tremper dans la méthamphétamine l'année dernière et s'est fait arrêter à la tête d'un labo à Sparks. Il est en taule.

Incroyable.

— Comment elle est passée de toi à un dealer ?

Il hausse une épaule.

— Le mec était blindé. Conduisait une belle bagnole. Mason a entendu dire qu'il lui avait acheté une baraque. J'avais un bel avenir devant moi au lycée, mais quand ma carrière olympique s'est effondrée, elle s'est barrée. J'imagine que maintenant que son mec est en prison, ses revenus ont fondu. Elle a besoin de quelqu'un à siphonner et elle utilise notre ancienne relation – notre *enfant*... si toutefois je suis le père de la fillette.

Je me glisse à côté de lui sur la chaise. Je ne peux pas blairer Kate, mais je ne pense pas que le fait de le mentionner fera avancer le schmilblick.

— Kate te veut dans sa vie parce que t'es beau et riche.

Il passe un bras sur mes épaules et m'écrase contre lui.

— Tu me trouves beau, bébé ?

Je fronce les sourcils.

— Tout le monde te trouve beau, y compris toutes les Danielle du monde.

— Moi je ne te trouve pas beau, plaisante Tyler.

Jaeger l'ignore et baisse les yeux vers moi.

— C'est toi qui es belle. Moi je suis plus du genre... viril.

— Bon, nous interrompt Tyler. C'est moi le beau mec. Et être admiré pour ma beauté ne diminue en rien ma virilité.

Je tourne la tête.

— Tyler, pourquoi t'es encore là ? J'essaie d'avoir un moment d'intimité avec mon copain.

Il se lève et remet la chaise en place, puis fixe Jaeger.

— Pas trop d'intimité, s'il te plaît.

Jaeger le fusille du regard. Mon mec a passé une sale journée. Mon frère n'a pas intérêt à le chercher.

Tyler fouille dans sa poche de jean et sort ses clés.

— Je dois faire des courses de toute façon. À plus tard, dit-il en partant.

Jaeger se lève et me serre dans ses bras.

— Je veux te montrer quelque chose dans mon camion.

Dehors, il tire deux grands cartons de l'arrière du pick-up – un long, l'autre large et plat.

J'observe les boîtes.

— T'as acheté du matériel de camping ?

— Si je dois rester avec toi, j'ai besoin d'un endroit où dormir. Ton canapé est sympa, mais j'ai les jambes qui pendent dans le vide, dit-il en serrant dans ses bras le carton contenant un matelas gonflable XXL. Comme ça, on peut dormir ensemble.

Son sourire est hautement suggestif.

J'aime bien sa façon de penser, mais je mate le carton avec scepticisme.

— Où est-ce qu'on la plante exactement ?

Il soulève les cartons, me prend la main et m'entraîne vers la grille.

— Ton jardin.

— Euh, tu n'as pas retenu la leçon de notre jeu de ballon sur la plage ? Je ne suis pas sportive, tu te souviens. Donc le camping, c'est pas mon truc.

OK, il n'y a pas de connaissance technique exigée pour le camping, mais je ne suis pas fan du froid et des couchages merdiques.

Il pose les caisses sur le ciment du patio.

— Tu fais de la randonnée. Tu ne peux pas être hostile aux activités de plein air.

Contredite par mes propres actions. Je grommelle, il sourit.

Jaeger déchire le carton de la tente, ce qui m'aurait pris trente minutes à l'aide d'un grand tournevis et d'un cutter. Ses muscles et ses mains puissantes m'excitent à mort. J'observe ces mains sensuelles tandis qu'il monte la tente.

— J'ai acheté une tente avec une lucarne, dit-il en souriant. On pourra voir les arbres et les étoiles la nuit.

J'acquiesce distraitement de la tête. En réalité, je m'inquiète de la transparence de la tente. Absolument pas insonorisée. Il faudra être discret et silencieux.

Ça peut le faire.

Je prends le carton contenant le matelas et je le donne

à Jaeger pour qu'il l'ouvre. Il le déchire et je souris joyeusement, en admirant les muscles qui ondulent sous son jean alors qu'il se penche et construit notre maison à mains nues.

Il lève les yeux et me voit le mater. Au lieu de me gronder pour les pensées coquines qui se lisent sur mon visage, il serre les dents et travaille plus vite.

J'aime cet homme.

Chapitre Trente

La tente fait la taille d'un camping-car. Il faut dire que Jaeger est immense. Dommage pour mes colocataires, l'utilisation du patio est compromise. Notre chapiteau occupe toute la surface de la dalle en ciment.

Allongée sur le matelas gonflable, étonnement confortable, je regarde les étoiles à travers le plafond translucide. Jaeger entre à quatre pattes et ferme la tente. Je peux me tenir debout sans me plier, mais cela ne s'applique pas aux géants.

Il enlève son t-shirt, et mon cerveau passe en mode veille.

Je me redresse brusquement.

– Attends. Il faut qu'on parle.

Je dis ça, mais je mate sa poitrine, puis mon regard descend sur sa tablette de chocolat et la ceinture de son jean. Je me force à relever les yeux, et tombe sur son grand sourire grivois.

J'affiche une expression grave.

– Ne crois pas que j'accepte que des femmes à moitié nues se pointent chez toi, parce que je ne suis pas d'accord.

Voilà, *je* lui ai dit.

Il s'assied à côté de moi, et j'aimerais dire que la dépression du matelas gonflable me jette sur lui, mais en fait, c'est moi. Merde. Faire la gueule est plus difficile qu'il n'y paraît.

Je sais que Jaeger n'a rien à se reprocher, mais il faut quand même qu'on en parle.

— Pourquoi Danielle est venue chez toi ?

Il s'affale sur le dos, un bras sur la poitrine.

— Je ne savais pas qu'elle était intéressée par *ça*. Elle m'a commandé des œuvres et présenté à d'autres clients. On a une relation professionnelle depuis plusieurs années, et elle ne m'a jamais dragué.

Je lève l'index.

— Désolée de te contredire, mais elle s'accrochait à toi comme une moule à son rocher au bar du Blue.

— C'est vrai ?

Il secoue la tête.

— Si tu le dis.

— *Sans déconner ?* Tu ne te rends pas compte qu'une nana te drague quand elle pose les mains sur toi et qu'elle cale ses seins contre ton bras ?

— Je n'y ai jamais pensé.

— Ça arrive souvent ?

Il hausse les épaules, signe que la réponse est oui, mais c'est un modeste.

— Jaeger, et si un type posait ses mains sur moi comme ça ?

— Je lui arracherais le bras, répond-il sans hésiter.

— D'accooooord… donc ce n'est pas bien.

— Bien sûr que non.

Je le fixe, il détourne le regard.

— J'ai compris, Cali. Je vois ce que tu veux dire.

Il se redresse.

– Mais j'espère que tu comprends bien qu'il n'y a personne d'autre que toi qui m'intéresse ? Du jour où je t'ai vue dans le bar du casino à côté du Blue, j'ai tout fait pour faire de toi ma petite amie.

C'est vrai ? Je repense à cette soirée et aux jours qui ont suivi. Je me doutais qu'il flirtait, mais j'étais avec Éric et j'essayais de ne pas penser à mon attirance pour Jaeger.

Il coince une mèche de cheveux, plus rousse que blonde au clair de lune, derrière mon oreille.

– Plus personne d'autre n'existait après que je sois tombé de nouveau sur toi après toutes ces années. Je n'ai plus pensé qu'à toi. Honnêtement (il secoue la tête), j'aurais peut-être compris plus tôt les intentions de Danielle si je n'avais pas été aussi obsédé par toi. Et puis il y a tout ce merdier avec Kate qu'il faut que je gère.

Il me fait basculer sur lui.

– Je suis désolé. Je vais faire comprendre à Danielle et aux autres que je ne suis pas intéressé. J'ai tout ce que je désire.

Ouf, ça fait moins de monde sur la photo. Je me blottis dans son cou et lui embrasse la mâchoire, à califourchon sur son ventre.

Jaeger doit être plus ferme avec Kate, mais ses intentions sont bonnes. Il ne veut pas faire de faux pas, car l'avenir d'un enfant en dépend. Il faut veiller à ce que Kate ne s'immisce pas dans sa vie – mais pas tout de suite.

Une seconde plus tard, nous nous déshabillons et testons l'isolation du tissu transparent de la tente.

———

LE RESTE de la semaine passe en un éclair. Entre mon boulot et les cours d'un côté, les commandes de Jaeger et ses rendez-vous avec l'avocat de l'autre, nous ne nous voyons que la nuit.

Ce soir, je l'attends dans la tente en lisant un des romans torrides de Gen. C'est l'histoire d'un vampire atteint de troubles obsessionnels compulsifs. Je lui reproche de lire ces conneries, mais maintenant que j'en ai ouvert un, je n'arrive pas à le lâcher. C'est sacrément addictif.

Le zip de la fermeture éclair me fait sursauter et planquer le livre sous mon oreiller. Je roule sur le côté, la tête appuyée sur ma main.

— Salut, dis-je essoufflée comme prise en flagrant délit de faire une chose interdite.

Si Jaeger le remarque, il ne le montre pas. Les paupières en berne, il tire son portefeuille de sa poche arrière, vire ses pompes, rampe sur le lit et s'allonge à plat ventre. Un grondement sort de sa poitrine. Je crois qu'il dit bonsoir, mais je n'en suis pas sûre.

Je grimpe sur son dos et pose la joue sur son épaule, près de l'oreille.

— Tu vas bien ?

Il tourne son visage vers moi.

— Maintenant oui. Ne bouge pas. C'est bon. Je vais m'endormir dans trois secondes.

Je m'inquiète pour lui. Il s'éreinte.

— T'es épuisé. Comment je peux t'aider ? Tu veux que je torture Kate pour obtenir le numéro de sa sœur ?

Il pouffe.

— Non. Mon avocat a mis une équipe sur le coup. Ils cherchent des infos sur sa fille dans le registre des naissances. Il m'a proposé de retrouver la sœur de Kate, Hannah, mais j'ai pris un jour de congé demain. J'y retourne. Je n'ai pas envie que l'avocat s'en mêle. Je ne veux pas effrayer Hannah ou la petite.

Je roule sur le côté, le regarde.

— Laisse-moi t'accompagner. Je vais prendre ma journée aussi.

Il scrute mon visage.

— Ça pourrait les rassurer de savoir qu'il y a une autre femme dans le paysage. Peut-être qu'Hannah ne fait pas confiance à Kate. Ça pourrait calmer le jeu si elle et son mari voient que tu es en couple. Que tu es quelqu'un qui s'engage.

Son regard est intéressé, mais réservé.

— T'es pas obligée de faire ça.

— J'en ai envie.

Jaeger lève la tête et m'embrasse sur la bouche.

— Ça me plairait beaucoup.

———

LE LENDEMAIN, nous décollons à six heures du matin pour éviter les embouteillages et cueillir la sœur de Kate avant qu'elle ne commence sa journée. Nous arrivons à Reno à sept heures trente et nous engageons dans le quartier de Donner Springs.

— À quoi ressemble la sœur de Kate ? je demande.

— Hannah ? Aucune idée. Kate et elle ne s'entendaient pas au lycée. Je l'ai croisée quelques fois, mais toujours brièvement. Je suis surpris qu'on lui ait confié la garde de l'enfant. Kate manipulait ses parents, mais elle s'entendait mieux avec eux.

— Et comment s'appelle la petite ?

Je pourrais intentionnellement occulter cette partie indésirable de son passé, et ne pas le questionner sur sa fille, mais si elle doit faire partie de sa vie, je ferais l'effort de m'intéresser à elle.

Sa mâchoire se crispe et il secoue négativement la tête.

— Kate ne veut rien me dire, même pas son prénom.

C'est n'importe quoi. Quoi que j'apprenne de Hannah, je sais que ce sera différent de ce que Kate me dit. D'après elle, elle a abandonné l'enfant sur le pas de la porte de sa sœur et lui a dit de s'en occuper.

Jaeger vérifie l'adresse sur le GPS et s'arrête devant une maisonnette jaune avec une pelouse qui a besoin d'être tondue.

– On y est.

Une berline bordeaux est garée dans l'allée, un siège auto à l'arrière.

Nous remontons l'allée et je saisis la main de Jaeger avant qu'il ne frappe à la porte. Un rire d'enfant fuse à l'intérieur, puis une cavalcade de petits pas.

Mon cœur bat la chamade, mes mains sont froides et moites. Je jette un coup d'œil à Jaeger, qui me rassure d'un sourire. Je crois que je suis plus nerveuse que lui.

On entend cliqueter la chaîne de l'entrebâilleur, puis la porte s'ouvre sur une femme aux cheveux fauves coupés au carré et aux yeux bleu foncé.

– Oui ?

– Hannah ? Je suis Jaeger Lang. Je… euh… sortais avec ta sœur au lycée.

La femme cligne des yeux, son regard rapide l'examine, puis elle se souvient.

– Oh, bien sûr. Salut, Jaeg. Tout va bien ? Je… euh, je n'ai pas trop de contact avec Kate. Tu es ici pour elle ?

Elle me regarde avec curiosité.

Jaeger m'enlace la taille.

– C'est ma petite amie, Cali. J'ai revu Kate. Je suis ici à cause de ce qu'elle m'a dit. Ça t'ennuie si on entre pour parler une minute ?

Hannah ouvre la moustiquaire.

– Je dois bientôt partir au travail et déposer ma fille à l'école, mais on a un peu de temps.

Elle nous indique dans son salon un canapé en cuir usé, les coussins en vrac.

— Désolée pour le désordre, dit-elle en les remettant en place. Ma fille est dans sa phase « cabane ».

Jaeger sourit et s'assied sur le canapé.

— En fait, ta fille est la raison de ma visite.

Puis il inspire à fond, et je devine à sa posture raide qu'il est tendu.

— Kate m'a dit que nous avions un enfant ensemble… et que tu en avais la garde temporaire.

Hannah le dévisage sans ciller pendant une bonne minute.

— Mark ! hurle-t-elle sans rompre le contact visuel, sa voix montant dans les aigus. Viens voir, s'il te plaît.

Un homme dans la trentaine entre dans le salon en nouant sa cravate. Son regard se porte directement sur sa femme, puis il nous voit.

— Je ne savais pas qu'on avait de la visite.

C'est une affirmation, mais il y a une interrogation dans sa voix.

— C'est Jaeg, dit Hannah. L'ex-petit copain de Kate au lycée, et voici sa petite amie Cali.

(Son ton est brusque, mais je ne pense pas que ce soit dirigé contre nous.) Répète à mon mari ce que tu viens de me dire, Jaeg.

Jaeger se racle la gorge.

— Je suis ici parce que Kate est revenue à Tahoe m'informer qu'on avait un enfant ensemble. Elle prétend que ta femme et toi avez la garde de notre fille de quatre ans, mais elle n'a pas voulu me donner votre numéro ni aucun détail au sujet de la petite. Je suis venu pour en savoir plus.

— *Quoi ?*

Le cri de Mark éclate dans la pièce comme un aboiement, révolté.

Une fillette déboule dans la pièce et s'agrippe aux jambes de son père. Elle a des cheveux blonds attachés par des barrettes à fleur et des yeux verts. Elle pourrait passer pour la fille de Jaeger à cause de leur couleur… si on ne la voyait pas à côté de Mark. C'est le portrait craché de son père, jusqu'à la fossette du menton.

Mark s'accroupit face à sa fille. Il lui sourit, mais sa voix est tendue.

— Ma puce, exceptionnellement ce matin, tu peux jouer avec tes déguisements avant d'aller à l'école.

La fillette fronce brièvement les sourcils, intriguée par le ton de son père, puis elle semble réaliser tout à coup. Des cris joyeux s'ensuivent et elle file dans le couloir.

Mark s'affale dans le fauteuil près de sa femme, les mains agrippées aux accoudoirs.

— C'est quoi ces conneries ?

Ma jambe s'agite nerveusement et je broie la main de Jaeger. Ce n'est pas normal. Ils n'ont aucune idée de ce dont on parle.

Étrangement, Jaeger reste calme. Même les contours de son visage se sont adoucis.

— Je suis venu ici pour savoir si j'ai une fille.

— Eh bien, répond Hannah, je ne sais pas si *tu* as une fille, Jaeg, mais je peux t'assurer que ma fille est sortie de *mon* corps, pas de celui de ma sœur.

Elle affiche un sourire ironique.

— L'accouchement, c'est le genre d'événement qu'une femme n'oublie pas.

— Très bien, acquiesce Jaeger. Tant mieux.

Il remue sur son siège, et fronce les sourcils d'un air pensif.

— Tu disais que tu n'es pas proche de Kate, mais sais-tu si elle a un enfant ?

— Je n'ai plus de contact avec elle, mais mes parents la

voient. Ils auraient su si elle avait été enceinte. Elle est proche de ma mère, ajoute-t-elle d'un ton où pointe l'amertume. Maman supporte les conneries de Kate.

Jaeger se frotte le front.

– Donc il est impossible que la petite fille que je viens de voir ou toute autre fillette qui aurait vécu chez vous soit mon enfant ?

– On a élevé qu'un seul enfant, affirme Mark. Et il est impossible que tu sois son père. Kate t'a menti.

Jaeger respire à fond et se penche en arrière.

– D'accord. D'accord… merci. Pardon pour de vous avoir dérangés si tôt.

Il me presse la main et se lève.

– Jaeg, dit Hannah. Avant de partir, dis-moi ce qui se passe avec Kate. Ma mère ne lui a pas parlé depuis des semaines. Je me fiche de ce que fait ma sœur, mais on dirait qu'elle a de nouveau des ennuis, et ma mère devrait le savoir. On pensait que ses problèmes étaient derrière elle après l'arrestation de son copain il y a deux mois. Si elle a inventé cette sordide histoire d'enfant…

Elle se tourne vers son mari.

– Je suis inquiète pour notre fille, Mark. On devrait peut-être appeler la police.

– Je m'en occupe.

Il sort son téléphone de sa poche et s'en va.

Jaeger et moi échangeons un regard.

– Kate vit chez moi, dit Jaeger. Elle prétend qu'on doit montrer l'image d'un foyer stable pour récupérer la garde de notre fille. Je ne lui ai pas fait confiance un seul instant depuis qu'elle est réapparue dans ma vie, mais je ne voulais pas la virer au cas où elle dirait la vérité. Je ne voulais pas que la petite fille en pâtisse.

Hannah opine.

– Je comprends. T'as eu une réaction saine. T'as

toujours été trop bien pour ma sœur. Je suis désolée qu'elle se soit servie de toi. On dira la vérité à la police et on t'aidera comme on peut, mais notre priorité est la sécurité de notre fille.

Elle secoue la tête.

— Et si Kate l'avait kidnappée pour se servir d'elle ? Ma sœur est une grande malade. Je ne veux pas qu'elle s'approche de ma fille ou de ma famille.

Jaeger acquiesce et sort son téléphone.

— Si ça ne te dérange pas, j'aimerais appeler mes parents. Mon père a engagé un avocat et je dois lui dire ce qu'on a découvert.

Hannah se lève.

— Bien sûr, je t'en prie. Je peux vous offrir quelque chose à boire ? Mon mari et moi irons travailler plus tard — ou je vais sans doute rester à la maison.

Elle jette un regard en direction du couloir.

— Je ne veux pas m'éloigner de ma fille si ma sœur a un comportement dangereux. Elle est égoïste et irresponsable, mais je ne pensais pas qu'elle ferait une chose pareille.

Jaeger échange son numéro de téléphone avec Hannah et son mari avant que nous reprenions la route. Ils l'appellent sur le trajet de retour au lac Tahoe. Ils ont demandé une injonction interdisant à Kate de s'approcher de leur fille. Jaeger parle aussi à son père et découvre que l'avocat qu'il a engagé lui a donné un délai de trente jours pour quitter la maison de Jaeger. Kate réclame un droit d'occupation, ce qu'elle peut techniquement faire puisque Jaeger l'a autorisée à emménager.

Nous sommes coincés avec elle pendant trente jours supplémentaires.

— Et si elle saccage ta maison ou vole des trucs ? je demande en arrivant en ville.

— Mon atelier est tout ce qui m'intéresse et il est bien

fermé. Mais on va passer à la maison, et je prendrai les documents importants et mon ordinateur. Mason les gardera chez lui jusqu'à ce que j'expulse Kate des lieux.

Il me regarde.

– Je suis désolé, Cali. De te faire subir tout ça.

– Moi, ça va. Je m'inquiète pour toi ; tu t'es fait virer de chez toi.

– Même si elle fout le feu au chalet, rien n'aurait pu être pire que découvrir que Kate disait la vérité.

Il s'étire le cou.

– Je remercie ma bonne étoile qu'elle ait menti à propos de la petite. Aucun homme ne mérite d'être lié à Kate toute sa vie. Ni un enfant, d'ailleurs.

Il sourit, et je sens le poids des derniers jours s'enlever de ses épaules.

– En plus, je vis dans le plus bel endroit de la ville.

– La tente ? je m'esclaffe.

Jaeger m'attrape la cuisse et la frotte vigoureusement.

– Où que tu sois, c'est là où je veux être.

Chapitre Trente-Et-Un

L e lendemain matin Jaeger a rendez-vous avec son père et l'avocat. Ensuite, il se rend à son atelier pour travailler. Je déteste le savoir à proximité de Kate – je trouve cette femme cruelle et dangereuse –, mais il a des commandes à honorer. Je comprends qu'il doive s'y rendre.

Tyler est assis à la table de la salle à manger et tape sur son ordinateur portable quand j'entre dans la cuisine.

– Comment était l'ex de Jaeger au lycée ?

J'ai déjà essayé d'aborder le sujet de façon plus subtile, mais Tyler n'a pas répondu.

– Une pétasse. Je détestais cette meuf.

Bon, au moins c'est franc.

– Sans dec, Tyler, dis-moi ce que tu en penses vraiment.

Je n'ai jamais entendu mon frère insulter une femme. Sans doute logique quand on a été élevé par une mère à fort caractère.

Les mains de Tyler se figent sur le clavier. Il lève la cuillère de son bol de céréales, et enfourne la dernière bouchée.

– Je la connaissais mal, mais j'ai entendu des rumeurs sur le fait qu'elle était odieuse avec les autres élèves. Une fille tyrannique. Je n'ai jamais compris pourquoi Jaeger sortait avec elle. C'était une arriviste, et elle l'a largué quand il était au fond du trou.

Il se lève et se rend dans la cuisine, où il laisse tomber sa vaisselle dans l'évier.

– Hé, c'est pas un hôtel. Fais ta vaisselle.

Tyler passe devant moi et m'embrasse sur les cheveux.

– C'est pour ça que je t'ai.

– T'es devenu un vrai con, tu le sais ?

Quelque chose est arrivé à mon gentil frère à Boulder. Il m'a toujours taquinée, mais il est carrément grincheux ces derniers temps.

– Tu n'imagines même pas. Je vais prendre une douche, dit-il, puis il verrouille la salle de bains derrière lui.

Après le cours du soir, je convaincs Leo de me conduire jusqu'à la maison de Jaeger. Il a passé une bonne partie de la journée dans son atelier et je veux le surprendre en lui apportant les trucs à boire et à manger que j'ai achetés à la cafétéria du campus. Ce n'est pas vraiment un dîner, mais il ne s'en formalisera pas.

Jaeger n'a plus le stress de se demander s'il a un enfant, mais il est épuisé et ne mange pas assez. Il a des cernes noirs sous les yeux et les joues creuses à force de travailler autant et de gérer les échanges avec les avocats au sujet de la situation de Kate. Il se fait deux sandwichs quand il arrive chez moi le soir et il les engouffre avant de s'écraser sur notre matelas gonflable. J'ai parfois l'impression que c'est son seul repas de la journée.

La voiture de Leo s'arrête devant la maison de Jaeger et je ramasse les sacs de nourriture.

– Sympa comme coin, dit-il en apercevant le lac scintiller au clair de lune à travers les arbres.

La porte de la maison s'ouvre brutalement et Kate déboule sur le porche. Un spot à détecteur de mouvement révèle son visage renfrogné. Elle doit être dans une forme diabolique depuis qu'elle a reçu un avis d'expulsion.

Je crois que je vais zapper le chalet et me rendre directement à l'atelier.

Je tourne la tête pour saluer Leo, mais il louche sur Kate. Je la vois qui le regarde aussi, comme si elle l'avait déjà vu.

– Vous vous connaissez ? je demande.

Sa bouche se tord.

– Ouais… je crois. Mon coloc fait des trucs. Il organise des fêtes. Je suis presque sûr de l'avoir croisée en soirée.

Jaeger sort de son atelier en s'essuyant les mains sur un torchon, le dos courbé. Il a l'air crevé. Ses yeux passent de moi à Leo et sa bouche se pince.

Ça n'est pas bon signe.

– Merci de m'avoir déposée, Leo, dis-je rapidement en sortant de la voiture.

Jaeger est à bout de nerfs. J'ai vu le genre de dégâts qu'il peut faire avec ses poings. Mieux vaut ne pas lui donner une raison de se défouler sur le pauvre Leo.

– Surprise !

Je le rejoins et embrasse ses lèvres pincées. Il suit des yeux le petit pick-up de Leo qui s'éloigne dans l'allée.

Je lui colle le sac de bouffe contre la poitrine. Il baisse la tête et cligne des yeux. Un sourire se répand sur son visage.

– Tu travailles trop, dis-je. Je suis passée voir si tout allait bien.

– Merci, bébé.

Il jette un regard noir à Kate, sur le porche. Elle s'engouffre dans le chalet et claque la porte.

Putain, elle nous fait une crise d'adolescence maintenant.

Il me serre dans ses bras, ses lèvres m'effleurant la racine des cheveux, et ses épaules se détendent.

— Donne-moi une minute pour mettre de l'ordre et on pourra y aller.

Jaeger range ses outils, essuie une table et balaie le sol de l'atelier. Je l'observe depuis le canapé, fascinée. Je pourrais le regarder bouger toute la journée dans son jean qui lui moule le postérieur, le t-shirt et les cheveux mouchetés de copeaux de bois, à effectuer sérieusement des tâches laborieuses.

Il regarde autour de lui pour s'assurer que tout est rangé, puis ses yeux se posent sur moi.

Je me trémousse au souvenir de la dernière fois que je me suis assise, ou plutôt *allongée*, sur ce canapé.

Jaeger s'avance et mon cœur s'emballe. Il s'accroupit à mes pieds et glisse ses paumes sur mes jambes nues jusqu'à l'ourlet de ma jupe en jean.

— Qu'est-ce que t'as envie de faire ?

Oh, j'ai bien des idées, mais…

Je fronce les sourcils en direction de la maison.

— Allons chez moi.

Jaeger acquiesce et nous sortons dans la cour. Il m'aide à monter dans son pick-up, mais son visage se froisse quand il regarde dans l'allée.

— C'est qui ce type qui t'a accompagnée ici ?

— Leo ? Il est dans mon cours de CAO. On fait du covoiturage, enfin, surtout lui, car je n'ai pas de bagnole. En général, je lui paie à dîner après les cours pour compenser l'essence.

— Tu lui paies sa bouffe ? tique-t-il d'un ton pas très heureux.

— Je dois bien le dédommager, Jaeger. Je ne suis pas une profiteuse.

Il opine, la nuque raide, n'appréciant pas ma réponse.

— Il faut qu'on te trouve une voiture. Je ne veux pas que tu sois coincée ou que tu aies besoin de compter sur les autres pour te déplacer.

— Ouais, ben, ce serait sympa, mais je n'ai pas les moyens. Pour l'instant, tout va bien. Quand Gen et Tyler partiront à l'automne, je prendrai le bus jusqu'à ce que je puisse m'acheter une caisse.

Jaeger fronce les sourcils en regardant le pare-brise et met le contact. C'est sacrément embarrassant d'avouer à votre petit copain qui a réussi sa vie que vous ne pouvez pas vous offrir une voiture.

Quelques minutes plus tard, nous nous arrêtons devant l'allée de graviers de la maison… et j'écarquille les yeux en voyant la berline bleue de ma mère garée dans la rue.

C'est quoi ce bordel ? *Merde.*

Ma mère se doutait d'un truc entre Jaeger et moi quand je lui ai rendu visite, mais je ne lui ai pas parlé depuis l'officialisation de notre relation. Elle en savait probablement plus que moi sur mes sentiments pour Jaeger à l'époque. J'étais encore dans le déni et je devais digérer la perte de mon emploi et réfléchir à mon avenir.

Merde, merde ! Je ne me suis pas préparée à cette confrontation. J'aime Jaeger, mais j'aurais préféré parler à ma mère en tête à tête. Elle pourrait penser hâtivement que je me suis lancée dans une nouvelle histoire pour me consoler d'Éric. Or ça n'a rien à voir. Ma relation avec Jaeger est la première véritable histoire d'amour de ma vie.

— Euh, Jaeger ? dis-je, hésitante.

Il fronce les sourcils. Ma voix tremblote et je réalise que je lui broie la main, posée sur le siège entre nous. Je desserre ma poigne.

— C'est la voiture de ma mère. Elle est là. J'ignorais qu'elle venait.

Un ange passe.

— Tu veux que je m'en aille ?

Il essaie de le cacher, mais je vois que ça lui fait de la peine.

— Non, mais ça pourrait être gênant. Je ne lui ai pas encore parlé de nous.

— Ça me va si t'es à l'aise avec ça.

Je souris.

— Je le suis.

Ou je le serai après cette confrontation. C'est comme arracher un pansement. Ma mère a un côté surprotecteur. Elle pourrait mal réagir à la soudaineté de ma relation avec Jaeger, mais elle s'en remettra.

Nous nous dirigeons vers la porte. Puis je me souviens de la tente dans le patio et du fait que Jaeger dort avec moi.

Ça va être super gênant.

Ma mère, dos à la porte, lave la vaisselle dans la cuisine quand nous entrons. Elle fredonne, puis entonne le refrain de Love Bites de Def Leppard. C'est une de ses chansons favorites. Si j'ai des goûts musicaux pourris, c'est à cause de ma mère qui me rebattait les oreilles de la musique des années 80.

— Maman, qu'est-ce que tu fais là ?

Elle pivote, glapit et pose la main sur son cœur.

— Calista, n'entre pas sur la pointe des pieds, tu m'as fait peur.

Elle pousse un soupir et remarque Jaeger.

— Une mère ne peut pas rendre visite à ses enfants ? dit-elle, distraite.

— D'habitude, tu appelles avant de débarquer, fais-je remarquer.

Elle secoue les mains au-dessus de l'évier pour les

égoutter et entre dans le salon en les essuyant sur son jean. Elle tend la main à Jaeger, en me jetant un regard noir.

– Bonjour, Jaeg. Contente de te revoir. Mon Dieu, comme tu as grandi.

Elle examine son corps de haut en bas en lui serrant la main.

C'est officiel. Jaeger ne contrôle pas l'effet qu'il a sur les femmes. Ma propre mère vient de le reluquer. Il fait craquer le sexe féminin. Je devrais le savoir.

– Maman, Jaeger est mon petit ami.

Malgré sa fascination évidente, elle pince les lèvres. Elle hoche la tête.

Je déteste ce regard. Je déteste cette expression, qui signifie *Tu me dois des explications, ma petite fille.* Je suis une adulte. Ma vie amoureuse ne regarde que moi.

Je m'assieds sur le canapé.

– Qu'est-ce qui se passe, maman ? Tu débarques rarement à l'improviste. Tout va bien ?

Son regard soupçonneux passe lentement de Jaeger à moi.

– Je suis venue pour parler à Tyler. Tu sais où il est ?

Alors je ne suis pas dans le collimateur ? C'est Tyler ? Excellent.

Mais maintenant il est foutu. Si maman s'est pointée, c'est que la situation est grave.

En y repensant, je n'ai pas fait attention à Tyler, et il se comporte bizarrement. Il rentre à la maison en empestant la bière et les cigarettes, et je n'ai toujours pas compris son désir soudain de passer l'été à Tahoe. Me faire larguer, virer et tomber amoureuse m'a perturbée. J'ai donc été une amie *et* une sœur à chier. Formidable.

Avant que je réponde à maman que j'ignore où il est, Tyler entre dans la maison. Il se fige, la main sur la poignée de porte.

– Salut, bafouille-t-il pris de court.

Qu'est-ce qui se passe ? Ma mère peut encore nous faire redouter les foudres de Zeus, même si nous sommes plus grands qu'elle en taille maintenant, et je n'ai jamais vu Tyler aussi nerveux.

– J'ai eu un coup de fil de ton travail, dit-elle. Tu as manqué les réunions de préparation de la rentrée et ils n'arrivent pas à te joindre.

Tyler rompt le contact visuel et se penche pour fouiller dans son sac de voyage.

– C'est bon, maman, je gère. T'inquiète.

– Vraiment ? Parce que ça n'a pas l'air bon du tout, mon fils.

Jaeger se pose à côté de moi dans le canapé. Il observe ma mère et mon frère avec grand intérêt. C'est le premier drame qui ne nous concerne pas directement. Il est probablement aussi ébaubi que moi.

– Qu'est-ce qui se passe, Tyler ? demande maman. Ne mens pas, tu ne sais pas le faire.

Tyler se raidit et tire la manche de son t-shirt. C'est un tic nerveux.

– Eh bien, si tu veux vraiment savoir, je n'y retourne pas. Je reste ici.

Ma mère pose une fesse au bord du fauteuil inclinable.

– Qu'est-ce que ça veut dire ? Tes supérieurs pensaient que tu avais disparu, Tyler. Ce n'est pas ainsi qu'on annonce son départ d'un poste. L'administration de l'université m'a dit qu'ils étaient sur le point de déclarer ta disparition à la police. Imagine leur soulagement quand ils m'ont contactée et que je leur ai dit que tu étais vivant.

– J'aurais dû appeler, soupire-t-il en se tapant le front du poing.

– Pourquoi tu quittes ton boulot ? demande-t-elle. Je croyais que tu aimais ton travail et te plaisais à Boulder.

Tyler traverse la cuisine et prend une bière dans le frigo. Maintenant que j'y pense, le frigo est constamment rempli de bières depuis qu'il est là. Il boit trop.

— Non. Plus maintenant, annonce-t-il.

— Hum, et comment vas-tu subvenir à tes besoins ? Tu prévois de squatter le canapé des autres toute ta vie ?

Quand maman devient sarcastique, c'est qu'elle va péter un plomb.

— Je vis comme un étudiant. J'ai réussi à mettre des économies de côté.

Ben, merde, il pourrait nous payer sa part du loyer !

Tyler a fini ses études en trois ans et a passé un master peu après. Il a vraiment hérité du cerveau de notre père. Maman et moi n'avons jamais compris pourquoi il n'a pas fait son doctorat.

— Tyler, cet argent serait mieux utilisé pour t'acheter une maison, plutôt que (elle agite la main vers moi) vivre aux dépens de ta sœur et boire toute la journée.

Tyler fronce les sourcils et Jaeger et moi échangeons un regard perplexe. Ça devient sérieux. J'ignorais que mon frère était si mal en point. C'est terrible, mais je me sens mieux, du coup.

— Laisse tomber, maman. Je te tiendrai au jus.

Ma mère penche la tête. Tyler ne lui manque jamais de respect — pas depuis qu'il lui a répondu avec insolence à douze ans et qu'elle lui a confisqué ses jeux vidéo.

Elle me dévisage.

— Tu es au courant de ce qui se passe ?

J'écarquille les yeux et secoue négativement la tête.

— Oh, je suis là, s'énerve Tyler. Si je voulais que vous soyez au courant de ma vie, je vous le dirais.

Il peut jouer au con avec moi, mais pas avec ma mère.

— Tyler !

Il m'ignore et sort en trombe. Je bondis à la fenêtre et

je le vois jeter sa bouteille de bière vide dans la poubelle et se précipiter vers sa voiture. Je tape au carreau.

– Hé ! Ça va dans le recyclage !

Tyler fait marche arrière dans l'allée et s'engouffre dans la rue au volant de son Land Cruiser.

– Bon, ben, on sait maintenant que ton frère a des ennuis, dit maman.

Elle se lève, tâte sa poche arrière et en sort ses clés.

– Il ne veut pas me parler. Tu vas devoir l'aider.

Attends, quoi ?

– Tu t'en vas ?

Elle ramasse son sac à main et balaie la pièce des yeux, son regard s'arrêtant sur la tente géante qui occupe le patio.

– Je ne peux pas faire grand-chose. Il ne veut pas que sa mère soit au courant de ses ennuis. Appelle-moi si tu as besoin de parler. Et ne laisse pas ton frère conduire quand il a bu !

Je lui saute dessus.

– Maman ! C'est quoi ce bordel ? Tu ne peux pas me balancer ça sur le dos.

– Il n'est pas vraiment sur ton dos. Il est sur le sien. C'est sa vie qu'il fout en l'air. Je dis juste que tu dois être là s'il a besoin de parler.

Elle regarde Jaeger.

– Quant à ça, dit-elle en montrant la tente du doigt. Ne croyez pas que je ne sais pas ce qui se passe.

Mes joues s'enflamment.

– J'attends votre visite à tous les deux sous quinze jours pour renouer le contact avec ton petit ami, Cali.

Elle m'écrase comme une malade et m'embrasse affec-tueusement.

– Adios ! chantonne-t-elle en agitant la main.

C'est quoi ce genre d'éducation ?

C'est la fameuse méthode : *t'es grande, démerde-toi.*

Ma mère avait l'habitude de nous remonter les bretelles à bon escient, et elle nous laissait mener nos propres batailles quand nous étions plus jeunes. Cela pourrait expliquer pourquoi Tyler et moi sommes si indépendants. Nous sommes capables de nous sortir de la merde quand les choses tournent mal, mais j'ai l'impression que Tyler file un très mauvais coton. J'espère que ça ne va pas le plomber indéfiniment.

Chapitre Trente-Deux

Les jours suivants, j'essaie de sonder mon frère sur ce qui lui arrive, mais il reste muet et ne lâche rien. Les avocats de Jaeger sont toujours dans l'incertitude et tentent d'expulser Kate de la maison, mais sinon tout va bien. C'est génial de dormir avec Jaeger et j'adore mes cours.

Aujourd'hui, nous avons étudié en CAO la structure des dessins en 3D et mon esprit analytique a fait une danse de la joie en comprenant le système de superposition des calques. Je m'amuse enfin. Je suis confiante dans mes progrès et j'espère que d'ici novembre, je maîtriserai le logiciel de CAO AutoCAD du bureau. Une augmentation me permettrait de résoudre mes problèmes de transport.

Leo semble avoir plus de mal.

– Putain, ce cours me tue, dit-il alors que nous traversons le parking pour rejoindre sa voiture. Tu ne le trouves pas difficile ?

Je ne vais pas énumérer les enseignements que j'ai trouvés ardus. Certains cours de math sup et d'économie que j'ai suivis à l'université, par exemple, les cours de droit constitutionnel et de droit des affaires, c'est sûr – mais la CAO ? Non, la CAO n'en fait pas partie.

– Ça va. Je veux bien t'aider si tu bloques, lui dis-je.

– Merci. Je vais sûrement te prendre au mot…

La voix de Leo meurt à la fin de la phrase.

Je suis son regard. Un homme pâle et mince aux cheveux noirs hirsutes attend près de la voiture de Leo, la hanche appuyée contre la porte.

Leo fronce les sourcils en arrivant à sa hauteur.

– Brad ? Qu'est-ce que vous faites là ?

– J'ai besoin d'un chauffeur. Tu veux bien me déposer chez moi ?

Le regard de Brad glisse sur moi, sa bouche se fend d'un sourire en coin.

Leo me consulte, visiblement mal à l'aise. Je hausse les épaules et il déverrouille les portières.

– Bien sûr.

– Cool, dit Brad. Allons manger un morceau d'abord.

Le café est situé de l'autre côté du campus, alors Leo s'y rend en voiture et se gare dans le parking à côté.

J'ai sauté le déjeuner, et j'en profite pour prendre à manger pour Jaeger et moi, plus des trucs pour le petit-dej. Jaeger doit partir tôt encore demain matin et Leo veut bien me conduire au boulot, ce qui est adorable de sa part.

Leo travaille dans un restaurant et il prétend que me véhiculer n'est pas un problème, mais je me sens redevable. Il m'a vraiment trimballée partout ces dernières semaines et j'espère qu'il acceptera mon offre de l'aider pour le cours.

Gen travaille tard le soir au casino et je ne lui fais déjà pas confiance au volant à sept heures du matin dans des conditions normales, alors encore moins après une nuit trop courte. Et bien que nous ayons eu une discussion,

Tyler vit reclus depuis la visite surprise de ma mère. Il a dormi chez un pote les deux dernières nuits.

Je n'ai *pas* dit à Jaeger que Leo m'emmenait demain matin. Il sera déjà parti et il doit supposer que c'est Gen qui me dépose au travail. Inutile de rétablir la vérité. J'ai peur qu'il aborde encore le sujet de la voiture, et ça va m'embarrasser. Je préférerais ne pas discuter du fait que je ne peux pas m'offrir un véhicule. Et monter avec Leo est plus cool que prendre le bus.

Leo, Brad et moi sommes au café du campus et Brad me tient la porte du congélateur ouverte. Ça fait une bonne minute que je mate les boissons sans arriver à me décider.

– Tu veux boire quoi, Cali ?

Il est tard et la journée a été longue. Une petite folie s'impose.

– Un chocolat au lait, s'il te plaît.

– Et voilà.

Il prend la boisson, ainsi qu'un sandwich, une bouteille d'eau et un soda qu'il tend à Leo, puis il passe à la caisse. Il paie le tout avant que je puisse dire quelque chose.

Bon, c'est sympa. Il n'était pas obligé. Je lui offre de payer le chocolat, mais il secoue la tête.

Je prends un muffin et d'autres articles et je les pose sur le comptoir pour payer. Quand je rentre à la maison vers dix heures du soir, Jaeger s'est endormi tout habillé sur le matelas gonflable, la respiration régulière et profonde. Il a réussi à ôter ses chaussures avant de s'écrouler, alors je ne le réveille pas. Je me lave, enfile une nuisette, et je me glisse sous les couvertures à côté de lui.

Quand je me réveille le matin, Jaeger est parti.

Je suis dégoûtée.

Les démarches juridiques pour expulser Kate et ses

commandes à honorer lui prennent tout son temps. Je lui envoie un texto.

Cali : *Tu m'as manqué au réveil.*

Il répond immédiatement.

Jaeger : *Je t'ai câlinée en me réveillant, mais tu étais écroulée. Ai ravalé mon ego et mes baisers pour ne pas me faire rabrouer. J'attends une compensation ce soir, et une flatterie d'ego. Toute autre gâterie est aussi acceptée comme paiement :)*
Cali : *Soirée flatterie et gâterie. Ne t'endors pas avant que je rentre !*

Une heure plus tard, je suis douchée et j'avale le dernier morceau de muffin quand la voiture de Leo se gare dans l'allée. Brad se trouve sur le siège passager. A-t-il dit qu'il venait aussi ?

Je ferme la porte à clé et je les rejoins. Leo me salue vite fait de la main et Brad suit ma progression jusqu'à la voiture.

— Bonjour.

Je ferme la portière et attache ma ceinture de sécurité.

Brad se retourne, un gobelet Starbucks à la main.

— Moka. J'ai noté que t'aimais le chocolat hier soir.

Pas autant que le café au lait le matin, mais je ne crache pas sur le chocolat. Jamais.

— Merci, réponds-je. Combien je te dois ?

— C'est cadeau.

Je jette un coup d'œil à Leo qui observe notre échange dans le rétroviseur. Il détourne le regard nerveusement et fait marche arrière dans l'allée.

— Brad, t'es sûr que tu ne veux pas que je t'emmène directement là-bas ? demande Leo.

— Non, c'est bon, répond Brad en tapotant joyeusement

la vitre du doigt. C'est juste à côté de son travail. Je finirai à pied.

Alors Leo emmène aussi Brad. Il est bien trop gentil. Je dois au minimum lui offrir de participer au plein d'essence la prochaine fois qu'on sera seuls.

Tout en savourant la mousse chocolatée du moka, je regarde par la fenêtre les commerces du boulevard State-line, en avalant une gorgée chaque fois qu'une enseigne comporte le mot chalet. Au moment où Leo me dépose sur le parking, j'ai fini mon moka et mon pas sautillant témoigne de la dose de sucre et de caféine engloutie.

Une sensation d'euphorie s'empare de moi quand je passe la porte. Un effet du délicieux moka ?

Je suis heureuse. Je veux dire, vraiment heureuse C'est mon boulot, ou Jaeger, je ne sais pas lequel, mais je ne pense pas avoir été aussi heureuse de ma vie. Le monde est un endroit merveilleux.

Je salue notre secrétaire, puis mon sourire se fige. Quelque chose n'est pas normal. Mes jambes vacillent et une douleur lancinante me transperce le crâne.

Je m'arrête à l'entrée de mon bureau, des spasmes et des crampes me terrassent, la nausée afflue à gros bouillon. Je serre les lèvres et m'agrippe au chambranle, en inspirant à fond. La sueur perle à mon front.

En me tournant lentement, je regarde autour de moi. *Je vais gerber. Les toilettes…* Des points noirs brouillent ma vision. *Je n'arrive pas à réfléchir…*

———

L'ODEUR de vomi me pique le nez.

Je m'étouffe et je vomis. Je m'étouffe dans mon propre vomi.

Des voix affolées me parviennent.

J'ouvre les yeux, puis les referme. J'ignore où je suis. Pourquoi suis-je par terre ?

— Qu'est-ce qu'elle a mangé ? Est-ce qu'elle prend des médicaments sur ordonnance, ou se drogue-t-elle ? demande une voix grave.

— C'est son sac à main ?

— Percocet.

— Percocet ? Qu'est-ce que…

Là, c'est une voix aiguë qui s'offusque.

Quelqu'un m'essuie la bouche. Un masque recouvre mon nez et mon menton. Des mains puissantes me soulèvent.

J'ouvre de nouveau les yeux, et cette fois j'arrive à faire le point : je vois Lewis qui me regarde depuis la porte d'entrée, visiblement sous le choc.

Des hommes équipés de matériel médical tanguent au-dessus de moi. *Ambulanciers ?* Ils me poussent sur un brancard. Il roule sur la bosse du seuil, puis à travers les portes vitrées. *Je suis au bureau ?*

Ma poitrine vibre à chaque respiration, mon cœur siffle lentement dans mes oreilles. Ma tête est trop lourde. Je ferme les yeux et me repose.

Un peu plus tard, j'entends « Calista? Calista, vous pouvez ouvrir les yeux ? ».

C'est une voix masculine, mais je ne la reconnais pas. J'ouvre les paupières, ma vision est moins floue. Un homme en blouse blanche. Un médecin. Je tente de me redresser.

— Restez allongée le temps que je vous pose quelques questions.

Le docteur se penche sur moi et me colle une lampe torche dans les yeux.

— La pupille n'est plus une tête d'épingle, dicte-t-il à

quelqu'un derrière lui, puis il reporte son attention sur moi.

– Calista, articule-t-il très fort comme si j'étais malentendante.

Je veux lui dire qu'il n'a pas besoin de crier, mais j'ai la bouche sèche et mes poumons me brûlent. J'ai encore du mal à respirer et des bruits de popcorn sortent de ma poitrine.

– Je suis le docteur Gregger. Je viens de vous administrer du Narcan pour neutraliser l'effet des opiacés sur votre organisme. Les ambulanciers ont trouvé de l'oxycodone dans votre sac en cherchant une ordonnance ou des informations sur vos allergies. Avez-vous déjà pris du Percocet auparavant ?

Je secoue la tête.

– Un médecin vous en a-t-il prescrit ?

Nouvelle réponse par la négative. Je n'ai jamais entendu le mot Percocet. J'ignore de quoi il parle.

Une quinte de toux me transperce les poumons et me vole mon souffle. Je suffoque. Le médecin donne des ordres à quelqu'un dans la pièce.

– Calista, me dit-il, les ambulanciers pensent que vous avez inhalé votre vomi en vous évanouissant. On va faire une radio des poumons.

Quelques minutes plus tard, mais j'imagine que c'était bien plus long, je suis admise aux soins intensifs. Ma radio des poumons indique une pneumonie.

J'ai dû m'assoupir, car quand j'ouvre les yeux, je sens une pression chaleureuse sur ma main. Jaeger est à côté de moi, ses grands doigts entourent fermement les miens, il a la tête baissée comme en prière. Ma mère est au bout du lit, sa main m'agrippe le pied.

– Maman ? Pourquoi tu me tiens le pied ?

J'ai la bouche pâteuse. Je parle comme une alcoolo.

Maman cligne les yeux de surprise. Elle me fixe en silence pendant une éternité.

– Calista.

Elle se lève et vient près de moi.

Elle m'embrasse le front et passe une main froide sur ma joue, qui est chaude en comparaison.

– Tu es fiévreuse, et tu oscilles entre l'inconscience et les phases de réveil. Je n'étais pas sûre que tu étais vraiment réveillée cette fois.

Jaeger observe mon visage, le souffle court ; il semble profondément ému.

– Qu'est-ce qui m'est arrivé ?

Je déglutis. Sensation d'avoir la gorge enflammée.

Ma mère regarde Jaeger, puis moi de nouveau.

– Tu t'es évanouie. Tes collègues ont appelé les secours, mais tu as été malade et tu t'es étouffée avec ton vomi.

Je jette un coup d'œil à Jaeger. Je pourrais être gênée par cette histoire si je n'étais pas aussi mal.

– Ils t'ont mis sous antibiotiques, mais tes poumons…

Ma mère pince la bouche, puis se mordille la lèvre.

– Tu as besoin de repos, ma chérie. Beaucoup de repos pour que ton corps guérisse, dit-elle en me tapotant la main.

– Mais maman, que s'est-il passé ?

Je repense à ce matin.

– J'ai mangé un muffin et j'ai bu un moka. Je me sentais bien jusqu'à ce que j'arrive au bureau. Ensuite Je ne me souviens de rien.

– Ils ont découvert de l'oxycodone dans ton organisme.

Sa voix se brise.

– Du Percocet. Tu en avais une boîte dans ton sac à main.

J'essaie de comprendre ce qu'elle dit. Le médecin m'a dit la même chose.

— C'est quoi le Percocet ? Je n'avais rien dans mon sac.

Elle laisse échapper un sanglot étouffé.

— Cali, pourquoi tu te drogues ? Toutes les histoires que je t'ai racontées sur les casinos, comment la drogue et l'alcool ruinent des vies…

Elle secoue la tête, des larmes roulent sur ses joues.

— Je n'aurais jamais pensé que tu le ferais. Je n'aurais jamais pensé que tu te retrouverais dans ce pétrin.

Sa voix déraille comme lorsqu'elle est émotive ou vient de se réveiller.

Merde, je déteste cette voix enrouée. Ça veut dire que maman est vraiment bouleversée ou totalement épuisée. Dans les deux cas, ça me fout les boules.

— Maman, je ne me drogue pas.

OK, c'est un mensonge.

— J'ai fumé un peu d'herbe à la fac, je corrige. C'est tout. Je ne sais pas pourquoi ils ont trouvé ce Percomachin dans mon sac, mais ce n'est pas à moi.

— Chérie, ils ont fait des examens sanguins. Tu as des traces d'opiacés dans le corps, et pas seulement. Ils ont aussi trouvé de l'ecstasy.

— *Quoi ?*

Je tente de m'asseoir, mais renonce quand mes bras s'effondrent.

— Je ne comprends pas, dit-elle. C'était pour essayer ?

— Non.

L'étrangeté de ce matin me revient en mémoire. J'étais heureuse grâce au petit échange de textos avec Jaeger, puis euphorique après avoir bu le moka.

Celui que Brad m'a donné.

Pourquoi Brad était-il là, déjà ? C'est un type bizarre. Et il m'a donné la boisson. Leo a dit que son coloc faisait des trucs relou…

– Maman, je n'y suis pour rien. Leo m'a emmenée au boulot ce matin et…

– Hier matin.

– Hier ?

– Tu es aux soins intensifs depuis vingt-quatre heures.

J'ai perdu une journée entière ? Mince, c'est dingue.

– Maman, interroge Leo. Il sait peut-être quelque chose. Son coloc Brad était dans la voiture alors qu'il n'était pas censé être là. Il m'a donné un moka. Je… je pense qu'il y avait quelque chose dans la boisson. L'expression de Leo ce matin, euh… *hier matin*, et ce qu'il a dit sur Kate…

– Quoi ? intervient gravement Jaeger. Quel est le rapport avec Kate ?

En apparence, c'est une question motivée par l'inquiétude, mais la menace sonne dans sa voix, comme s'il cherchait une autre bonne raison de tordre le cou de Kate.

– Leo dit qu'il a déjà vu Kate dans les fêtes qu'organise son coloc. Il m'a dit qu'il faisait des trucs, sans autre précision. Franchement, je m'en fichais quand il me l'a dit. Mais imaginons qu'il faisait référence à la drogue ? Le mec de Kate trempe là-dedans. Je ne sais pas si Brad mettrait un truc dans ma boisson, mais il n'était pas censé être là hier matin. Vous comprenez ce que je veux dire ?

Je n'arrive pas à savoir si les mots qui sortent de ma bouche sont intelligibles. Mon cerveau n'est pas tout à fait opérationnel.

Les lèvres de Jaeger blanchissent.

– Quel est le numéro de Leo ? Son nom de famille ?

Je dirige Jaeger vers mon sac à main, qu'un infirmier a posé près du lit. Il trouve mon téléphone et le numéro de Leo. Il semble réticent à s'éloigner de moi, m'embrasse sur le front.

– Je vais juste passer un coup de fil à l'extérieur.

J'opine et le regarde partir.

Maman prend son siège.

– Ce garçon est resté assis là depuis mon arrivée. J'étais au bout du lit, car il n'y avait pas de place à côté de toi. Je n'ai pas eu le cœur de lui demander de bouger.

Elle a raison. Il y a un paravent et pas de siège à ma droite. Jaeger occupait la seule place disponible pour les visiteurs.

– Ça a beau être un géant, ajoute-t-elle, il était terrifié. Nous l'étions tous. Le médecin a dit qu'il était optimiste, qu'avec ton bon état de santé général, tu allais te rétablir, mais jusqu'à ce que tu te réveilles, je ne savais pas, chérie. Je ne *savais pas*.

Sa tête plonge vers le bas, bouche pincée et mains jointes. Des sanglots silencieux lui secouent les épaules.

C'est un truc de fou. Tout allait très bien, mon corps fonctionnait à merveille, et la minute d'après, l'enfer s'est abattu sur moi.

Tyler entre avec des gobelets de café à la main. Son visage exprime la surprise et ses épaules s'affaissent, comme soulagées d'un poids immense.

Il contourne le lit et pose les gobelets sur la table de chevet. Sans un mot, il se penche et m'embrasse en me serrant d'un bras tremblant.

Il s'écarte et renifle.

– Quoi de neuf, Calzone ? Content que tu te sentes mieux.

Jaeger revient une seconde plus tard, suivi par un officier de police.

– Quelqu'un a appelé la police.

Il a la voix raide, le ton coléreux.

– Ils sont allés à ton bureau, qui les a orientés vers l'hôpital.

Ils sont allés au bureau ? Pour quoi ? Je souris faiblement à l'officier, et Jaeger a l'air prêt à lui arracher la tête.

Le policier me pose des questions, et je lui dis tout ce que je sais, ce qui n'est pas très utile. Non, je n'ai pas pris de Percocet. Je ne me drogue pas. Je n'ai pas un stock planqué dans mon sac à main – apparemment, les ambulanciers qui sont intervenus sur place ont trouvé des comprimés d'ecstasy et de Percocet dans une poche latérale de mon sac en cherchant des infos sur mes traitements et allergies. Non, je ne sais pas pourquoi quelqu'un, notamment Leo ou son coloc Brad, me droguerait à mon insu.

Le policier repart en disant qu'il va enquêter, mais son ton indique qu'il pense que c'est une perte de temps.

Il ne me croit pas.

J'essaie toujours d'interpréter les faits quand Gen entre en trombe dans la chambre d'hôpital vêtue d'un jogging, d'un débardeur – probablement sans soutif, car c'est sa tenue pour dormir – et d'un sweat-shirt super court. Elle a les cheveux aplatis par l'oreiller et n'est pas maquillée, même pas de gloss. À l'évidence, elle sort du lit.

– T'es réveillée, soupire-t-elle avec soulagement.

Lewis entre sur ses talons, et ma mère et mon frère sortent pour faire de la place.

Que se passe-t-il entre Gen et Lewis ? Pourquoi l'accompagnerait-il ici ?

Oh, bon sang. J'ai perdu connaissance au bureau. Lewis a sûrement prévenu Gen. Toute l'entreprise doit être au courant. Vais-je perdre mon boulot à cause des médocs qu'ils ont trouvés ? Merde ! Je viens à peine de commencer et j'aime vraiment travailler chez Sallee Construction.

Pourquoi quelqu'un me ferait-il ce sale coup ? Je ne peux pas croire que Leo me ferait cette crasse. Donc ça nous laisse Brad, le colocataire généreux, mais louche. Si c'est par le moka que la drogue s'est infiltrée dans mon organisme, c'est lui qui me l'a donné. Mais Brad me connaît à peine. Qu'est-ce que je lui ai fait ? Leo a mentionné avoir croisé Kate aux fêtes de Brad…

Mon cerveau est embrouillé et j'ai mal au crâne. J'étouffe sous ces couvertures. Je repousse la main de Gen qui veut me border.

— Cali, dit-elle. Comment tu t'es retrouvée mêlée à cette histoire de drogue ?

Génial, apparemment tout le monde croit que je suis une junkie. Je roule des yeux en signe de protestation.

Je le refais à maintes reprises avant que l'hôpital décide de me laisser sortir, quatre jours plus tard. Je n'ai plus de fièvre et mes poumons, bien qu'encombrés, guérissent lentement, à condition de rester couchée.

Mais ça n'arrivera pas, car la police m'attend.

Jaeger verrouille un bras autour de ma taille et échange quelques mots virulents avec l'officier en charge du dossier, mais ça ne sert à rien. En plus des comprimés que les ambulanciers ont trouvés dans mon sac, quelqu'un a passé un appel anonyme à la police pour les informer que je transportais des drogues illégales sur moi. C'est pour cela que la police s'est pointée à mon bureau, puis à l'hôpital ensuite.

Pas étonnant que le flic qui m'a interrogée ne m'ait pas crue.

Jaeger, Gen, ma mère et mon frère me suivent au poste, mais je suis immédiatement séparée d'eux, arrêtée et fouillée au corps (expérience la plus humiliante de ma vie), puis emmenée en cellule de détention. C'est une pièce vide à l'exception d'un banc et de toilettes en acier inoxydable. Je m'allonge sur le banc inconfortable parce que je suis en état de choc et épuisée. Le crépitement du popcorn en provenance de ma poitrine a disparu, mais mes poumons sifflent et m'oppressent, et j'ai une mauvaise toux. Physiquement, je vais m'en remettre, mais psychologiquement ?

Hormis mes retrouvailles heureuses avec Jaeger, je suis maudite depuis que je suis revenue dans ma ville natale. D'abord Drake m'a blacklistée, ce qui m'a empêchée de retrouver un poste de croupière, et maintenant cette histoire de drogue ? Mais cette fois, c'est une attaque personnelle – pas la réaction débile d'un connard à l'amour-propre blessé.

Quelqu'un veut ma peau, et il l'a eue. Ma propre famille et ma meilleure amie ne m'ont pas crue au début quand je leur ai affirmé ne pas me droguer. Il ne m'a pas fallu longtemps pour les convaincre de la vérité, mais ils me connaissent et ont confiance en moi. Comment vais-je convaincre les policiers que les comprimés ne sont pas à moi alors que les preuves m'accablent ?

Un officier de police ouvre la porte métallique de la cellule quelques minutes plus tard.

– La caution a été payée. Vous êtes libre de sortir. Pour l'instant.

Maman, Tyler et Jaeger m'attendent dans le hall du poste de police.

Jaeger est le premier à courir vers moi. Il m'écrase contre lui, m'embrasse et me lâche momentanément pour que j'étreigne les miens.

Puis il passe son bras autour de ma taille, supportant quasiment tout mon poids alors que nous quittons le poste dans un silence religieux, fait inhabituel chez nous. Je devrais dire à Jaeger que je peux marcher, que je n'ai pas besoin d'une béquille, mais sa force est la bienvenue quand la mienne me fait défaut. J'ai toujours pensé que dépendre émotionnellement et financièrement d'un mec menait au désastre, mais c'est différent avec lui.

— Ils ont fixé une date d'audience, déclare ma mère depuis le siège avant du SUV de Tyler.

Jaeger et moi sommes à l'arrière. Je suis assise au milieu de la banquette, le corps collé à lui, tandis que son bras m'entoure comme un tendeur.

Même avec tout cet amour et ce soutien, la vérité me dérange. La police pense que je suis coupable de détention de drogue. Comment vais-je m'en sortir ? Mes yeux brûlent et se brouillent, ma respiration hachée trahit mes émotions.

Je suffoque. Jaeger me lève le menton.

— Bébé, je vais trouver qui t'a fait ça.

Je hoche la tête. Au milieu de tout cet enfer, je le crois. Parce que nous nous sommes choisis et que cela nous donne raison. Ce que nous avons est vrai, et nous rend plus forts.

J'étais le pilier dans mes autres relations, mais Jaeger est le roc auquel je m'accroche quand le lac devient trop profond.

Chapitre Trente-Trois

S urprise ! Je n'ai plus de boulot pour le moment. Je n'en veux pas à John Sallee ; il n'avait pas le choix. À sa décharge, il m'a donné un congé sans solde jusqu'à mon audience au tribunal. John ne peut pas passer outre les accusations portées contre moi, mais il a bon espoir qu'elles seront abandonnées. Ce qui est chouette de sa part, vu qu'il ne me connaît que depuis quelques semaines.

Jaeger entre par le jardin. Je suis dans la chaise longue que j'ai déplacée du patio – désormais notre chambre – sur le terrain. En fait, je profite mieux du paysage de cet emplacement en pleine nature. J'apprécie les plaisirs simples de la vie en ce moment, comme les beaux arbres, un délicieux bocal d'olives vertes, et le temps passé avec mon petit ami, alors que tout le reste est bon à foutre en l'air.

Jaeger me soulève, avec mon carnet de croquis et tout mon barda, et se plante sur la chaise à ma place, en m'étalant sur toute la longueur de son corps. Mes muscles se tendent au début, pour garder l'équilibre, puis je me love confortablement. Je reprends mon fusain et continue l'esquisse sur laquelle je travaille. Le transat Jaeger est mon nouveau siège préféré.

Il plante les mains sur mes hanches, et me caresse la taille. Je me trémousse quand ses paumes chaudes envoient des signaux chimiques vers mes parties intimes.

Un son guttural sort de sa poitrine.

– Doucement, ou tu vas te retrouver sous moi, tes dessins éparpillés dans le jardin.

Je pouffe. Ça ne me fait pas peur, c'est quelque chose que j'attends avec impatience, et que j'ai prévu de faire dès que Gen partira travailler.

Une semaine s'est écoulée depuis mon arrestation. Je ne suis restée en prison que quelques heures, mais ce n'est pas un événement que j'oublierai de sitôt. J'ai retrouvé la plus grande partie de mon énergie grâce aux antibiotiques et au repos. Tout bien considéré, j'ai vraiment de la chance d'être en vie. En attendant, Jaeger a engagé un détective privé pour enquêter sur la provenance de la drogue. Ça ressemble tellement à une émission de télé-réalité policière que j'ai du mal à croire que c'est ma vie.

Jaeger regarde mon carnet de croquis. Je dessine le portrait abstrait d'un homme qui tire une femme de l'eau en traçant des milliers de formes géométriques miniatures. Il est possible que l'expression du visage de l'homme ressemble au regard que Jaeger m'a lancé après mon réveil à l'hôpital.

– Tu es incroyable, dit-il dans les cheveux qui me tapissent l'oreille.

Je pose mon crayon sur mon genou et entrelace nos doigts.

– Je suis une taularde. T'es sûr que tu veux continuer à me fréquenter ?

Son corps se raidit, et pas la partie intéressante.

Une bouffée de panique déchire mes poumons presque guéris.

— Jaeger ?

— J'ai parlé au détective privé cet après-midi.

Son pouce trace des cercles sur ma main, caresse qui me rassure un peu.

— Il a relié Brad au copain dealer de Kate et a prévenu la police. Brad a un casier judiciaire long comme le bras, des vols à la tire et de la détention de drogues, mais les charges contre lui ont toujours été abandonnées. Il n'a jamais fait de taule avant, mais il va aller en prison pour ce crime.

Je me redresse pour lui faire face, mon carnet vole sur l'herbe.

— Donc Brad connaît vraiment Kate ?

C'était la théorie la plus plausible quand j'ai repensé à tous les événements de ce matin-là et au lien entre Leo et Kate, mais j'avais du mal à croire qu'elle irait aussi loin pour me nuire.

Jaeger ramasse mon carnet et l'époussette. Il le pose sur mes genoux et me rallonge contre lui.

— Je suis navré, Cali. Brad a avoué son trafic avec le petit ami de Kate ce matin en échange d'une réduction des charges qui pèsent contre lui. Il a reconnu avoir mis de la drogue dans ton sac. Un intermédiaire lui a ordonné de le faire, mais Brad suppose que l'ordre venait du petit ami de Kate. Brad a une dette envers le type en question. Il a dit aux enquêteurs qu'il ne savait pas pourquoi tu étais visée, qu'on lui avait seulement dit de planquer des narcotiques dans ton sac.

— Mais la boisson…

— Une initiative personnelle de Brad. Il a prétendu qu'il ignorait ton intolérance potentiellement fatale à ces substances.

Le bras de Jaeger se resserre autour de moi.

— Il a dit qu'il l'a fait pour couvrir ses arrières au cas où la drogue mise dans ton sac ne suffirait pas à te faire arrêter.

Jaeger se redresse et je roule sur ses genoux comme un culbuto, ses bras me retenant juste avant que je ne tombe.

— Avec les aveux de Brad, mon détective privé dit que les charges retenues contre toi seront abandonnées. Tu auras bientôt des nouvelles de la police et tu pourras retourner au travail, mais je ne laisserai pas les choses en l'état. C'est ma faute si Kate t'a fait ça.

Il essaie de me dire quelque chose, mais tout ce que je vois, c'est que *c'est fini*. Ils me croient. Je suis libre !

— J'ai parlé de Kate à la police, mais le lien avec elle est circonstanciel. Il n'y a aucune preuve qu'elle a participé au coup.

— C'est louche, mais Brad va aller en prison. Et bientôt Kate devra dégager de chez toi, dis-je. La vie est belle.

L'expression de Jaeger se durcit.

— L'avis d'expulsion, elle s'en cogne. Elle dit qu'elle ne partira pas et que je ne peux pas la forcer. Elle prétend que je lui ai dit qu'elle pouvait vivre chez moi sans payer de loyer et qu'elle a le droit légal d'y être.

— *Quoi ?* Comment elle peut faire ce qu'elle a fait et s'en tirer impunément ?

— Elle ne va pas s'en tirer. Elle a menti sur sa grossesse et elle est mêlée à cette histoire de drogue.

Je cligne des yeux.

— On suppose qu'il y a un lien entre Brad et son petit ami, mais…

Jaeger ferme les yeux un long moment avant de me regarder attentivement.

— Je ne t'ai jamais dit comment elle était au lycée.

Sa main se crispe sur ma cuisse.

– Tu n'imagines pas à quel point sa présence ici me rend fou. Je ne l'avais pas vue depuis des années et je pensais ne jamais la revoir, mais après ce qu'elle a fait… je ne la laisserai pas saboter notre relation ou te faire encore du mal.

– T'as peur qu'elle recommence ?

– Elle va essayer. Elle est la même fille vindicative et égoïste qu'elle était quand je l'ai connue il y a des années.

– Qu'est-ce qu'elle t'a fait, Jaeger ? J'ai demandé à Tyler, mais il n'a pas dit grand-chose. Il l'a juste traitée de pétasse.

– C'est un euphémisme, railla-t-il. Quand j'ai rencontré Kate au lycée, j'ai cru qu'elle était cette nana douce et timide qui travaillait chez un glacier avec la fille avec qui je sortais depuis peu ; une fille sociable et extravertie jusqu'à ce que le bruit court qu'elle couchait avec un prof. Les rumeurs étaient explicites, le timing et les circonstances difficiles à réfuter.

– Le prof a été renvoyé et j'ai arrêté de voir la fille. Elle a tenté de se défendre. Elle m'a dit que la rumeur était un mensonge, qu'elle n'avait jamais couché avec lui. Elle proclamait n'avoir jamais été avec un mec. Je ne la croyais pas. Elle était jolie. Elle était sortie avec deux types dont je connaissais la réputation. J'ai juste supposé que… Bref, j'étais idiot et je ne pensais qu'à mon entraînement sportif. Je me suis dit que si elle pouvait mentir sur sa virginité, qu'est-ce qui l'empêcherait de mentir sur le prof ?

Il pousse un gros soupir.

– L'administration de l'école a également cru aux rumeurs. C'était une affaire réglée. Six mois plus tard, la fille a changé de lycée et je ne l'ai pas revue. Je n'ai plus pensé à elle après ça. Je sortais déjà avec Kate.

Je pense deviner la suite et je suis malade pour Jaeger et la fille avec qui il sortait.

– Kate était à l'origine de la rumeur ? je demande.

– Je n'en savais rien au début. Elle m'a dit qu'elle avait quitté son travail chez le glacier parce que ses parents voulaient qu'elle étudie à fond. J'ai découvert quelques mois plus tard par un ami commun qu'elle avait été virée pour vol. Je l'ai confrontée à ce sujet et elle m'a dit qu'elle avait honte et que c'est pour ça qu'elle n'avait rien dit. Un mensonge par omission. Que si je l'aimais, je ne devais pas faire en sorte qu'elle se sente plus mal encore. Le vol était l'un des nombreux mensonges, par omission ou non, que j'ai découvert tout au long de notre relation.

Il me regarde dans les yeux.

– Je ne peux pas expliquer pourquoi je suis resté avec elle, Cali, sinon par le fait que j'étais concentré sur mon entraînement. Sortir avec Kate était facile, mais après notre rupture, mes doutes sur sa probité ont refait surface.

Il regarde d'un air absent les arbres au fond du jardin.

– Pendant ma convalescence, j'avais beaucoup de temps libre. J'ai retrouvé la fille avec qui je sortais quand j'ai rencontré Kate. Elle m'a dit que Kate l'avait manipulée pour obtenir le job chez le glacier, et ensuite pour lui soutirer des informations. À propos d'elle. À propos de moi. Elle m'a juré qu'elle n'avait jamais couché avec le prof, que c'était un bobard et que la seule personne qui savait où elle se trouvait ce jour-là était Kate.

Bon sang. Kate est l'incarnation du mal.

– Jaeger, ce n'était pas ta faute, lui dis-je. Tu étais jeune. Tu ne savais pas.

– J'étais naïf et égoïste, je ne pensais qu'à mes objectifs. Je ne suis plus comme ça. Quand je pense à ce qu'elle t'a fait… soupire-t-il en secouant la tête. Elle ne s'en tirera pas cette fois. Même si je ne trouve pas de preuves qui l'accusent, je m'assurerai qu'elle paie d'une manière ou d'une autre.

Je savais qu'il avait un passé douloureux avec Kate. Mais je n'imaginais pas cela. Pas étonnant qu'il la haïsse, même s'il ne l'a jamais ouvertement dénigrée. Ce n'est pas le genre de mec à lyncher une fille avec qui il est sorti, même si elle le mérite.

— Je suis resté célibataire longtemps après Kate. Une fois que j'ai arrêté de boire et de sauter des filles faciles pour recommencer à sortir avec des femmes, je me suis rappelé que les gens bien existaient, que Kate n'était pas la norme. Mais même ça, ça m'a lassé au bout d'un moment. J'ai cessé d'avoir des aventures il y a environ un an.

Le premier soir, il m'avait dit qu'il n'avait pas couché avec une femme depuis un an. Je comprends mieux maintenant.

— Et puis je t'ai rencontrée et j'ai réalisé ce que je manquais.

Il sourit furtivement avant de redevenir sérieux.

— Je ne la laisserai pas nous séparer, Cali.

J'enroule les bras autour de sa taille et je cale ma tête sous son menton.

— Et maintenant ? Si elle ne veut pas partir, on fait quoi ?

— Que dirais-tu d'expulser une squatteuse indésirable par la force ?

Chapitre Trente-Quatre

— **A**lors, comment on s'y prend ? je demande.

Des scénarios barbares s'invitent dans mon esprit. Le premier, tirer Kate par les cheveux, style combat de femmes des cavernes, et la traîner hurlante dehors, en esquivant ses coups de pied. On pourrait aussi installer des objets piégés dans la maison pour la rendre dingue et la faire partir. Il y a aussi la bonne vieille méthode consistant à brûler toutes ses affaires dans le jardin et changer les serrures. Jaeger aurait besoin d'un système d'alarme hi-tech si elle tente de rentrer par la fenêtre. Elle est rusée… et capable de tout. Bien sûr, aucun de mes scénarios n'est aussi revanchard et cruel que ce qu'elle m'a fait, mais je ne suis pas une pétasse cinglée.

Jaeger se gare devant chez lui et je sautille sur mon siège. C'est un sacré règlement de compte à OK Corral cette merde.

— Alors ? Qu'en penses-tu ? On doit avoir un plan avant de passer à l'attaque.

Son regard se pose la voiture de Kate.

— J'ai un plan. Suis-moi.

Ohhh, un homme à la barre. Super sexy.

— Reçu cinq sur cinq !

Je bondis hors du pick-up et cavale pour coller à ses longues enjambées. C'est comme suivre des troncs d'arbre en marche.

Jaeger s'engouffre dans le chalet et balaie lentement la pièce des yeux. Des sacs de fast food froissés jonchent les tables et le sol. Des vêtements et des déchets pendent du lustre. La vaisselle s'empile dans l'évier, des taches collantes et des restes de bouffe maculent le plan de travail. L'endroit sent un mélange de laque chic pour cheveux et de viande en décomposition.

La belle maison de Jaeger est un taudis. Qu'a foutu cette satanée Kate ?

De la musique retentit dans la pièce du fond. Le bureau de Jaeger. Celui qu'il a fermé à clé.

Il fonce au bout du couloir, et je lui colle aux talons.

Kate est assise au bureau, comme la dernière fois, les pieds posés sur le coin, les ongles cliquetant sur le clavier de l'ordinateur de Jaeger.

— Je croyais que tu l'avais apporté chez Mason, je chuchote.

— J'en avais besoin pour le travail, alors je l'ai laissé ici. Il était protégé par un mot de passe, grogne-t-il. Kate !

Ses doigts s'immobilisent, mais elle ne lève pas les yeux tout de suite. Elle réduit la fenêtre et tourne lentement la tête.

— Oui ?

— Tu as menti sur ta prétendue fille et tu as monté un coup contre Cali. T'as de la chance qu'elle ne soit pas morte à cause des médicaments que ton copain lui a donnés.

J'essaie de ne pas penser au taux de mortalité lié à l'inhalation de vomi. C'est assez flippant.

– J'en ai marre de tes conneries. Je ne veux plus jamais voir ta tronche. Tu as reçu un ordre d'expulsion, et je t'ordonne de quitter ma maison tout de suite.

Jaeger est baraqué et impressionnant, mais ce n'est pas sa taille qui intimide le plus, c'est sa voix. Le grondement rauque dirigé contre Kate pourrait faire tiquer un lion.

– Ne fais pas ta voix bourrue pour m'intimider, Jaeger, nasille-t-elle. On sait tous les deux que tu ne ferais jamais de mal à une femme.

Lui je ne sais pas, mais moi, ça ne me pose pas de problème de frapper Kate. Je passe devant Jaeger, mais il me tire en arrière. Je lui jette un regard noir, il secoue la tête.

Kate attrape un spray et fait sauter le bouchon, inconsciente du danger. Elle pulvérise le fixateur de vernis sur les ongles rouges de ses orteils, arrosant au passage le bureau en chêne massif, style Mission, de Jaeger.

Il s'appuie contre le cadre de la porte et croise les bras.

– Jolie voiture que tu as là dehors, Kate.

Elle se penche en avant et arrache la petite peau d'un orteil. Elle tourne la tête vers lui.

– Quoi, ma bagnole ?

– Le service des immatriculations indique que c'est la voiture de ton chéri. Le bruit court que l'appartement que tu possèdes à Reno a été acheté avec l'argent de la drogue et que tu as participé à l'activité du labo de méthamphétamine.

Elle se retourne, piquée à vif.

– C'est un mensonge !

– Tu as demandé à ton chéri d'ordonner à son copain dealer de droguer Cali. Tu es complice, et je peux prouver qu'il existe un lien entre toi et Brad. Si je veux, je peux t'envoyer dans une maison comme celle où se trouve ton homme. Propre et modeste, les plaisirs simples de la vie.

Les pieds de Kate touchent le sol la seconde d'après.

– Qu'est-ce que tu veux, Jaeger ?

Sa voix vibre de colère.

Gaulée, et toujours aussi garce. Impressionnant.

– Je veux que tu sortes de ma maison et de ma vie *pour de bon.* Ne t'approche pas de ma copine, de ma famille, ou de mes amis. En y pensant, ce serait une bonne idée que tu quittes la Californie et le Nevada et que tu te barres loin, très loin.

Elle rit jaune.

– T'es cinglé. Je ne pars pas. En plus, je n'ai pas de…

– De fric ?

Les bras de Jaeger lui tombent le long du corps et il se redresse de toute sa hauteur.

– Vends les cinq mille dollars de conneries que t'as achetées avec ma carte bleue avant que je m'en rende compte.

Je m'étouffe en clignant des yeux de façon incontrôlée. Cinq mille ?

– Vends l'appartement que tu possèdes, et change de vie, Kate. Tu pourrais envisager de travailler pour une fois dans ta vie. C'est fini, Kate. Il n'y a plus personne à dépouiller. Même tes proches ont déposé une injonction d'éloignement du domicile familial contre toi.

– Quoi ? Ma mère n'aurait pas fait ça.

– Ta mère, ton père, ta sœur et sa famille. *Tout le monde.* J'en ai déposé une ce matin aussi. Alors techniquement, tu es dans l'illégalité en étant aussi proche de moi et de ma propriété. Je pourrais te faire arrêter.

Le silence s'éternise tandis que Kate digère ces informations. Dans sa tentative de nuire aux autres, elle a fini par se nuire à elle-même. Elle n'a plus personne.

Kate regarde dans le bureau comme si elle cherchait quelqu'un ou quelque chose capable de la sauver. Sa mâchoire se durcit et elle passe devant nous, raide comme un cierge, pour aller dans la chambre d'amis. Nous entendons la fermeture éclair d'un sac, et des tiroirs s'ouvrir en grinçant.

Une douce musique à mes oreilles.

Dix minutes plus tard, Kate monte dans sa voiture et quitte les lieux.

Jaeger et moi restons silencieux pendant un moment. Nous regardons sa voiture s'éloigner en nous imprégnant de la paix de cette zone « sans Kate » pour la première fois depuis des semaines.

Gen a fini par dénoncer au Blue Casino le harcèlement de Drake, Kate est chassée de la ville. La roue tourne. Et je suis avec Jaeger. Il n'y a rien de mieux.

Je regarde derrière moi, pensive. Son bel intérieur a été saccagé.

Jaeger prend son téléphone et fait défiler les contacts.

– Ne t'inquiète pas. Je vais tout faire désinfecter. J'appelle ma femme de ménage tout de suite.

– Je vote pour une nouvelle literie.

Il fait un clin d'œil.

– Je suis déjà sur le coup, bébé. Dès demain, on dormira sur un matelas géant dans une vraie maison, même si j'ai adoré camper avec toi. La tente et le matelas gonflable resserviront.

On décroche à l'autre bout de la ligne.

– Janice ? C'est Jaeger. J'ai besoin que tu viennes faire un grand nettoyage de printemps et quelques achats.

Il couvre le micro.

– Quelle couleur les draps ?

Il me demande ce que j'aime ? Pour son intérieur ? Je lui dis mes préférences, qu'il transmet à sa femme de ménage.

Il raccroche et le silence revient, troublé seulement par

le clapotis de l'eau sur les rochers, le chant des oiseaux, le bruissement des branches de pin dans la brise. Je m'imprègne agréablement de ces sons. Je n'avais pas réalisé à quel point la présence de Kate avait plombé notre monde. C'est comme si on avait dégagé du paysage le poids d'une montagne.

Jaeger me prend la main.

– On a du temps pendant que Janice va nettoyer la maison. Viens. Je veux te montrer quelque chose.

Hum, j'ai aimé tout ce qu'il m'a montré jusqu'à présent. Je grimpe joyeusement dans son pick-up, savourant la liberté d'aller où on veut et de faire ce qu'on veut.

Jaeger nous conduit sur une route appelée Beach Drive, dans les Keys. Elle longe le lac, les propriétés sont monumentales. Il se gare devant une villa dotée d'un garage à quatre portes. La résidence elle-même est grande comme un paquebot, avec vue sur le lac. Certes, le chalet de Jaeger donne sur le lac, mais de loin, à travers les arbres. Cette sublime maison à colombage a quasiment les pieds dans l'eau. C'est impressionnant

– Qui vit ici ? demandé-je.

– Des clients que je veux que tu rencontres. Je crois que tu vas aimer leur dernière acquisition.

Il sourit mystérieusement.

Il m'emmène voir une de ses œuvres ? Chez quelqu'un ? N'est-ce pas intrusif ?

– Attends, on n'est pas chez Danielle au moins ?

– Pas question !

Il secoue la tête.

– Non, je ne travaille plus avec Danielle. C'est un autre client.

– D'accord…. t'es sûr qu'ils sont d'accord pour que j'entre chez eux ?

Son sourire s'élargit.

– Absolument. Je leur ai parlé de toi, et ils veulent te rencontrer.

Comment est-ce possible ?

– Tes clients veulent rencontrer ta petite amie taularde qui a renoncé à faire du droit ?

– Ouaip.

Il se penche et m'embrasse tendrement sur la bouche. Il glisse une mèche de cheveux derrière mon oreille.

C'est un baiser innocent, mais son regard est lubrique, et ça me plaît.

– Tu n'es en rien fautive. En plus, l'adversité rend les gens plus forts. Parfois, ça fait ressortir ce qu'ils ont de meilleur en eux, ajoute-t-il avec un sourire moqueur.

Il a raison. La situation actuelle de Jaeger est infiniment meilleure que s'il avait concouru aux Jeux olympiques avec Kate à ses côtés. Il aurait pu s'abîmer les genoux de façon permanente, être paralysé. Et Dieu sait ce qui serait arrivé s'il avait fini par épouser Kate.

J'en frissonne d'horreur. C'est un destin qu'on ne souhaite à personne.

C'est facile de trouver que la vie des autres est mieux, plus compliqué à faire avec sa propre vie. Ma seule certitude, c'est que mes sentiments pour Jaeger sont bien réels. Je n'aurais jamais connu le grand amour si j'étais restée avec Éric ou un mec comme lui.

Je prends sa mâchoire dans ma paume et je l'embrasse tendrement. Je n'arrive pas à croire que c'est mon homme.

Nous arrivons devant la porte et un homme avec des cheveux argentés et des lunettes de lecture nous ouvre. Il salue Jaeger, qui me présente.

– C'est Cali ? se réjouit l'homme comme s'il avait déjà entendu parler de moi.

Jaeger m'a dit qu'il voulait acheter certains de mes dessins.

Il a peut-être présenté mes œuvres à ce monsieur ?

– Entrez. L'homme sourit et nous invite à entrer.

Je jette un coup d'œil interrogateur à Jaeger en franchissant la porte.

Il me sourit et avance dans l'immense hall doté d'une baie vitrée qui donne directement sur le lac. Nous entrons sur la gauche dans un salon qui doit faire cinq fois la taille du chalet. D'immenses baies vitrées donnent sur les montagnes et le lac, entrecoupées par une cheminée en pierre.

Je n'ai jamais vu d'endroit aussi luxueux. Je suis fascinée par la vue et par le mobilier. Au bout d'une minute, je me rends compte que Jaeger et son client admirent le mur derrière moi. Il est large et haut, entièrement vide à l'exception d'une œuvre d'art. Une des gravures sur bois de Jaeger, sauf que celle-ci est sous stéroïdes.

L'œuvre fait la taille d'une voiture, ce qui ne choque pas vu l'ampleur de la pièce, et elle est *in-croy-able*. Je n'ai jamais rien vu d'aussi beau.

Une nouvelle minute passe avant que je réalise que c'est un de mes dessins.

Putain de merde. C'est mon jardin – derrière le chalet. Les arbres que je passe mon temps à dessiner. C'est l'une de mes premières esquisses de l'été, peu après notre arrivée à Gen et moi.

J'ouvre la bouche pour dire quelque chose, mais rien ne sort. J'ai la gorge sèche. Je toussote, ce qui a pour effet de déclencher une quinte rocailleuse ; ma pneumonie d'inhalation n'était pas entièrement guérie.

– Pardon, dis-je en suffoquant.

– Je vais vous chercher un verre d'eau, dit l'homme en s'éloignant.

– Alors, murmure Jaeger. T'en penses quoi ?

Je tremble comme si je me tenais face à un jury. J'ai le trac, et c'est de la faute de Jaeger. Mon merveilleux petit ami a vendu une de mes œuvres d'art. Notre œuvre commune. Et c'est incroyable. La façon dont il a retranscrit les subtilités du dessin, l'ombre du bois lui-même pour parfaire l'image. Il n'y a pas de mots pour décrire ce que je pense ou ce que je ressens.

C'est juste une esquisse de mon petit jardin, mais elle est étonnante ; c'est exactement la façon dont je vois notre jardin. C'est peut-être cela l'art : voir la beauté qui échappe aux autres et être capable de la capturer.

Chapitre Trente-Cinq

Le trajet du retour chez Jaeger se fait en silence après la bombe qu'il a lâchée. Un véritable champignon nucléaire quand il m'a remis un chèque correspondant à ma part de la commande : quarante pour cent. Si je suis restée sans voix en découvrant l'œuvre, je me suis presque évanouie quand il m'a donné le chèque. Jaeger a dû me sortir fissa de la maison de son client ; je suis devenue inintelligible, ma parole régressant au niveau des gazouillis et halètements.

Des milliers de dollars sont nichés au creux de ma main moite. Plus que ce que j'ai gagné en travaillant deux mois au Blue. Une ou deux commandes par an avec Jaeger, plus mon boulot chez Sallee Construction, et je gagnerai officiellement ma vie grâce à une carrière artistique passionnante. Évidemment, je ne pourrais pas réaliser les commandes sans Jaeger. Son talent donne vie à mes dessins. Tout comme il a donné vie à mon cœur.

Il a un sourire satisfait lorsque nous arrivons chez lui, et il me jette des regards furtifs. Il sait qu'il m'a plongée dans un état de choc. Voir mon dessin magnifiquement exposé sur le mur de quelqu'un, c'est comme gagner au loto. Il n'y a rien de plus beau, sinon être avec Jaeger.

Je suis devenue une petite amie nunuche et amoureuse. Ça me va bien.

Nous remontons le chemin menant chez lui et mon cœur s'accélère quand sa maison arrive en vue. Garé devant la porte se trouve un SUV blanc. Ce n'est pas une marque de luxe, mais il est flambant neuf et j'ai encore les nerfs à vif. Une autre de ses clientes ? Une ruse de Kate ou d'un de ses complices maléfiques ?

— Pas de panique, dit Jaeger en voyant mon visage défait. C'est normal qu'elle soit là.

— À qui est cette voiture ?

J'avais hâte de passer un moment à deux pour lui montrer combien j'appréciais ses efforts pour promouvoir mes dessins et lancer ma carrière artistique. C'est le meilleur amoureux du monde et j'ai des idées pour le remercier. Des trucs créatifs, type body art. Un peu comme le jeu Twister, version chambre à coucher.

— À toi.

Hein ?

— Qu'est-ce qui est à moi ?

— La voiture. Je l'ai achetée pour toi, mais en réalité c'est un investissement pour ma tranquillité d'esprit. Je vais faire une rupture d'anévrisme si je continue de m'inquiéter pour toi et tes moyens de transport.

Normalement, un tel cadeau irait à l'encontre de mes sacro-saints principes d'indépendance, mais je ne peux pas m'empêcher de sourire jusqu'aux oreilles. Personne ne devrait dépendre d'autrui pour son propre bonheur, mais il ne s'agit pas de me faire entretenir. Jaeger m'aime, et c'est sa manière de me montrer son affection. Il s'inquiète pour ma sécurité, et il veut prendre soin de moi. C'est un senti-ment réciproque, car je veux prendre soin de lui aussi. Ça fait partie de l'amour. Je ne me sens pas piégée ou dépendante. Je me sens aimée.

– Tu m'as acheté une bagnole.

Il hoche la tête.

Je regarde ma jolie voiture toute neuve. L'aspect utilitaire sportif va me servir. C'est l'idéal pour Tahoe, été comme hiver.

– Je l'adore, dis-je, mais c'est lui que je regarde, les yeux débordant d'émotion.

Jaeger se penche et nous nous embrassons, longuement et lentement, en fusionnant toutes sortes de sensations en un seul point de contact brûlant.

Au bout d'un temps, je lève la tête.

– Merci. Pour tout. Tout ce que tu me donnes. Et je ne parle pas de la voiture.

– Tu me donnes encore plus.

Pour accéder gratuitement à une scène bonus qui fait suite à Jamais avec un ami de ton frère, inscrivez-vous ici !

JAMAIS AVEC UN DRAGUEUR

À suivre dans la série Jamais avec lui : JAMAIS AVEC UN DRAGUEUR

Mon ex infidèle m'a dégoûtée des hommes. Jusqu'à ce que Lewis arrive et me coupe le souffle et les jambes.

Je n'ai jamais reluqué les mecs. Mais Lewis est une armoire à glace d'un mètre quatre-vingt-quinze, et il est… attirant. Sexy. Un beau ténébreux dans le bon sens du terme.

Plus je passe de temps avec lui, plus des pensées cochonnes m'assaillent, et on ne peut pas dire qu'il me décourage. C'est exaspérant. Je fantasme sur lui, je le désire, et je ne me souviens même plus pourquoi je voulais rester loin de lui.

Mais Lewis trimballe un lourd passé. Un passé qui pourrait me bousiller comme aucun autre ex-petit ami ne l'a jamais fait.

Malgré toutes les raisons de ne pas m'impliquer, Lewis pourrait être le seul homme auquel je suis incapable de résister.

EXTRAIT :

Il descend son short et se retrouve tout nu.

— Euh ?

Il lève les yeux.

— Tu peux garder tes sous-vêtements. Quoi ? Je vais me laver… Je compte sur toi pour ne pas me tripoter.

Il sourit.

Lisez *JAMAIS AVEC UN DRAGUEUR* **maintenant !**

Également de Jules Barnard

Auteure à succès de USA TODAY

Série Les frères Cade

La Tentation de Levi (tome 1)

Le Défi de Wes (tome 2)

La Séduction de Bran (tome 3)

La Réforme de Hunt (tome 4)

Série Jamais avec lui

Jamais avec un ami de ton frère (tome 1)

Jamais avec un dragueur (tome 2)

Jamais avec ton ex (tome 3)

Jamais avec ton meilleur ami (tome 4)

Jamais avec ton ennemi (tome 5)

À propos de l'auteure

Jules Barnard est une auteure à succès de USA Today dans les genres romance contemporaine et fantaisie romantique. Ses récits contemporains comprennent les séries Jamais avec lui et les Frères Cade. Elle écrit de la fantaisie romantique sous son nom de plume dans la collection Halven Rising que le Library Journal qualifie de « … nouvelle aventure fantastique passionnante. » Qu'elle écrive sur les hommes séduisants du lac Tahoe ou sur le monde féérique d'un campus universitaire, Jules nous délecte d'histoires captivantes, pleines d'amour et d'humour.

Quand Jules n'est pas en jogging en train d'écrire en se récompensant par des chocolats, elle passe du temps avec son mari et ses deux enfants dans leur petite ville natale sur la côte Pacifique. Elle a le super pouvoir d'être capable de lire en cavalant sur un tapis de course ou en brûlant le dîner.

Pour plus d'information, visitez le site web de Jules :
https://julesbarnard.com/francais/